빨강머리 여인

오르한 파묵
이난아 옮김

민음사

아슬르에게

아버지를 죽이고, 어머니와 동침하고,
스핑크스의 수수께끼를 푼 오이디푸스!
이 삼중의 운명이 지닌 의미는 무엇인가?
이란인들 사이에 널리 퍼져 있는
옛 믿음에 의하면 숭고한 현자는 이간질하는
사람으로 현현해야 한다.

니체, 『비극의 탄생』

오이디푸스: 아주 오래전에 저지른 죄의
흔적을 어떻게 찾을 수 있지요?

소포클레스, 『오이디푸스 왕』

아버지 없는 아들에게 그러하듯 아무도
아들 없는 아버지를 따스하게 껴안지 않는다.

페르도우시, 『왕서』

차례

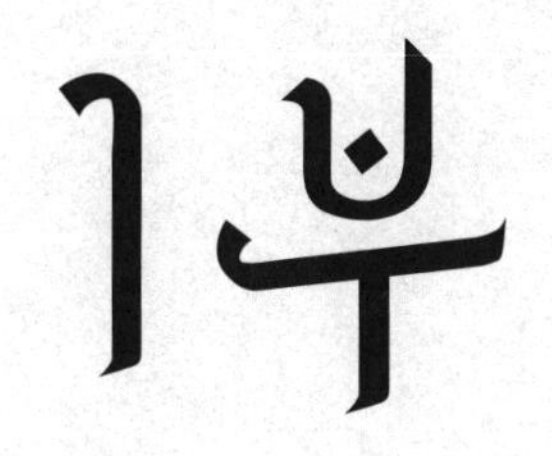
1부

1

사실 나는 작가가 되고 싶었다. 하지만 지금 이야기할 사건이 있은 후 지질학 엔지니어 겸 건축업자가 되었다. 독자분들께서는 내가 이야기를 시작한 것을 보고 이미 사건이 끝나 버렸다고 예단하지 않았으면 한다. 나는 이야기를 할수록 사건 속으로 더 깊이 빠져들어 가고 있다. 아마 여러분도 나를 따라 아버지와 아들이라는 존재의 비밀 속으로 이끌려 들어오게 될 것이다.

1985년에 우리는 베쉭타시 뒤편 으흘라무르 여름 별장[1]에

1 오스만 제국의 31대 술탄인 압뒬메지드(1823~1861)의 명으로 1848년에 지은 여름 별장.

서 가까운 한 아파트에 살고 있었다. 아버지는 하야트[2]라는 이름의 작은 약국을 운영했다. 약국은 일주일에 한 번은 아침까지 문을 열었고, 아버지가 당번을 섰다. 이런 날 밤에는 내가 아버지에게 식사를 날라다 주었다. 나는 큰 키에 마르고 잘생긴 아버지가 계산대 옆에서 식사를 할 때 약 냄새를 맡으며 약국에 있는 것을 좋아했다. 삼십 년이 흐른 지금 마흔다섯 살이 되었는데도 나무 서랍들이 있는 오래된 약국 냄새를 여전히 좋아한다.

하야트 약국은 그다지 손님이 많지 않았다. 아버지는 당번을 서던 밤이면 당시 유행이었던 작은 휴대용 텔레비전을 보면서 시간을 죽이곤 했다. 때로 나는 아버지가 그를 찾아온 친구들과 낮은 목소리로 얘기하는 것을 보았다. 정치와 관련 있는 그 친구들은 나를 보면 하던 말을 멈추고 내가 우리 아버지처럼 잘생기고 사랑스럽다고 말하며 이것저것 물었다. 몇 학년인지, 학교는 좋아하는지, 장차 무엇이 되고 싶은지 등등.

정치와 연관된 친구들과 함께 있을 때 아버지가 나의 존재에 불편한 기색을 내비쳤기 때문에 나는 약국에서 오래 머물지 않고 휴대용 식기 세트를 들고 희미한 가로등과 플라타너스나무 아래를 지나 집으로 돌아왔다. 집에 가서는 어머니에

2 '삶', '인생'이라는 의미.

게 정치에 관심 있는 아버지 친구들 중 한 명이 약국에 있다는 것을 말하지 않았다. 왜냐하면 어머니는 아버지가 다시 곤경에 처하거나 예고 없이 우리를 두고 가 버릴 거라고 생각하며 걱정을 했고, 아버지와 친구들에게 신경질을 내고는 했기 때문이다.

하지만 나는 아버지와 어머니 사이의 조용한 싸움의 이유가 정치 때문만은 아니라는 것도 알았다. 그들은 한동안 서로 기분이 많이 상해 있었고, 말을 거의 하지 않았다. 어쩌면 서로를 사랑하지 않았을 수도 있다. 나는 아버지가 다른 여자들을 사랑하고, 다른 많은 여자들도 아버지를 사랑한다는 것을 느꼈다. 때로 어머니는 아버지에게 다른 여자가 있다는 것을 내게 암시하곤 했다. 어머니와 아버지의 다툼은 나를 무척이나 슬프게 했기 때문에 나는 그것들에 대해 생각하고 떠올리지 않도록 노력했다.

내가 아버지를 마지막으로 본 것은 어느 날 밤 약국에 식사를 가져다 주었을 때였다. 당시 나는 고등학교 1학년이었고, 어느 평범한 가을밤이었다. 아버지는 텔레비전에서 흘러나오는 뉴스를 보고 있었다. 약국 계산대에서 아버지가 식사를 하는 동안 나는 아스피린을 원하는 손님과 비타민 C와 항생제를 달라는 또 다른 손님을 상대했다. 그들로부터 받은 돈을 멋진 종소리를 내며 열리는 오래된 계산대 서랍에 넣었다.

집에 돌아올 때 마지막으로 한 번 더 아버지를 쳐다봤다. 아버지는 약국 문에서 미소를 지으며 나에게 손을 흔들었다.

다음 날 아침 아버지는 집에 돌아오지 않았다. 어머니가 오후에 학교에서 돌아온 나에게 이 사실을 전했다. 울어서 눈이 퉁퉁 부어 있었다. 나는 이전에도 그런 적이 있듯이 약국에 있던 아버지가 정치 관련 부서로 연행됐다고 생각했다. 그곳에서 아버지는 전기 고문과 태형 등의 고문을 당하곤 했다.

칠 년인가 팔 년 전에도 아버지는 이런 식으로 사라졌다가, 대략 이 년 후에 집으로 돌아왔다. 그때 어머니는 경찰서에서 심문을 받으며 고문당한 사람을 대하듯 아버지를 대하지 않았다. 오로지 아버지에게 분노하고 있었다. 아버지에 대해 말할 때 "뭘 했는지는 본인이 알겠지!"라고 말했다.

더 오래 전에 군사 쿠데타가 일어난 직후, 어느 날 밤 군인들이 약국으로 와 아버지를 데려갔을 때 어머니는 무척 상심했고, 아버지가 영웅이며, 내가 아버지를 자랑스럽게 여겨야 한다고 말했다. 어머니는 약사 자격증이 있는 마지트와 함께 아버지 대신 약국을 운영했다. 가끔 나는 마지트의 약사 가운을 입곤 했다. 물론 나는 장차 약사가 아니라 아버지가 원하는 대로 학자가 될 생각이었다.

이번에 아버지가 또 사라졌을 때 어머니는 약국에 전혀 신경 쓰지 않았다. 마지트를 고용할지, 다른 거드는 사람을 구할지, 약국이 어떻게 될지에 대해서도 관심을 갖지 않았다. 그래서 나는 아버지가 이번에는 다른 이유 때문에 사라졌다고 생각했다. 하지만 내가 이렇게 '생각'한다고 말하는 이것은 대체 무엇일까?

당시에도 나는 생각이 우리 머릿속에 때로는 말로, 때로는 이미지로 떠오른다는 것을 알았다. 어떤 생각은 이미지로만 떠올릴 수 있다. 예를 들어 비가 억수같이 쏟아질 때 내가 어떻게 뛰고 무엇을 느꼈는지는 이미지로서 눈앞에 당장 떠오른다. 때로는 무엇인가를 단어로만 떠올릴 수 있다. 그것은 이미지로는 절대 상상할 수 없다. 그러니까 검은 빛처럼, 어머니의 죽음처럼, 혹은 영원처럼 말이다.

어쩌면 나는 당시에도 여전히 아이였는지 모른다. 때로는 내가 원하지 않는 주제들을 생각하지 않을 수 있었다. 때로는 정반대의 경우도 있어서 생각하고 싶지 않은 이미지나 말이 머릿속에서 도무지 떠나지 않았다.

아버지는 오랫동안 우리에게 연락하지 않았다. 가끔은 아버지의 얼굴이 기억이 나지 않았다. 그럴 때면 마치 순간적으로 전기가 나가 눈앞에 있는 모든 것이 사라진 느낌이었다.

어느 날 저녁 나는 혼자 으흘라무르 여름 별장 방향으로 걸어가고 있었다. 하야트 약국의 문에는 다시는 열리지 않을 것처럼 문 위에 검은색 맹꽁이자물쇠가 채워져 있었다. 으흘라무르 여름 별장 정원에서 안개가 흘러나왔다.

얼마 지나지 않아 어머니는 이제 아버지한테서도, 약국에서도 돈이 나오지 않으며, 때문에 재정 상태가 안 좋다는 말을 했다. 나의 지출은 영화를 관람하고 되네르[3] 샌드위치와 만화 잡지를 사는 것이 전부였다. 카바타시 고등학교까지는 집에서 걸어 다녔다. 만화 잡지는 지난 호들을 사서 본 후 되팔거나 대여해 주는 친구들이 있었다. 하지만 나는 그 친구들처럼 주말에 극장 옆문에서, 골목길에서 인내심을 가지고 손님을 기다리고 싶지는 않았다.

1985년 여름은 베쉭타시 시장 안에 있는 데니즈[4]라는 서점에서 점원으로 일하며 보냈다. 내가 하는 일의 대부분은 책 도둑들을 쫓아내는 것이었다. 이 좀도둑들은 거의 학생들이었다. 가끔은 사장인 데니즈 형의 자동차로 자알오을루 지역에 책을 사러 갔다. 내가 책의 저자들과 출판사 이름들을 절대 잊지 않는 것을 본 사장은 좋아했고, 내가 책을 집으로 가져가 읽은 후 갖다 놓는 것도 허락해 주었다. 그해 여름에 나는 많은 책을 읽었다. 어린이 소설, 쥘 베른의 『지저여행(地底旅行)』, 에드거 앨런 포의 단편 소설들, 시집, 오스만 제국 용사

3 '회전'이라는 뜻으로 소고기나 양고기 등 커다란 고깃덩이를 빙빙 돌리며 구워서 바깥부터 얇게 잘라 먹는 터키 대표 음식.

4 '바다'라는 의미.

들의 모험을 서술한 역사 소설들, 꿈에 관한 선집. 이 선집에 있는 글 한 편이 나의 인생을 송두리째 바꿔 놓을 터였다.

서점 주인인 데니즈 형의 작가 친구들이 가끔 서점에 들렀다. 사장은 그들에게 나를 소개할 때 내가 장차 작가가 될 거라고 말하기 시작했다. 이 꿈을 그냥 괜히 한번 그에게 처음으로 말한 사람은 나였다. 사장의 영향으로 나 역시 얼마 지나지 않아 이 말을 진지하게 여기기 시작했다.

2

하지만 어머니는 서점 주인이 주는 돈을 마뜩잖아했다. 내가 점원 일을 해서 번 돈으로 최소한 대입 학원비는 충당할 수 있어야 한다고 생각했기 때문이다. 아버지가 사라진 후 어머니와 나는 좋은 친구가 되었다. 작가가 되겠다는 나의 결정에 대해서는 농담인 양 웃으며 응대했다. 먼저 내가 좋은 대학에 입학하는 것이 우선이었다.

어느 날 학교에서 돌아왔을 때 본능적으로 안방에 있는 옷장과 서랍을 열어 보았다. 아버지의 셔츠들과 물건들이 없었다. 아버지의 담배와 화장수 냄새만 여전히 방 안에 남아 있었다. 어머니와 나는 아버지에 대해 전혀 입에 올리지 않았고, 마치 눈앞에 있는 그의 환영마저 빠르게 지워지고 있는 것만 같았다.

고등학교 2학년을 마친 여름에 우리는 이스탄불에서 게브제로 이사했다. 이모부의 정원 있는 집에 딸린 별채에서 집세를 내지 않고 살게 되었던 것이다. 여름 초엽에는 이모부가 내게 맡긴 일을 해 돈을 모았고, 7월이 끝나 갈 무렵에는 대입 학원에 다니며 시험을 준비하는 동안 베쉭타시의 데니즈 서점에서 점원으로 일할 수 있었다. 베쉭타시를 떠나야 해서 내가 얼마나 우울해하는지를 본 데니즈 형은 내가 원하면 서점에서 밤을 보내도 된다고 말했다.

이모부가 내게 맡긴 일은 게브제 뒤편에 있는 채소밭과 체리밭과 복숭아밭을 지키는 것이었다. 처음 정자 아래의 낡은 탁상을 보았을 때 나는 앉아서 책 읽을 시간이 많을 거라고 생각했지만 착각이었다. 체리 철이라 시끄럽고 뻔뻔한 까마귀들이 떼를 지어 체리나무를 공격했고, 아이들과 밭 바로 옆에 있는 대형 공사장에서 일하는 인부들이 과일과 채소를 훔치러 왔기 때문이다.

밭 바로 옆 정원에서는 우물을 파고 있었다. 나는 이따금 그곳으로 가 지하에서 삽과 곡괭이로 우물을 파는 우스타[5]와 그가 파낸 흙을 위로 끌어 올려 치우는 조수 둘을 구경했다.

5 어떤 일의 장인 혹은 명수에게 부여하는 호칭.

조수들은 듣기 좋은 신음 소리를 내는 나무 도르래의 손잡이를 잡고 돌려 아래에서 우스타가 양동이 가득 담아 보낸 흙을 끌어 올린 다음 옆에 있는 손수레에 쏟아부었다. 내 나이 또래의 조수가 손수레에 있는 흙을 비우러 갈 때 그보다 나이가 많고 키가 큰 조수는 우물을 향해 "내려갑니다!"라고 말한 후 우물 바닥에 있는 우스타에게 양동이를 내려 주었다.

우물 파는 우스타는 하루 내내 땅 위로 거의 올라오지 않았다. 나는 점심 휴식 시간에 그가 담배를 피울 때 처음 그를 보았다. 내 아버지처럼 키 크고 잘생기고 마른 사람이었다. 하지만 아버지처럼 침착하고 웃는 인상은 아니었으며, 화가 난 얼굴이었다. 그는 자주 조수들을 나무랐다. 조수들이 꾸중 듣는 모습을 누가 보고 있는 것을 좋아하지 않을 것 같아 나는 우스타가 위로 올라오면 우물 가까이 가지 않았다.

6월 중순 어느 날 우물 쪽에서 신이 나서 지르는 함성 소리와 총소리가 들려왔다. 다가가 보았다. 우물에서 물이 나왔고, 이 소식을 들은 리제 출신의 땅 주인이 달려와 기뻐서 공중에 대고 총을 쐈던 것이다. 나는 달콤한 화약 냄새를 맡았다. 땅 주인은 우물을 판 우스타와 조수들에게 사례금을 나눠 주었다. 그는 우물을 앞으로 이곳에 지을 건물 공사 때 사용할 참이었다. 도시의 수돗물이 아직 게브제 뒤쪽까지 연결되지 않았기 때문이었다.

그날 이후에는 우스타가 조수들을 꾸짖는 소리를 듣지 못했다. 마차 한 대가 시멘트 부대와 철근들을 싣고 왔다. 어느 날 오후 우스타는 우물에 시멘트를 붓고 철로 된 뚜껑을 달았다. 모두들 신이 나 있었기 때문에 나는 자연스레 그들에게 더 가까이 다가갈 수 있었다.

어느 날 오후, 우물가에 아무도 없다고 생각하며 그곳을 향해 걸어갔는데 올리브나무와 체리나무 사이에서 마흐무트 우스타가 갑자기 나왔다. 그의 손에는 우물에 달았던 전기 모터 부속품이 들려 있었다.

"젊은이! 보아하니 이 일에 관심이 많군그래!"

나는 그때 세상 한쪽으로 들어가 다른 한쪽으로 나오는 쥘 베른의 소설 주인공들을 떠올렸다.

"난 이제 퀴췩체크메제 외곽에 우물을 파러 갈 거야. 저기 조수들은 두고 갈 텐데, 자넬 데리고 갈까?"

내가 망설이며 주저하는 것을 보자 옆에 있던 조수는 밭 지키는 경비가 받는 일당의 네 배를 벌 수 있을 거라고 말했다. 우물 파는 일은 열흘이면 끝나고, 그러면 곧 집에 돌아올 수 있을 거라고도 했다.

어머니는 말했다. "절대 허락할 수 없다! 우물 파는 사람은 안 돼. 대학에 들어가 열심히 공부나 해!"

하지만 나는 빨리 돈을 버는 일에 이미 마음이 쏠려 있었다. 나는 이모부의 밭에서 두 달 동안 벌 돈을 두 주에 벌 수 있으며, 그러면 대입 시험과 대입 학원, 그리고 내가 원하는 책을 보는 데 더 많은 시간을 할애할 수 있다고 끈질기게 어머니를 설득했다. 심지어 가련한 어머니에게 협박까지 했다.

"허락해 주지 않으면 도망쳐서라도 갈 거예요!"

"얘가 일해서 돈을 벌고 싶어 한다면 의욕을 꺾지 마세요." 이모부가 말했다. "그 우물 파는 우스타가 어떤 사람인지 내가 한번 알아볼게요."

내가 없을 때 변호사인 내 이모부의 시청 건물에 있는 사무실에서 이모부와 어머니와 마흐무트 우스타가 만났다. 우물로 내려가는 일은 내가 아닌 다른 조수에게 시킬 거라는 데에도 합의를 보았다. 이모부는 내가 받을 일당의 액수에 대해 말해 주었다. 나는 아버지의 오래된 작은 가방을 꺼내 셔츠들과 운동화 한 켤레를 넣었다.

그 비가 오던 날에 우리를 우물 팔 곳으로 데려다줄 소형 트럭은 도무지 도착하지 않았고, 지붕이 새는 단칸집에서 어머니는 몇 번이나 울었다. 내가 포기했으면 하고 바랐고, 나를 아주 많이 보고 싶어 할 것이며, 우리가 돈이 없는 탓에 잘못된 선택을 하고 있다고 했다.

집에서 나갈 때 나는 재판정에 가는 아버지처럼 단호하지만 농담하는 분위기로 손에 가방을 든 채 머리를 꼿꼿하게 세우고 말했다. "절대 우물 안으로 내려가지 않을게요."

소형 트럭은 오래되고 커다란 사원 뒤 공터에서 기다리고 있었다. 내가 다가오는 것을 보고 마흐무트 우스타는 마치 선생님처럼 미소를 지으며 손에 담배를 든 채 내가 입은 옷, 나의 발걸음, 손에 들린 가방을 훑어보았다.

"안으로 들어가, 지금 출발하니까." 그는 말했다. 나는 우물을 파 달라고 주문한 사업가 하이리 씨의 운전사와 우스타 사이에 앉았다. 가는 길에 우리는 한 시간 동안 아무 말도 하지 않았다.

보스포루스 다리를 지날 때 나는 왼쪽 아래로 보이는 이스탄불과 카바타시 고등학교 쪽을 주의 깊게 주시했고, 베쉭타시에서 익히 아는 건물들을 찾았다.

마흐무트 우스타가 말했다.

"걱정 마라, 우리 일은 빨리 끝날 테니. 학원에도 제때에 가게 될 거다."

어머니와 이모부가 내 문제에 대해 그에게 이야기했다는 것이 흡족했다. 그에게 믿음이 갔다. 다리를 지났을 때 이스탄불의 교통 체증에 걸렸다. 지는 해의 따가운 햇살이 바로 맞은편에서 우리 눈을 찌를 때가 되어서야 겨우 도시 밖으로 나갈 수 있었다.

내가 도시 밖이라고 한 말에 대해 오늘날의 독자들이 오해하지 않았으면 한다. 당시 이스탄불 인구는 여러분에게 이 이야기를 들려주는 오늘날처럼 1500만이 아니라 겨우 500만이었다. 도시 성곽을 조금만 벗어나도 집들이 드문드문해지고, 작아지고, 가난해지고, 공장들과 주유소들과 호텔들이 띄엄띄엄 보이기 시작했다.

한동안 기찻길을 따라가다가 어둠이 깔릴 때쯤 우리는 대로에서 벗어났다. 뷔윅체크메제 호수도 지났다. 사이프러스 나무를 몇 그루 보았다. 묘지들, 콘크리트 벽들, 공터들……. 하지만 주위에 아무것도 보이지 않았고, 아주 주의 깊게 바라보았는데도 우리가 어디에 있는지 도무지 가늠할 수 없었다. 때로 가족이 저녁 식사를 하는 가정집 창문의 주황색 불빛을, 때로 공장의 네온등을 보았다. 잠시 후 비탈길을 올랐다. 가끔 먼 곳에서 번개가 쳐 하늘이 밝아지곤 했다. 그러나 우리가 지나가는 외로운 땅을 밝히는 것은 아무것도 없는 듯했다. 때로 어디에서 왔는지 알 수 없는 빛이 비추는 황무지를, 사람이 살지 않는 벌거벗은 땅을 보았고, 나중에는 어둠 속에 이러한 것들도 더 이상 보이지 않았다.

한참 후 한적한 어딘가에 멈췄다. 주위에 빛도 램프도 집도 보이지 않았기 때문에 낡은 트럭이 고장 났다고 생각했다.

"좀 도와주렴, 저것들을 차에서 내려야 하니까."

마흐무트 우스타가 말했다.

우리는 목재들, 도르래 부속품들, 취사도구들, 줄로 묶은 매트리스 두 개, 비닐봉지에 든 물건들, 땅 파는 기구들을 차에서 내렸다. "잘되길 바랍니다, 수고하십시오." 하며 운전사가 트럭을 타고 멀어지자 나는 칠흑 같은 어둠 속에 남겨진 것을 알고 당황했다. 저 앞 어딘가에서 번개가 쳤지만 우리 뒤쪽에 있는 하늘은 맑았고, 별들이 온 힘을 다해 반짝거리고 있었다. 더 멀리 구름에 반사되는 이스탄불의 불빛들이 노란 안개처럼 보였다.

비 때문에 땅이 눅눅했고 어떤 곳은 젖어 있었다. 편평한 땅에서 마른 곳을 찾아 물건들을 그곳으로 옮겼다.

우스타는 소형 트럭에서 내린 장대를 가져다 천막을 치려고 했다. 하지만 도무지 할 수 없었다. 줄을 당기고 작은 말뚝들을 박아야 하는데 어둠이 너무 짙어 아무것도 보이지 않았고, 그 어둠 속에 모든 것이 내 영혼 안에서 복잡하게 뒤엉켜 버렸다.

마흐무트 우스타가 소리쳤다.

"저기를 잡아, 거기가 아니고!"

부엉이 우는 소리가 들렸다. 천막을 꼭 쳐야 하는 걸까. 나는 비가 그쳤다고 생각했지만 우스타의 단호함에는 존경심이 들었다. 습기 냄새가 나는 무거운 천막이 자리에 똑바로 서 있지 못하고 우리 위에 밤처럼 드리워졌다.

우리는 자정이 훨씬 지나서야 천막을 치는 데 성공해 매트리스들을 깔고 누웠다. 여름비를 머금은 먹구름은 지나가고 별들이 반짝거리는 밤이 시작되었다. 가까운 곳에서 들리는 귀뚜라미 소리에 마음이 편해졌다. 매트리스에 눕자마자 곧장 잠이 들고 말았다.

3

잠에서 깨어났을 때 천막에는 나 혼자뿐이었다. 벌 한 마리가 윙윙거렸다. 나는 자리에서 일어나 밖으로 나갔다. 태양이 벌써부터 얼마나 높이 떠 있던지 강렬한 빛 때문에 눈이 아파 왔다.

내가 있는 곳은 약간 높은 지대의 편평한 땅이었다. 땅은 나의 왼편에서 남동쪽으로 이스탄불을 향해 뻗어 내려갔다. 더 아래에는 멀리 옅은 초록빛과 연노란색 옥수수밭 두 곳, 밀밭, 공터, 바위, 황무지가 있었다. 가까이에 집들과 사원이 있는 작은 마을이 보였지만 언덕이 나의 시야를 방해해 얼마나 큰 지역인지 가늠할 수 없었다.

마흐무트 우스타는 어디 있을까? 바람이 싣고 온 나팔 소리 때문에 마을 뒤쪽의 잿빛 건물들이 군 기지라는 것을 알았다. 그 너머에는 저 멀리 보라색 산들이 보였다. 잠시 모든 세상이 추억 속의 깊은 정적에 휩싸인 것 같았다. 이스탄불로부터, 모든 사람들로부터 멀리 떨어져 이곳에 있다는 것이, 스스로 돈을 번다는 것이 기뻤다.

마을과 군 기지 사이에 자리한 평지에서 기적 소리가 들려왔다. 가만히 보니 유럽을 향하고 있었다. 기차는 우리가 있는 평지 쪽으로 다가와 우아하게 곡선을 그리며 역에 멈춰 섰다.

잠시 후 마을에서 돌아오고 있는 마흐무트 우스타를 발견했다. 그는 길을 따라 걷다가 이내 길이 구부러지는 곳에서 지름길을 택해 텅 빈 들판과 밭을 가로질렀다.

"물을 가지고 왔다, 차를 좀 끓여 주렴."

내가 작은 휴대용 아이가즈[6] 가스스토브에 차를 우려내고 있을 때 어제 우리를 데려다준 소형 트럭을 타고 땅 주인인 하이리 씨가 왔다. 트럭 짐칸에서 나보다 조금 더 큰 청년이 내렸다. 알리라는 이름의 그 청년이 하이리 씨를 거들고 있으며, 막판에 이곳에 오기를 포기한 게브제 출신의 조수를 대신해서 우물 안으로 내려갈 거라는 사실을 그들의 대화를 듣고 알게 되었다.

6 터키의 전자 제품 회사 이름이자 가스를 일컫는 말.

마흐무트 우스타와 고용주 하이리 씨는 평지에서 한동안 이리저리 왔다 갔다 했다. 군데군데 벌거숭이 맨땅이고, 돌과 풀로 덮인 땅이 1헥타르가 족히 넘었다. 그들이 있는 방향에서 산들바람이 불어왔고, 가장 먼 모퉁이에 이르렀을 때에도 여전히 두 사람 사이에 논쟁이 오가는 소리를 들을 수 있었다. 섬유업자인 하이리 씨는 이 황무지에 섬유를 세탁하고 염색하는 공장을 짓고 싶어 했다. 해외에 수출을 하는 대규모 기성복 회사들의 주문이 많았는데, 그 일을 하려면 많은 물이 필요했다.

하이리 씨는 물과 전기가 연결되어 있지 않은 이 땅을 아주 싼 값에 구입했다. 수맥을 찾으면 우리에게 많은 돈을 줄 참이었다. 그가 아는 정치인이 이곳에 전기를 끌어다 준다고도 했다. 한번은 하이리 씨가 설계도를 가지고 와 우리에게 보여 주었다. 염색 작업장, 세탁실, 창고, 멋진 본관과 식당까지 갖춘 완벽한 공장을 세울 계획이었다. 마흐무트 우스타의 시선에서 하이리 씨의 포부에 대한 관심과 지지가 느껴졌다. 하지만 사실 우리 둘은 수맥을 찾았을 때 하이리 씨가 우리에게 주겠다고 약속한 선물과 보상들에 더 관심이 갔다.

"신이 당신과 함께하시고, 강한 힘과 예리한 눈을 주시기를 바랍니다."

하이리 씨는 마치 원정을 떠나는 오스만 제국 군대를 배웅

하는 분위기로 말했다. 트럭이 우리 시야에서 사라질 즈음 그가 차창 밖으로 몸을 내밀며 우리에게 손을 흔들었다.

그날 밤 우스타의 코 고는 소리에 잠을 이루지 못하고 나는 천막 밖으로 고개를 내밀었다. 마을의 불빛들은 보이지 않았다. 하늘은 검푸른색이었지만 별빛들이 이 세계를 주황빛으로 바꾸어 버린 듯했다. 우리도 이 세계에서 커다란 오렌지 위에 걸터앉아 어둠 속에서 잠을 청하는 것 같았다. 하늘로 올라가 반짝이는 별에 닿는 대신, 우리가 누운 땅 속으로 굴을 파고 들어가는 것을 상상했다. 과연 가당키나 한 일일까?

4

당시는 아직 천공기를 사용하기 전이었다. 우물 파는 우스타들은 어떤 토지의 어디에서 물이 나올지, 어디에 우물을 파야 할지를 몇천 년 동안 직감에 의지해 알아내곤 했다. 물론 마흐무트 우스타는 우물 파는 명수들이 수맥을 찾는 비법에 대해 떠들어 대는 앞뒤가 맞지 않는 미사여구들을 알고 있었다. 하지만 둘로 갈라진 막대를 손에 들고 땅 여기저기를 오가면서 기도문을 읊으며 과시하는 옛 명수들의 행동을 진지하게 받아들이지 않았다. 그는 자신이 수천 년 동안 이어져 오는 어떤 직무를 수행하는 마지막 세대들 중 한 명이라는 것을 알고 있었다. 그래서 자신의 직무를 겸손하게 수행했다.

그는 나에게 말했다. "땅의 색깔이 짙은지, 습기는 있는지,

색깔은 검은지를 봐야 한다." 나를 교육시켜 키우고 싶은 바람이 있었던지 한번은 "땅의 낮은 곳, 돌이 있고 바위가 있고 울퉁불퉁하고 그늘이 진 곳을 보고, 그 아래 있는 물을 느껴야 한다. 나무와 풀들이 있는 땅은 색깔이 짙고 습기가 있단다, 알겠냐?"라고 말한 적도 있다.

땅은 마치 일곱 층으로 된 하늘처럼 층층으로 이루어졌다고 했다.(나는 어떤 밤에는 하늘의 별들을 보며 우리 아래에 있는 어둠의 세계를 느끼곤 했다.) 예를 들어 색이 짙고 검은 땅이지만 그 2미터 아래는 진흙에다 물이 통하지 않고 바싹 메마른 쓸모없는 땅이나 모래일 수도 있다. 물을 찾는 옛 우물 파기 명수들은 땅, 풀, 벌레, 심지어 새들의 언어를 이해해야 했고, 그 위를 걸을 때 아래 있는 바위 혹은 진흙층을 감지해야만 했다.

이러한 재능은 몇몇 옛 우물 파는 사람들이 중앙아시아의 샤먼들처럼 초자연적인 힘과 직감을 가졌다는 터무니없는 상상이나 지하의 신들이나 정령들과 대화한다는 주장을 하게 만드는 원인이 되기도 했다. 내가 어렸을 때 아버지가 웃어 넘기던 이 허풍들을 싼값에 수맥을 찾고자 하는 서민들은 여전히 믿고 싶어 했다. 나는 베쉭타시의 무허가 지역 사람들이 이러한 믿음을 가지고 마당에서 우물 자리를 찾던 것을 기억한다. 닭들이 돌아다니고 덩굴나무가 있는 뒷마당에 쭈그리고 앉아 땅에 귀를 기울이는 어느 우물 파기 명수를 아주머니들과 아저씨들이 아픈 아기의 심장 소리를 듣는 의사에게 그랬듯이 존경심을 가지고 대하는 것을 본 적이 있다.

첫날 마흐무트 우스타는 말했다.

"신이 허락하시면 우리 일은 길어야 두 주 안에 끝날 거고, 나는 10미터나 12미터쯤 아래에서 수맥을 찾을 거다."

그는 알리보다 나에게 더 솔직하게 말했다. 왜냐하면 알리는 토지 주인의 사람이었기 때문이다. 나는 이 상황이 마음에 들었고, 내 자신이 우스타와 함께 이 일을 책임지는 주인처럼 느껴지곤 했다.

다음 날 아침 마흐무트 우스타는 우물을 팔 위치를 정했다. 토지 주인이 계획한 공장 건축 설계로 보았을 때 그곳은 우물을 팠으면 하고 희망하는 장소가 아니었다. 그곳은 정반대 방향, 토지의 다른 쪽에 있었다.

정치와 관련된 비밀을 지키는 습관 때문에 아버지는 당신이 하는 중요한 일들에 나를 관련시키지 않았고, 내 의견도 묻지 않았다. 마흐무트 우스타는 우물을 어디에 팔지 결정할 때 먼저 자신의 생각을 나와 나누었다. 우리가 일감을 맡은 땅은 수맥을 찾기에 아주 어려운 지형이라고 했다. 그의 이러한 태도가 나는 아주 마음에 들었고, 그를 좋아하게 되었다. 하지만 나중에는 자신의 내부로 침잠하더니 나에게 전혀 묻지도 설명하지도 않고 결정을 내렸다. 이렇게 해서 처음으로 그가 나에게 미치는 영향력을 감지하게 되었다. 아버지에게는 전혀 느끼지 못했던 그 다정함과 친근함을 좋아했지만 동시에 뜬금없이 그에게 화가 나기도 했다.

마흐무트 우스타는 땅에 말뚝을 하나 박았다. 땅 위를 그렇게나 걸어 다니고 생각한 후에 왜 그 지점을 택했을까? 그 지점이 다른 지점들과 어떤 차이가 있는 걸까? 그 말뚝 부분을 쉬지 않고 파내면 물이 나올까? 나는 이런 질문들을 마흐무트 우스타에게 꼭 물어보고 싶었지만 묻지 못하리라는 것도 알았다. 나는 어린아이였다. 그는 나의 친구, 더욱이 나의 아버지가 아니라 나의 우스타였다. 그에게서 부성(父性)을 느낀 것은 나였다.

그는 말뚝에 줄을 매고 다른 쪽 끝에 날카로운 못을 달았다. 줄의 길이가 1미터라고 말했다. 돌벽은 우물에 적합하지 않아 시멘트로 할 거라고 했다. 시멘트 벽의 두께는 20~25센티미터가 될 거라고 했다. 그는 줄을 계속해서 팽팽하게 유지하며 못으로 지름 2미터의 원을 그리기 시작했다. 사실 그가 원을 그리지는 않았고, 단지 못으로 땅 위에 점들을 표시했다. 나중에 알리와 내가 그것들을 꼼꼼하게 연결해서 원을 만들어 냈다.

"우물의 원은 아주 정확해야 한다." 마흐무트 우스타는 말했다. "원이 완벽하게 둥글지 않고 각이 지면 벽이 완성되지 않아, 무너지고 말지."

이렇게 해서 처음으로 붕괴 우려에 대해 듣게 되었다. 우리는 곡괭이와 삽으로 원 안을 파기 시작했다. 우스타는 땅을 팠고, 나 역시 곡괭이로 땅을 파거나 삽으로 그 흙을 알리가 끄는 손수레에 옮겼다. 그런데 우리 둘이 부지런히 일을 해도 우스타의 작업 속도를 간신히 따라갈 수 있을 정도였다.

"손수레에 너무 많이 채우지 마." 알리는 때로 숨을 헐떡이며 말했다. "빨리 버리고 빨리 돌아올게, 그게 더 나아."

얼마 지나지 않아 우리 두 조수가 지쳐 일하는 속도가 느려지자 끊임없이 오르내리는 마흐무트 우스타의 곡괭이가 파낸 흙들이 한구석에 쌓이기 시작했다. 흙무더기가 꽤 쌓이면 우스타는 곡괭이를 던지고 멀찌감치 올리브나무 아래에 누워 담배를 피우며 우리가 속도를 따라잡을 때까지 기다렸다. 겨우 첫날, 처음 몇 시간 동안 우리 두 조수는 우리가 할 일이 우스타의 속도를 따라잡고, 그가 하는 모든 일을 주의 깊게 관찰하여 그에 의거해 행동하고, 명령에 신속하게 따르고 복종하는 것임을 알게 되었다.

하루 종일 태양 아래서 곡괭이와 삽을 들고 일하니 얼이 나가고 말았다. 해가 진 후 렌틸콩 수프 한 그릇도 먹지 못하고 침대에 몸을 던졌다. 곡괭이를 잡고 있던 내 손에는 물집이 생겼고, 강렬한 태양 때문에 목덜미가 까맣게 타 버렸다.

"익숙해질 거야, 도련님, 익숙해질 거야."

마흐무트 우스타는 수신 상태가 안 좋아 씨름 중이던 작은 텔레비전에 눈을 고정한 채 말했다.

내가 막노동을 할 수 없을 만큼 가녀린 사람이었기 때문에 나를 조롱하는 것이었다. 하지만 나는 "도련님"이라는 말을 듣고 기뻤다. 이 한마디는 내가 도시 사람이며 학식 있는 집안 출신이라는 것을 우스타가 인정했다는 말이었고, 나에게 지나치게 힘든 일은 시키지 않을 것이며 나를 비호해 줄 거라는 의미였다. 나에게 마음을 쓰고 내 삶에 관심이 있다고 느껴졌다.

5

우리가 파는 우물에서 십오 분 정도 떨어진 거주 지역은 입구의 푸른색 표지판에 커다란 하얀 글씨로 써 있는 것처럼 인구 6200명의 왼괴렌 군 소재지였다. 처음 이틀 동안 쉬지 않고 우물을 파 2미터 깊이에 이르자 다음 단계에 필요한 재료들이 생겨 둘째 날 오후에 왼괴렌으로 내려갔다.

알리는 우리를 먼저 마을에 있는 목수에게 데려갔다. 2미터를 판 후에는 흙을 삽으로 퍼 우물 밖으로 던지는 것이 불가능했기 때문에 다른 우물 파는 사람들처럼 도르래를 설치해야 했다. 마흐무트 우스타가 땅 주인의 트럭에 싣고 온 목재로는 도르래를 만들기에 충분하지 않았다. 우리가 누구며, 무엇을 하는지 목수가 묻자 마흐무트 우스타는 우물 파는 사람이라고 대답했다. 우리가 어디에서 우물을 파는지 알게 된 목수는 "아하, 위쪽 평지!" 하고 말했다.

그다음 며칠 동안 '위쪽 평지'에서 마을로 내려갈 때마다 마흐무트 우스타는 담배를 샀던 구멍가게 주인, 안경 낀 담배 장수, 늦은 시간까지 문을 연 철물상처럼 으레 습관적으로 목수에게 들렀다. 나는 우물을 파던 시절에 밤마다 우스타와 함께 왼괴렌에 내려가 그와 함께 거리를 걷고, 버드나무와 소나무가 있는 작은 공원의 벤치나 어느 찻집에서 거리에 내놓은 테이블, 어떤 가게의 문 앞 혹은 기차역 안 시원한 구석에 앉는 것을 좋아했다.

왼괴렌의 불운은 군인 인구가 압도적이라는 데에 있었다. 2차 세계 대전 당시 독일의 발칸 지역 공격과 러시아의 불가리아 공격에 맞서 이스탄불을 방어하기 위해 많은 군대가 이곳에 주둔했다. 그리고 마치 이 사실을 잊은 것만 같았다. 사십 년이 흐른 후에 거대한 군인 인구는 이 마을이 생계를 잇는 원천인 동시에 골칫거리가 되었다.

마을 중심부에 있는 상점들 대부분이 주말에 '외출' 나온 사병들을 위해 엽서, 양말, 전화 토큰, 맥주 같은 것들을 팔았다. 이들을 위해 나란히 문을 연 케밥 가게와 식당들이 있고, 사람들 사이에 "식당 거리"라고 알려진 장소에서는 헌병들이 계속 보초를 섰다. 낮 동안, 특히 주말에 사병들로 꽉 차는 이 작은 제과점과 찻집들이 저녁에는 텅 비기 때문에 우리는 밤에 완전히 다른 왼괴렌을 보았다. 저녁이면 헌병들이 군부대에서 나온 군기 빠진 군인들을 진정시켰고, 사병들 사이에 싸움이 벌어지면 즉시 개입해 진압했으며, 고래고래 소리 지르는 사람들이나 지나치게 시끄럽게 구는 사람들과 장소들을 정돈했다.

삼십 년 전 군부대의 인구가 훨씬 더 많았을 때 군인 가족과 방문객들을 위해 개장한 호텔 한두 곳은 이후 이스탄불로 오가는 것이 쉬워지자 텅 비고 말았다. 이 호텔들이 아는 사람은 아는 윤락 장소로 바뀌었다는 것을 첫날 우리에게 마을에 대해 소개해 준 알리가 말해 주었다. 이 호텔들은 역 광장에 있었다. 작은 아타튀르크 동상, 아이스크림이 잘 팔리는 일디즈 제과점, 우체국, 루멜리 찻집이 자리한 주황색 불빛이 밝히고 있는 그 역 광장을 우리는 첫날부터 좋아하게 되었다.

광장으로 통하는 골목에 건축 자재들을 보관하는 하이리 씨 친척 소유의 창고가 있는데, 알리의 아버지는 그곳에서 야간 경비원으로 일했다. 오후 늦은 시간에 알리가 우리를 어느 철공소에도 데리고 갔다.

마흐무트 우스타는 땅 주인인 하이리 씨한테 받은 돈으로 목재를 새로 샀고, 도르래 부속품들을 연결할 금속 클램프들을 골랐다. 시멘트 네 포대, 흙손, 못, 끈도 샀다. 하지만 이 끈은 우물 아래로 내려갈 때 쓸 게 아니었다. 우물을 내려갈 때 필요한 튼튼한 줄은 게브제에서 가져온 도르래의 롤러에 감겨 있었다.

이 모든 재료들을 철공소에서 일하는 사람이 불러온 마차에 실었다. 마차의 철제 바퀴가 네모난 돌이 깔린 거리에서 끔찍한 소리를 내며 나아갈 때 나는 이곳에서의 나날도 얼마 지나지 않아 끝이 날 것이며, 그러면 먼저 게브제에 있는 엄마 곁으로 갔다가 조만간 다시 이스탄불로 갈 거라고 생각했다. 마차를 따라 걸으면서 가끔 우리와 나란히 선 말의 검고 지친 눈을 들여다보며 그 말이 많이 늙었다고 생각했던 것도 지금 기억이 난다.

역 광장에 이르렀을 때 어느 집 문이 열렸다. 청바지를 입은 중년 여성이 밖으로 나왔다. 그녀는 뒤를 돌아보며 꾸짖는 목소리로 소리쳤다. "왜 이렇게 늦어?"

나와 말이 그 집 앞을 막 지나갈 때 열린 문에서 먼저 나보다 대여섯 살 많아 보이는 젊은 남자가, 그다음에 그의 누나뻘 되는 큰 키의 빨강 머리 여인이 나타났다. 무척 특이하고 매력적인 분위기의 여인이었다. 청바지를 입은 중년 여성은 어쩌면 빨강 머리 여인과 그 남동생의 어머니일 것이다.

빨강 머리의 아름다운 여인은 어머니에게 "내가 가서 가져올게요." 하며 다시 집 안으로 사라졌다.

그런데 집으로 들어가기 전에 빨강 머리 여인이 한순간 나와 내 뒤에 있는 늙은 말을 힐끗 쳐다보았다. 그녀의 둥글고 아름다운 입술에서 나, 혹은 말한테 무언가 기이한 것을 감지한 듯 슬픈 미소를 보았다. 그녀는 키가 컸고, 그 미소는 뜻밖에도 다정하고 사랑스러웠다.

우리 넷, 그러니까 마흐무트 우스타와 두 조수와 말이 옆을 지나가는 순간에 그녀의 어머니가 그녀에게 소리쳤다. "뭘 하니!" 어머니는 빨강 머리 여인이 못마땅한 표정이었고, 우리에게는 전혀 관심을 두지 않았다.

짐을 실은 마차가 왼괴렌을 벗어나면서 판석 블록이 끝나니 바퀴의 소음도 잦아들었다. 비탈길을 올라가 우리가 일하는 넓은 평지에 이르자 마치 완전히 다른 세상에 도달한 것 같은 느낌이었다.

구름이 흩어지고 해가 나왔으며, 풀이 나지 않은 황무지나 다름없는 땅마저 생기가 돌았다. 옥수수밭 사이로 구불구불 이어지는 길 위에서 시끄러운 까마귀들이 폴짝폴짝 뛰어다니다가 우리를 보고는 날개를 펴고 순식간에 날아올랐다. 흑해 쪽 보라색 구릉들은 이상한 푸른 색조를 띠었고, 그 뒤로 칙칙한 황갈색 땅들 사이에 초록색 나무들이 드문드문 보였다. 우리가 우물을 판 위쪽 평지, 온 세상, 멀리 보이는 어슴푸레한 집들, 떨리는 버드나무들, 구불거리는 기찻길까지 모든 것이 아름다웠다. 내 영혼의 한편에서는 조금 전 집 앞에서 보았던 아름다운 빨강 머리 여인 때문에 이러한 감정에 사로잡혔다는 것을 느끼고 있었다.

사실 그녀의 얼굴을 정확히 보지는 못했다. 어머니와 왜 다투고 있었던 걸까? 그녀의 목소리는 아주 매력적으로 들렸다. 빨강 머리는 불빛 아래서 이상하게 반짝거렸다. 그녀는 한순간 나를 옛날부터 아는 사람처럼 이곳에 무슨 일이 있어 왔는지를 묻는 듯 바라보았다. 눈이 마주친 그 순간 우리 둘 다 마치 추억을 되짚는 것처럼, 심지어 심문을 하는 것처럼 서로를 바라보았다.

나는 잠에 빠져들면서 별들을 보았고, 빨강 머리 여인의 얼굴을 눈앞에 떠올리려고 애를 썼다.

6

다음 날 아침, 그러니까 일을 시작한 지 나흘째 되는 날 우리는 새로 산 목재들과 재료들을 사용해 게브제에서 가지고 온 도르래를 설치했다. 도르래는 양쪽 끝에 점점 가늘어지는 L 자형 손잡이가 달리고, 줄이 감긴 회전통이 있었으며, X 자 모양을 한 두 개의 나무 받침대 위에 축이 자리를 했다. 우리가 위로 끌어 올린 양동이를 올려놓을 작은 탁자도 있었다. 마흐무트 우스타는 연필로 내가 깜짝 놀랄 만큼 노련하게 세부적인 도르래 그림을 그려 보이며 이것들을 정확히 어떻게 조립해야 하는지 더 쉽게 이해할 수 있도록 해 주었다.

우스타가 밑에서 양동이에 흙을 꽉 채우면 나와 알리가 도르래의 양 끝을 잡고 위로 끌어 올렸다. 양동이는 일반적인 물

양동이보다 컸다. 돌과 흙을 양동이 끝까지 다 채웠을 때는 얼마나 무겁던지 우리 두 조수가 힘을 합해 간신히 도르래를 돌릴 수 있었다. 우리가 있는 곳까지 올라온 양동이의 가장자리를 잡아 갈고리에서 떼지 않고 줄을 약간 느슨하게 하여 나무 탁자 위에 놓는 데는 엄청난 힘뿐만 아니라 숙련된 기술이 필요했다. 꽉 찬 양동이를 위로 끌어당겨 나무 탁자에 무사히 앉히면 우리 둘은 "됐어." 하고 말하듯이 순간 눈길을 마주치며 안도의 숨을 쉬곤 했다.

그런 다음 우리 두 조수는 서둘러 삽으로 양동이 안에 든 것들을 손수레에 어느 정도 비우고, 가벼워지면 양쪽을 잡아

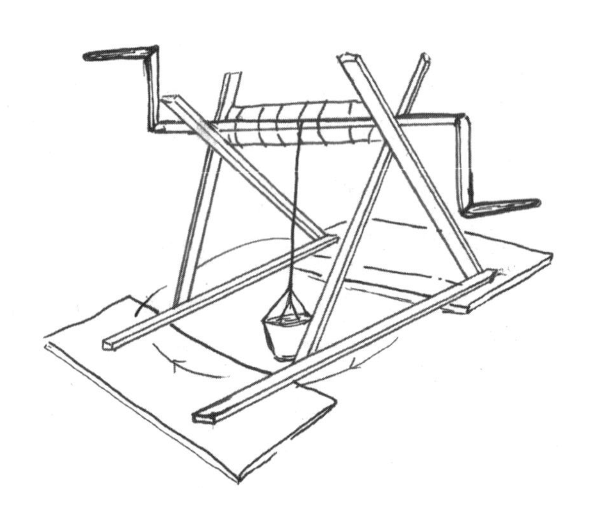

뒤집어엎었다. 나는 조심스럽게 아래로 내린 양동이가 우스타 근처에 다다르면 그가 일러 준 대로 "내려가요!" 하고 소리쳤다. 마흐무트 우스타는 손에 든 곡괭이를 놓고는 양동이에 묶인 줄을 풀지 않은 채 그대로 우물 바닥에 앉히고 계속해서 파낸 돌이며 흙들을 삽으로 빠르게 양동이에 퍼 담았다. 일을 시작한 초기에 삽과 곡괭이를 들고 열성적으로, 심지어 분노에 차 일할 때는 일격을 가할 때마다 "헉!" 하는 소리를 내는 것을 위에서도 들을 수 있었다. 하지만 하루 1미터의 속도로 땅 아래를 향해 나아가는 그의 모습이 작아질수록 "헉!" 하는 소리는 점점 가냘프게 들려왔다.

양동이가 흙으로 차면 마흐무트 우스타는 대개 머리를 들지도 않고 소리를 치곤 했다. "당겨!" 우리가 둘 다 준비를 마친 경우 우리는 즉시 손잡이를 붙들고 도르래를 돌리기 시작한다. 그러나 간혹 알리가 손수레를 끌고 갔다 꾸물거리면 나는 그를 기다려야만 했다. 흙으로 가득 찬 무거운 양동이를 혼자 끌어 올리기는 힘들기 때문이다. 때로는 우스타가 더디게 일하고, 알리와 내가 일찍 준비를 마칠 때도 있다. 그러면 우리는 마흐무트 우스타가 아래에서 흙으로 양동이를 채우는 모습을 숨을 죽인 채 바라보곤 했다.

이 기다림의 순간들은 고된 노동 중간에 알리와 내가 가질 수 있었던 유일한 휴식 시간이었고, 우리는 한두 마디씩 얘기를 나누기도 했다. 하지만 그에게 마을에서 보았던 사람들, 신비롭고 슬픈 눈을 가진 아름다운 입술의 빨강 머리 여인이 누구인지 물어볼 수 없다는 것을 첫날부터 느꼈다. 그가 그들을 모를 것 같아서였을까? 아니면 그가 말할 그 무엇이 내 마음에 상처를 입힐 거라는 생각 때문이었을까?

이따금 빨강 머리 여인이 생각나는 것을 알리는 그만두고라도 내 자신에게 숨기고 싶었다. 밤마다 한쪽 눈은 하늘에 떠 있는 별들을, 다른 눈은 우스타의 작은 텔레비전을 보면서 막 잠에 빠져들려고 할 때 빨강 머리 여인이 나를 보며 미소 짓는 모습이 눈앞에 떠올랐다. 그 미소와 얼굴에, "너를 알고 있어."라고 말하는 그 표정에 다정함이 묻어 있지 않았더라면 어쩌면 그녀를 이렇게까지 생각하지 않았을 것이다.

사흘에 한 번씩 땅 주인인 하이리 씨가 소형 트럭을 타고 와서 일이 잘되어 가는지 애태우며 묻곤 했다. 점심시간이면 마흐무트 우스타는 "함께 드시지요." 하며 그를 토마토, 빵, 흰 치즈, 올리브, 포도, 코카콜라가 준비된 우리 식탁으로 초대했다. 우스타가 아직 우물 안 3~4미터 깊이에 있으면 하이리 씨는 조용히 존경심을 갖고 우리 두 조수와 함께 우물 아래를 내려다보며 서 있었다.

지상으로 올라오면 우스타는 알리가 우물 바닥에서 나온 흙을 부어 놓은 곳으로 하이리 씨를 데려가 작은 바위 조각들을 보여 주고, 짙거나 옅은 흙덩어리를 손에 얹고 바스러뜨리며 우리가 우물을 파는 속도와 물이 얼마나 멀리 있는지에 대해 견해를 밝혔다. 초기에 돌이 별로 없는 땅을 보통 속도로 작업하면서 3미터를 팠는데, 나흘째 그리고 닷새째 되는 날에 딱딱한 지층을 만나 속도가 느려졌다. 마흐무트 우스타는 이 딱딱한 지층을 지나면 물기 있는 땅을 찾을 거라고 고집스레 말했고, 섬유업자 하이리 씨도 "두고 보지요, 그러길 바랍니다."라고 말하곤 했다. 그는 우리가 물을 찾는 날 새끼 양을 잡아 잔치를 벌일 것이며, 마흐무트 우스타와 우리에게 웃돈을 줄 거라고 다시 한번 말했다. 잔치 때 대접할 달콤한 후식은 이스탄불의 어느 가게에서 살 거라고까지 말했다.

땅 주인이 떠나고 점심을 다 먹은 후에는 작업 속도가 느려졌다. 우리가 일하는 평지에서 걸어서 일 분도 채 안 되는 거리에 꽤 큰 호두나무가 있었다. 나는 그 나무 아래 누워 깜박 졸곤 했다. 그러면 내가 생각을 하기도 전에 빨강 머리 여인이 "난 널 알아!" 하는 표정으로 저절로 내 눈 앞에 생생하게 나타났다. 이것이 나를 행복하게 만들었다. 정오의 무더위로 기절할 지경일 때면 그녀가 머릿속에 떠올랐다. 이 환상에는 나를 삶에 매이게 하고 나에게 낙관론을 불어넣는 무엇인가가 있었다.

날씨가 너무 더우면 알리와 나는 머리부터 발끝까지 물을 끼얹고 충분한 수분을 섭취했다. 물은 하이리 씨의 소형 트럭이 커다란 플라스틱 통으로 공급해 주었다. 이틀이나 사흘에 한 번 오는 소형 트럭에는 우리가 마을에 주문한 먹을 것들도 실려 있었다. 토마토, 고추, 사나 상표 버터, 빵, 올리브 같은 것들에 대한 값은 운전사가 마흐무트 우스타에게서 받아 갔다. 하지만 매번 땅 주인 하이리 씨의 부인이 수박과 멜론, 초콜릿, 사탕을 보냈고, 때로는 집에서 정성껏 준비한 냄비에 가득한 피망 돌마,[7] 토마토가 들어간 밥, 고기볶음 등도 있었다.

마흐무트 우스타는 저녁 식사에 무척 신경을 썼다. 매일 오후 콘크리트를 바르기 위한 준비에 들어가기 전에 감자, 가지, 렌틸콩, 토마토, 풋고추 등 수중에 있는 모든 재료를 나한테 씻으라고 했다. 게브제에서 가져온 작은 냄비에 직접 손으로 잘게 자른 채소들을 담고 식용유를 넣고는 휴대용 아이가즈 가스스토브 위에 올렸다. 해가 질 때까지 냄비 바닥에 음식이 눋지 않도록 약한 불에 서서히 끓이는 일은 내 담당이었다.

최근 매일 두 시간 동안 마흐무트 우스타는 그날 판 깊이만큼 나무틀로 내벽을 세우고 콘크리트를 부었다. 알리와 나는 한쪽에서 시멘트와 모래를 물과 섞어 회반죽을 손수레에 싣고는 마흐무트 우스타가 직접 고안했다는 절반으로 가른

7 포도나무 잎, 양배추 잎, 피망 등 채소 안에 각종 양념을 한 쌀을 채워 넣어 만든 음식.

깔때기 모양의 나무 미끄럼틀을 통해 손도 대지 않고 우물 아래로 흘려보냈다. 우리가 나무 미끄럼틀을 통해 젖은 콘크리트를 퍼부을 때 마흐무트 우스타는 어느 쪽으로 보낼지 지시하기 위해 아래에서 "약간 더 오른쪽으로, 약간 더 위로!" 하며 소리를 질렀다.

콘크리트 반죽을 빠르게 섞어 우물 아래로 붓는 일이 늦어지면 콘크리트가 식는다고 짜증을 내며 마흐무트 우스타가 아래에서 우리에게 고함을 쳤다. 그럴 때면 나는 나한테 한 번도 고함을 치지 않고 꾸중하지 않았던 아버지가 그리워졌다. 하지만 아버지 때문에 궁핍해져 이곳에서 일한다는 생각이 들어 아버지에게 화가 나기도 했다. 마흐무트 우스타는 내가 아버지에게 한 번도 받지 못한 관심을 보여 주었다. 이야기를 해 주고, 충고를 하고, 배가 고픈지, 기분이 좋은지, 지쳤는지 물었다. 이 때문에 우스타의 꾸중이 나를 더 화나게 했던 걸까? 아버지가 꾸중할 때는 아버지가 옳다고 생각해 부끄러워했으며, 모든 걸 잊었다. 마흐무트 우스타가 꾸중을 하면 어쩐 일인지 나에게 더 깊은 영향을 미쳤고, 그래서 그에게 복종하며 시키는 대로 일하면서도 화가 났다.

하루 일과가 끝날 무렵 마흐무트 우스타는 아래에서 "도와줘!" 하고 소리치며 바닥에 있는 양동이를 한 발로 밟았다. 우리는 도르래를 돌려 엘리베이터처럼 그를 천천히 위로, 밝은 곳으로 끌어 올렸다. 마흐무트 우스타가 위로 올라와 올리브나무 아래 누우면 갑작스레 주위는 정적에 휩싸였다. 나는 우리가 얼마나 자연 속에, 외로움 속에 있고, 이스탄불과 사람들로부터 얼마나 떨어져 있는지를 더욱 실감하며 어머니, 아버지, 베쉭타시에서의 삶을 그리워했다.

나는 우스타처럼 그늘 아래 어딘가에 몸을 던지고 걸어서 마을로 돌아가는 알리가 시야에서 사라져 가는 것을 바라보았다. 알리는 구불거리는 길을 따라 걷지 않고 지름길을 택해 풀과 가시들로 뒤덮인 밭을 지나 걸어갔다. 내가 한 번도 보지 못했던 그의 집은 마을 어디에 있는 걸까? 빨강 머리의 멋진 여인, 남동생, 성질 고약한 그들의 어머니는 알리와 가까운 곳에 살까?

바보같이 내 머릿속이 이러한 생각들로 가득 차 있을 때 마흐무트 우스타가 피우는 향기로운 담배 냄새가 내 코끝에 닿았고, 멀리 군부대 병사들이 저녁 점호에서 "네, 알겠습니다." 하고 고함치는 소리와 벌이 윙윙대는 소리를 들었다. 나는 내가 이 세계를 목격하고, 또 살아 있는 것이 얼마나 이상한 일인지 생각했다.

나흘째 되는 날 끓는 냄비를 확인하려고 일어났을 때 마흐무트 우스타가 잠이 들어 버린 것을 보았고, 어린 시절에 깜박 잠이 든 아버지를 보았을 때처럼 그는 거인이고 나는 거인 나라에 있는 걸리버 같은 소인이라고 상상하며 땅 위에 무생물처럼 누워 있는 그의 모습을, 긴 팔과 다리를 유심히 바라보았다. 마흐무트 우스타의 손과 손가락은 아버지의 그것처럼 우아하지 않고 거칠고 마디가 져 있었다. 팔은 상처, 점, 검은 털로 덮였고, 그가 원래 흰 피부였다는 것은 셔츠의 짧은 소매 아래로 보이는 햇빛에 드러나지 않은 부분을 보고 알 수 있었다. 기다란 코의 콧구멍이 숨을 들이쉬고 내쉴 때 천천히 열리고 닫히는 것을 아버지가 잘 때 그랬던 것처럼 놀라서 바라보았다. 여기저기 하얗게 센 풍성한 머리카락에 작은 흙알갱이들이 묻고, 목에는 호기심에 위쪽으로 허둥대며 올라가는 개미들이 붙어 있었다.

7

"씻을 거냐?"

마흐무트 우스타는 매일 저녁 해가 질 때 나에게 이렇게 물었다.

트럭이 이삼일에 한 번 가져오는 플라스틱 물통에 수도꼭지가 달려 있었지만 손과 얼굴만 씻을 수 있었다. 몸을 씻으려면 먼저 커다란 플라스틱 통에 물을 채워야 했다. 나는 마흐무트 우스타가 머그잔 모양의 커다란 양철 바가지로 내 머리 위에 물을 끼얹을 때 소름이 끼치곤 했다. 물이 햇빛에 데워지지 않아서가 아니라 그가 나의 벗은 몸을 볼 수 있었기 때문이었다.

한번은 그가 나에게 말했다. "넌 아직 어린애야." 근육이 충분히 발달하지 않고 힘이 약하다는 의미로 한 말이었을까? 아니면 다른 의미가 있었던 것일까? 그의 몸은 근육이 붙고 단단했다. 등과 가슴에 털도 나 있었다.

나는 지금까지 아버지뿐만 아니라 남자의 벗은 몸을 본 적이 한 번도 없었다. 비누투성이인 마흐무트 우스타의 머리에 양철 바가지로 물을 끼얹을 때 그를 보지 않으려고 애를 썼다. 때로 그의 팔, 다리, 등에서 우물을 팔 때 생긴 멍과 상처 자국들을 보아도 아무 말 하지 않았다. 하지만 마흐무트 우스타는 내 머리에 물을 끼얹을 때 커다랗고 강한 손가락 끝으로 내 등과 팔에 있는 멍을 걱정 반 장난 반으로 만지고는 내가 "아!" 하고 신음하며 움츠리는 것을 보고 미소를 지으며 다정하게 말했다. "조심해라."

그는 때로는 다정하게 때로는 위협하듯 "조심해. 멍청한 조수는 우물 바닥에 있는 사람을 불구로 만들고, 부주의한 조수는 죽이고 말지." "명심해, 네 생각과 눈과 귀는 항상 아래에 있어야 한다는 걸." 하며 갈고리에서 빠진 양동이가 우물 아래에 있는 사람을 어떻게 짓이겼는지 설명하곤 했다. 혹은 아래에 있는 우스타가 가스에 질식해 기절했을 때 위에 있는 덤벙대는 조수가 삼 분 동안 이를 알아채지 못하면 어떻게 순식간에 사자(死者)들의 세계로 이동하는지를 몇 마디 말로 설명해 주었다.

나는 그가 다정하게 내 눈을 들여다보며 교훈적이고 무서운 이야기들을 들려주는 것을 아주 좋아했다. 우스타가 부주의한 조수들이 어떤 짓을 했는지에 대해 열정적으로 설명할 때 그의 머릿속, 지하 세계, 사자들의 세계, 가장 깊은 땅속과 천국과 지옥 사이에 어떤 관련이 있다는 것을 느끼고 소름이 돋았다. 우스타에 의하면 우리가 땅을 팔수록 신과 천사들이 있는 층을 향해 나아가는 것만 같았다. 하지만 한밤중에 불어오는 서늘한 바람이 군청색 하늘과 거기에 매달린 수만 개의 떨리는 별들은 정반대 방향에 있다는 것을 상기시켜 주었다.

해가 지는 동안 아름다운 정적이 이어지는 가운데 마흐무트 우스타는 한편으로 저녁 식사가 잘 요리되고 있는지 냄비 뚜껑을 열어 보고, 다른 한편으로 텔레비전 화면을 조정하려고 애를 썼다. 그는 이 텔레비전을 낡은 자동차 배터리와 함께 게브제에서 가져왔는데, 처음 이틀간 배터리가 도무지 작동하지 않아 트럭에 실어 왼괴렌으로 보내 수리했다. 그리고 이제 배터리에서 전기를 공급받아 작동은 했지만 선명한 화면을 보기 위해서는 마흐무트 우스타가 무단히 애를 써야 했다. 신경질이 나면 나를 불러 철사 같은 양철 안테나를 내 손에 쥐여 주고는 "오른쪽으로, 약간 위로, 왼쪽으로." 하며 화면이 선명해지는 방향을 찾았다.

오랜 노력 끝에 마침내 어떤 장면이 보이기는 했어도 우리가 뉴스를 보면서 따뜻한 저녁을 먹을 때 화면에 나오는 장면들은 곧 오래된 추억처럼 다시 흐릿해지고, 저절로 왔다 갔다 하고, 물결치고, 떨리기 시작했다. 처음에 우리는 자리에서 일어나 한두 번 만지작거려 보았지만 어느 순간부터는 화면이 전혀 나오지 않아도 둘 다 자리에서 꿈쩍하지 않고 여전히 들리는 뉴스 앵커의 목소리를 통해 뉴스와 광고들을 듣는 것으로 만족했다.

그즈음 우리 맞은편에서 태양이 졌다. 하루 종일 보이지 않던 이상하고 희귀한 새들의 소리가 들리기 시작했다. 그러더니 주위가 완전히 어두워지기 전에 하늘에서 분홍빛 보름달이 나타났다. 나는 천막 주위에서 바스락거리는 소리, 멀리서 들리는 개 짖는 소리, 꺼져 가는 불 냄새, 존재하지 않는 사이프러스나무의 그림자들을 느끼곤 했다.

아버지는 나에게 동화를 들려주거나 이야기를 해 준 적이 없었다. 하지만 마흐무트 우스타는 매일 밤 텔레비전에 보이는 불확실하고, 심지어 희미한 장면들, 하루 종일 겪은 고통, 어떤 추억에서 출발한 이야기들을 해 주었다. 이 이야기들의 어떤 부분이 상상이고, 어떤 부분이 진짜이고, 시작이 어디이며 끝이 어디인지는 확실하지 않았다. 그래도 나는 그 이야기들에 몰입하고, 마흐무트 우스타가 도출한 교훈들을 듣는 것을 좋아했다. 그렇다고 이야기들을 완전히 이해한 것은 아니었다. 예를 들어 한번은 마흐무트 우스타가 어린 시절에 어떤 거인에게 납치되어 지하 세계로 끌려간 이야기를 들려준 적이 있다. 지하는 어둡지 않았고, 오히려 밝았다. 거인은 그를 환한 궁전으로 데려가 호두와 벌레 껍질, 생선 머리와 뼈 들이 놓인 잔칫상으로 안내했다. 그의 앞에 세상에서 가장 좋은 음식들을 놓았지만 마흐무트 우스타는 뒤쪽에서 여자들이 우는 소리를 듣고 한 입도 먹지 않았다. 그러면서 말하길, 지하에 있던 파디샤의 궁전에서 들은 여자들의 울음소리가 마치 텔레비전에 나오는 여성 앵커의 목소리 같았다고 했다.

또 한번은 서로를 인식하지 못하고 이해하지 못한 채 수천 년 동안 바라만 보고 있었던 코르크 산과 대리석 산에 대해 이야기한 후 『코란』에 "네 집을 높은 지대에 지어라."라는 구절이 있다고 말했다. 지진이 높은 곳에는 영향을 미치지 않을 거라는 의미다. 우리가 우물을 높은 곳에서 파는 것은 행운이라고 했다. 지대가 높은 곳에서는 물이 쉽게 나오기 때문이었다.

마흐무트 우스타가 이런 것들을 설명하는 동안 날이 꽤 어두워졌고, 볼 수 있는 다른 것들이 없었기 때문에 우리 둘 다 텔레비전에 나오는 형체를 분간하기 힘든 장면들을 마치 알아볼 수 있는 선명한 장면인 양 빤히 바라보았다.

때로 마흐무트 우스타는 텔레비전 화면에서 보이는 어떤 얼룩을 가리키며 말했다. "봐, 저기에도 있어! 이건 우연이 아니야!"

유령 같은 장면들 속에서 나도 한순간 서로 마주 보고 있는 두 개의 산을 인지하곤 했다. 하지만 착각이라는 것을 내 자신에게조차 말하지 못하고 있을 때 마흐무트 우스타는 화제를 바꿔 나에게 조언을 했다. "내일 손수레에 흙을 끝까지 채우지 마라." 콘크리트를 부을 때, 텔레비전을 배터리에 연결할 때, 도르래의 설계도를 그릴 때는 엔지니어처럼 생각하고 행동하던 사람이 이 전설과 동화 이야기를 마치 자신이 진짜로 경험한 것처럼 해 주는 것은 나를 매료시켰다.

저녁을 먹고 나서 주변을 정리하고 있을 때 가끔가다 마흐무트 우스타가 말했다. "마을에 가서 못을 사자꾸나." "담배가 다 떨어졌네."

처음 며칠 밤은 우리가 선선한 어둠 속에서 왼괴렌을 향해 걸어가는 동안 아스팔트 위에 달빛이 반짝였다. 나는 이전 어느 때보다 머리 위로 하늘을 아주 가까이 더 강하게 느끼며 아버지, 어머니를 생각했다. 밤새 매미가 쉬지 않고 맴맴거리는 소리가 듣기 좋았다. 달이 없는 밤에는 하늘에 떠 있는 수만 개의 반짝반짝 빛나는 별들을 경탄하며 바라보았다.

마을에서 어머니에게 전화를 걸어 모든 것이 잘되어 가고 있다고 말했을 때 어머니는 울기 시작했다. 마흐무트 우스타가 돈을 주었다고 말하며(사실이었다.) 어머니를 안심시키려고 애썼다. 두 주 안에 집으로 돌아갈 거라고 말했다.(사실이었다.) 내 이성의 한편은 이곳에서 마흐무트 우스타와 함께 있는 것에 만족스러워한다는 것을 알았다. 아버지가 집을 나간 지금 가장으로서 내가 쓸 돈을 내 스스로 벌 수 있기 때문이었을까?

하지만 저녁마다 왼괴렌에 가면 내 행복의 진짜 이유를 확연히 느꼈다. 나는 기차역 광장에서 보았던 빨강 머리 여인과 다시 우연히 만나고 싶었다. 마을로 내려가면 마흐무트 우스타와 그 집 앞을 지나는 길로 가려고 애를 썼다. 그날 밤 기차역 광장을 아직 지나지 않았을 때 나는 핑계를 대고 우스타와 헤어져 발걸음을 천천히 하면서 그 집 앞을 지나갔다.

밋밋하게 회칠을 한 누추한 외양의 3층짜리 아파트였다. 저녁 뉴스 시간 이후에는 위쪽 두 층에 불이 켜져 있었다. 가운데 층 창문들은 항상 커튼을 쳐 놓았다. 맨 위층은 커튼을 반쯤만 쳤고, 때로 창문이 열려 있기도 했다.

나는 빨강 머리 여인이 그녀의 어머니와 동생과 함께 때로는 위층에, 때로는 가운데 층에 살고 있다고 생각했다. 위층에 산다면 약간은 돈이 있다는 의미였다. 빨강 머리 여인의 아버지는 직업이 뭘까? 그를 본 적이 없다. 어쩌면 나의 아버지처럼 사라져 버렸는지도 모른다.

낮에 힘들게 일할 때, 예를 들어 꽉 채운 무거운 양동이를 도르래로 천천히 끌어 올릴 때, 혹은 점심 휴식 시간에 그늘에 누워 깜빡 졸 때 나는 상상 속에서 빨강 머리 여인을 보았고, 그녀를 생각했다는 것을 알았다. 약간 부끄럽기도 했다. 각별히 주의해야 할 일을 하는 도중에 전혀 알지 못하는 여성에 대한 상상에 빠진 것이 부끄럽지는 않았다. 그것은 이 상상의 순수함과 투박함 때문이었다. 벌써부터 내가 그녀와 결혼을 하고, 그녀와 사랑을 나누고, 어떤 집에서 행복하게 산다고 상상했던 것이다. 그녀의 집 문 앞에 있을 때 내가 보았던 그녀의 빠른 몸짓, 작은 손, 큰 키, 동그란 입술과 얼굴에 나타난 다정하고 슬픈 표정이 항상 머리에 떠올랐다. 특히 웃을 때 얼굴에 나타난 조롱하는 듯한 표정이 인상 깊었다. 이 상상들은 내 머릿속에서 시도 때도 없이 들꽃들처럼 끊임없이 피어났다.

때때로 우리가 함께 책을 읽은 후 입맞춤을 하고 사랑을 나누는 모습이 눈앞에 그려졌다. 젊은 시절 어떤 이상을 위해 함께 흥분하며 책을 읽었던 여자와 결혼하는 것은 아버지에 의하면 가장 커다란 행복이었다. 언젠가 아버지가 어머니에게 다른 누군가의 행복에 대해 언급할 때 하는 말을 들은 적이 있었다.

8

마을에서 저녁을 보내고 마흐무트 우스타와 함께 우리 천막으로 돌아올 때 나는 우리가 마치 하늘을 향해 걸어가는 기분을 느꼈다. 우리가 있는 '높'은 '평지'로 올라가는 비탈길에는 집이 한 채도 없었기 때문에 사방이 칠흑처럼 어두웠고, 그래서 발걸음을 옮길 때마다 우리 앞에 있는 별들과 점점 가까워진다는 인상을 받았다. 비탈길 끝 작은 묘지에 있는 사이프러스나무들이 별들과 우리 사이로 들어오면 밤은 더욱 어두워졌다. 한번은 사이프러스나무들 사이로 보이는 하늘에서 별이 떨어졌다. 우리 둘은 동시에 서로를 바라보며 말했다.
"봤어?" "봤어요?"

우리는 종종 천막 가장자리에 앉아 떨어지는 별을 보며 이야기를 나누었다. 마흐무트 우스타는 모든 별은 한 사람의 생명을 의미한다고 믿었다. 신이 여름밤에 많은 별을 만든 것은 수많은 사람이, 수많은 생명이 있음을 상기시키기 위해서라고 했다. 별이 떨어지면 때로 마흐무트 우스타는 정말로 어떤 사람의 죽음을 목격한 것처럼 마음 아파하며 기도를 했고, 내가 무심한 것을 보고 언짢아했으며, 바로 새로운 이야기를 시작하곤 했다. 그가 하는 이야기들을 그저 내게 화내지 말라고 모두 수긍해야만 했던 것일까? 많은 세월이 흐른 후 마흐무트 우스타가 내게 해 준 이야기들이 나의 삶을 결정해 버릴 만큼 이루 헤아릴 수 없이 큰 영향을 미쳤다는 결론을 내렸을 때, 나는 많은 책을 읽기 시작했고 그것들의 원천들을 찾았다.

나의 우스타가 해 준 이야기들은 대부분 『코란』에서 인용한 것들이었다. 예를 들면 악마가 인간들에게 초상화를 그리라고 부추기고, 죽은 사람들을 기억하기 위해 그 그림들을 보라고 조언하고, 결국에는 사람들을 우상 숭배라는 죄 많은 길로 이끄는 이야기였다. 하지만 마흐무트 우스타는 여기저기 바꾼 이 이야기들을 어떤 수도승으로부터 들었거나, 찻집에서 들었거나, 심지어 자신이 경험한 것처럼 이야기했고, 나중에는 갑자기 실제 있었던 기억으로 전이시키곤 했다.

한번은 500년 된 비잔틴 시대 우물 속으로 어떻게 들어가게 되었는지를 이야기해 주었다. 모든 사람들이 정령이 있다고, 마법에 걸렸다고, 불길하다고 했던 우물에 사실은 가스가 차 있다는 것을 보여 주기 위해 마흐무트 우스타는 신문 한 장을 비둘기 날개처럼 펼쳐 양쪽 끝에 불을 붙이고 아래로 던졌다고 했다. 활활 타며 서서히 아래로 내려간 신문은 우물 바닥에 닿자 공기가 없어 꺼져 버렸다. 나는 공기가 아니라 산소가 없어서라고 우스타의 말을 정정해 주었다. 나의 아이 같은 건방진 말에 신경 쓰지 않고 우스타는 도마뱀과 전갈이 우글거리는, 벽돌과 돌로 된 비잔틴 시대의 우물 벽이 오스만 제국 시기의 우물과 같은 양식으로 만들어졌으며 호라산산 석회를 사용했노라고 설명을 이어 갔다. 또 공화국, 아타튀르크 시대 이전에 옛 이스탄불의 우물 파는 명수들은 아르메니아인이었다고도 했다.

그는 사르예르, 뷔윅데레, 타라브야 산등성이의 무허가촌 마을에 판 수많은 우물들을, 1970년대에 가르친 모든 견습생들을, 일이 많을 때 동시에 두세 개를 파던 것을 그리워하며 떠올리곤 했다. 당시에는 많은 사람들이 아나톨리아에서 이스탄불로 왔고, 보스포루스를 내려다보는 언덕에 수도와 전기가 아무것도 없는 무허가촌을 형성했다. 이웃하는 서너 명이 돈을 모아서는 우물을 파달라며 마흐무트 우스타를 찾아왔다. 그 시절 마흐무트 우스타는 꽃과 과일 그림들이 그려진 멋들어진 마차를 소유하고 있었으며, 자신의 상품 목록을 점검하는 사장처럼 하루에 마을 세 곳을 방문하여 우물을 점검했다. 그는 가는 곳마다 우물 아래로 내려가 일을 했고, 그곳 조수에게 믿고 일을 맡길 수 있다는 것을 확인한 후 다른 우물로 향했다.

그는 말했다. "조수를 믿지 못하면 우물 파는 명수가 될 수 없단다. 명수는 지상에 있는 아이가 모든 것을 옳고, 반듯하게, 제시간에, 주의 깊게 한다는 것을 확신해야 일에 열중할 수 있지. 살아남으려면 우물 파는 사람은 아들을 믿는 것처럼 조수를 믿어야만 한다. 나의 스승은 누구였는지 알아?"

나는 그 답을 알았음에도 불구하고 "누군데요?" 하고 물었다.

마흐무트 우스타 역시 얘기를 많이 해 주었기 때문에 내가 답을 안다는 것을 알았다. 하지만 그 사실을 모르는 척 마치 선생님 같은 태도로 말했다. "나의 스승은 나의 아버지였어. 너도 유능한 조수가 되고 싶으면 내 아들이 되어야 한다."

마흐무트 우스타에 의하면 스승인 명수와 조수 사이에 갖는 관계의 비밀은 아버지와 아들의 관계와 비슷하다는 것이다. 모든 스승은 아버지처럼 조수를 사랑하고, 보호하고, 가르칠 책임이 있다. 왜냐하면 그 일이 나중에는 조수에게 유산으로 남기 때문이다. 이에 대한 대가로 조수는 명수의 일을 배우고, 그의 말을 귀담아듣고, 그에게 복종한다. 명수와 조수 사이가 반감과 멸시로 틀어지면, 아버지와 아들 사이가 그러하듯이 둘 다 상처를 입고 일도 도중에 그만두게 된다. 내가 좋은 가정의 착한 아이이기 때문에 나의 우스타는 마음이 놓이고, 나한테서 무례나 불복종은 기대하지 않는다고 했다.

마흐무트 우스타는 시와스시에 있는 수셰흐리 마을에서 태어났고, 열 살 때 부모와 함께 이스탄불로 와 뷔윅데레 뒤편에 자신들이 지은 무허가 집에서 어린 시절을 보냈다. 그는 가족이 가난했다는 것을 말하기 좋아했다. 그의 아버지는 뷔윅데레에 마지막까지 남아 있던 여름 별장에서 정원사로 일했다. 우물 파는 일은 젊은 나이에 어떤 명수를 도와주면서 배웠다. 이 일을 하면 돈을 벌겠다는 생각에 가축들을 팔고 아들 마흐무트를 조수로 삼았다. 마흐무트 우스타는 고등학교를 마칠 때까지 아버지의 조수 노릇을 했다. 군 복무를 마치고 돌아와 밭과 무허가촌에 우물들이 가장 많이 생기던 1970년대에 마차를 샀으며, 아버지가 세상을 뜨자 그 일을 이어받아 계속했다. 이십 년 동안 150개가 넘는 우물을 팠다. 그는 지금 나의 아버지처럼 마흔세 살이었고, 결혼은 한 적이 없었다.

그는 나의 아버지가 우리를 버렸고, 그래서 어머니와 내가 무일푼이 되었다는 것을 알았을까? 나는 마흐무트 우스타가 가난과 싸우면서 보낸 어린 시절에 대해 언급할 때마다 그것이 궁금했다. 때로는 내가 약국을 소유하고 있는 집안의 '도련님'이었다가 어려운 상황에 빠져 우물 파는 명수의 조수 일을 하는, 그러니까 점잖은 집안의 아이이기 때문에 그가 나를 비꼰다고 과민하게 받아들였다.

우물을 파기 시작한 지 일주일이 지난 어느 날 저녁 마흐무트 우스타는 예언자 요셉과 그의 형제들 이야기를 해 주었다. 나는 아버지 야곱이 아들들 중 요셉을 가장 사랑했으며, 다른 형제들이 질투심에 싸여 거짓말로 요셉을 꼬드겨 어두운 우물 속에 던진 이야기를 귀 기울여 들었다. 마흐무트 우스타가 내 얼굴을 보며 "그래, 요셉은 잘생기고 아주 영리했지. 하지만 아버지는 아들들을 차별하지 말아야 해."라고 말하던 것이 무엇보다 내 머릿속에 남았다. 그는 잠시 후 덧붙였다. "아버지라는 사람은 공정해야 한단다. 공정하지 못한 아버지는 자식의 눈을 멀게 만들지."

그는 왜 장님이 된다는 이야기로 끝을 맺었을까? 이 주제가 어디서 나온 것일까? 요셉이 우물 바닥에서 칠흑 같은 어둠 속에 남게 되었다는 것을 강조하기 위해서였을까? 나는 오랜 세월 동안 내 스스로에게 수없이 이 질문을 했다. 이 이야기가 왜 나를 불안하게 만들었고, 왜 그토록 우스타에게 화가 났을까?

9

다음 날 마흐무트 우스타가 전혀 예기치 않게 단단한 바위와 맞닥뜨리자 우리는 처음으로 흥이 깨지고 말았다. 그는 곡괭이의 끄트머리로 돌을 잘못 내리칠까 염려하며 아주 조심스럽게 일했고, 이는 진행 속도를 더욱 더디게 만들었다.

빈 양동이가 채워지길 기다리는 동안 알리는 가끔 풀밭 위에 누워 쉬었다. 하지만 나는 아래에서 안간힘을 쓰고 있는 우스타에게서 눈을 떼지 않았다. 더위는 사람을 지치게 만들었고, 태양이 내 목덜미를 내리쬐었다.

정오에 다니러 온 땅 주인 하이리 씨가 바위에 대해 듣고는 무척이나 언짢아했다. 그는 작열하는 태양 아래서 우물 바닥을 보며 담배 한 대를 피운 후 이스탄불로 돌아갔다. 우리는 그가 가져온 수박을 잘라 흰 치즈와 함께 여전히 따뜻한 빵으로 점심을 때웠다.

그날은 그다지 땅을 파지 못했기 때문에 마흐무트 우스타는 오후에 콘크리트를 치지 않아도 되었다. 그래서 해가 질 때까지 고집스럽게 일을 계속 했다. 알리가 간 후 내가 저녁을 준비해 주었을 때 그는 지쳐 있었고, 조급해했다. 우리는 아무 말도 하지 않았다.

"내가 처음에 제안한 곳을 팠더라면 좋았을 텐데!"라며 하이리 씨는 마흐무트 우스타의 기술과 예감에 대해 가시 돋친 말을 했다. 나는 우스타가 이 말 때문에 그토록 화가 났다고 생각했다.

식사를 마치면서 마흐무트 우스타는 말했다. "오늘은 마을에 내려가지 말자꾸나."

늦은 시간이었고, 그는 무척이나 피곤해했다. 나는 그가 마음이 내키지 않는 것을 이해했다. 하지만 어쨌든 마음이 불안했다. 매일 저녁 역 광장으로 가 빨강 머리 여인을 생각하며 걷고, 어쩌면 그녀가 지금 집에 있을 거라는 생각에 그 아파트 창문을 쳐다보는 것이 일주일 중 내게 없어서는 안 될 일과가 되어 버렸다.

"넌 가 봐라, 나한테 말테페 담배 한 갑 사다 주고." 마흐무트 우스타가 말했다. "어둠이 무섭지는 않지, 그렇지?"

하늘은 구름 한 점 없이 깨끗했다. 나는 별들을 바라보며 작은 윈괴렌 마을의 불빛을 향해 기운차게 걸어갔다. 묘지에 다다르기 전에 별 두 개가 동시에 떨어지는 것을 보고 마치 빨강 머리 여인과 만난 듯한 흥분을 느꼈다.

하지만 역 광장에 도착했을 때 아파트는 불이 꺼져 있었다. 안경 낀 담배 장수에게 가 우스타가 주문한 담배를 샀다. 약간 떨어진 귀네시 야외극장에서 쫓고 쫓기는 장면인 것 같은 소리가 들려왔다. 벽의 벌어진 틈으로 화면을 바라보며 관람객들 중 빨강 머리 여인과 그녀의 가족을 찾았지만 없었다.

마을 밖 군 주둔지로 가는 길이 시작되는 지점에 공연 포스터들이 걸린 천막이 서 있었다. 포스터에는 "교훈을 주는 전설 극단"이라고 쓰여 있었다.

내가 어렸을 때 어느 여름인가 으흘라무르 여름 별장 뒤 공터에 있는 놀이공원에서 멀지 않은 곳에 이것과 같은 유랑 극단이 들어섰는데 흥행이 되지 않아 문을 닫고 말았다. 이 극단도 그와 비슷한 것일 게다. 나는 거리를 조금 더 배회했다. 영화가 끝났고, 텔레비전 정규 방송 시간이 끝났고, 거리가 텅 비었다. 그러나 역이 내다보이는 집의 창문들은 불이 켜지지 않았다.

죄책감에 시달리며 빠른 걸음으로 되돌아왔다. 묘지 쪽으로 향하는 비탈길을 올라갈 때 내 심장이 빠르게 뛰었다. 사이프러스나무에 앉은 부엉이 한 마리가 나를 조용히 응시하는 것을 느꼈다.

어쩌면 빨강 머리 여인과 그 가족은 윈괴렌을 떠나 버렸는지도 모른다. 아니, 어쩌면 그들이 마을에 있는데 내가 쓸데없이 다급해하며 마흐무트 우스타가 두려워 일찍 돌아왔다. 나는 왜 이렇게 그를 조심스러워하는 걸까?

마흐무트 우스타가 말했다.

"왜 이렇게 늦었어, 걱정했잖아."

그는 잠깐 눈을 붙인 덕분에 기분이 나아졌다. 그가 내 손에서 담뱃갑을 낚아채 즉시 담배에 불을 붙였다.

"마을은 어땠어?"

"별일 없어요. 유랑 극단이 왔던데요."

"그놈들은 우리가 왔을 때도 있었어. 군인들을 위해 벨리 댄스를 추고, 부도덕한 짓도 하지. 그런 극단들은 매음굴이나 다름없어. 신경 쓰지 마! 마을에도 다녀왔고 사람들도 봤으니 오늘 저녁은 네가 이야기를 해 주지그래, 도련님!"

나는 이러한 제안을 기대하지 않았다. 그리고 나를 왜 또 "도련님"이라고 부를까? 일순 나는 그를 불편하게 할 이야기를 궁리했다. 마흐무트 우스타가 자신이 해 주는 이야기들로 나를 훈육하려고 했으니 나도 내 이야기로 그를 불편하게 만들어야겠다고 생각했다. 내 머릿속에 실명, 연극 같은 것들이 떠올랐다. 그래서 그에게 그리스 왕 오이디푸스 이야기를 하기 시작했다. 이 이야기를 다 읽은 적은 없다. 하지만 지난해 여름 데니즈 서점에서 요약본을 읽었고, 그 내용을 잊을 수가 없었다.

『당신의 꿈과 인생』이라는 선집에서 읽은 그 글은 알라딘의 램프에 등장하는 정령처럼 내 뇌리의 한구석에 일 년 동안 저장되어 있었다. 이제 나는 그 이야기를 요약본을 읽고 알게 된 것이 아니라 마치 경험했던 어떤 추억인 양 열정적으로 이야기했다.

오이디푸스는 그리스에 있는 테베의 왕 라이오스의 아들이자 왕자였다. 아직 어머니의 배 속에 있을 때부터 중요한 인물이었기 때문에 점성술사에게 가 그의 미래를 물었고, 슬픈 예언을 듣게 된다……. 나는 이 부분에서 잠시 입을 다물고 마흐무트 우스타처럼 텔레비전에 비치는 모호한 그림자들을 바라보았다.

끔찍한 예언에 의하면 오이디푸스 왕자는 장차 아버지를 죽이고 친어머니와 결혼해 아버지의 왕좌에 앉는다고 했다. 예언이 두려웠던 아버지 라이오스는 태어나자마자 아들을 납치해 숲속에 갖다 버리라는 명령을 내린다.

버려진 아기 오이디푸스는 나무들 사이에서 그를 발견한 이웃 왕국의 한 시녀에 의해 목숨을 구했다. 모든 면에서 고귀

한 신분인 것이 확실한 오이디푸스는 이 다른 나라에서도 왕자로 키워졌다. 그런데 성장하면서 그 나라에 생소함을 느끼고는 그 이유가 궁금해 점성술사에게 자신의 미래를 물었고, 똑같은 예언을 들었다. 신이 오이디푸스가 아버지를 죽이고 어머니와 동침한다는 운명을 내린 것이다. 이렇게 해서 오이디푸스는 이 끔찍한 운명에서 도망치기 위해 즉시 그 나라를 떠났다.

오이디푸스는 우연히 조국인 테베로 가고, 어느 다리를 지나며 한 노인과 사소한 이유로 논쟁에 휘말린다. 그 노인은 사실 친아버지인 라이오스 왕이었다.(나는 이 장면을, 그러니까 아버지와 아들이 서로를 알아보지 못하고 다툼을 벌이는 장면을 마치 터키 영화에 나오는 어떤 장면처럼 장황하게 이야기했다.)

그들은 결투를 했고, 종국에는 오이디푸스가 승리를 거두어 분노에 찬 검으로 일격을 가해 아버지를 죽였다. 나는 마흐무트 우스타의 얼굴을 똑바로 쳐다보며 말했다. "물론 자신이 죽인 사람이 아버지인 것은 몰랐지요."

눈살을 찌푸린 채 우스타는 이야기를 듣는 것이 아니라 나쁜 소식을 전해 들은 것처럼 슬픈 표정을 하고 있었다.

아무도 오이디푸스가 그의 아버지를 죽이는 것을 보지 못했다. 그가 도착한 테베에서는 아무도 그를 살인자라고 비난하지 않았다.(이 말을 하면서 나는 아버지를 죽이는 커다란 죄를 범하고 붙잡히지 않는 것이 어떤 것일까 하고 상상했다.) 설상가상으로 테베의 골칫거리, 여자 얼굴에 사자의 몸을 하고 커다란 날개가 달린 괴물이 낸 그 누구도 풀지 못한 수수께끼까지 풀자 사람들은 오이디푸스를 영웅으로 여기고 테베의 새로운 왕으로 추대했다. 이렇게 해서 오이디푸스는 왕비, 그러니까 그가 아들인 줄 모르는 어머니와 결혼을 했다.

나는 이 마지막 사실을 급히 속삭이듯 말했다, 마치 아무도 듣지 않았으면 하는 마음으로. 그런 다음 한 번 더 말했다. "오이디푸스는 자신의 어머니와 결혼했답니다." 그리고 이 모든 끔찍한 이야기를 내가 꾸며 냈다고 생각하지 않도록 "네 명의 자식이 태어났지요. 나는 이 이야기를 사실은 어떤 책에서 읽었습니다."라고 덧붙였다.

나는 우스타의 빨간 담배 끝을 보며 이야기를 이어 갔다.

"많은 세월이 흐른 후 어느 날 오이디푸스가 아내와 아이들과 행복하게 사는 도시에 흑사병이 창궐했답니다. 흑사병 때문에 사람들이 죽어 나갔지요. 두려움에 휩싸인 사람들은 신들이 뭐라고 할지 궁금해하면서 중재인을 보냈답니다. 신들은 말했어요. '만약 흑사병에서 벗어나고 싶다면 선왕을 죽인 살인자를 찾아 그를 도시에서 쫓아내라. 그러면 흑사병이 물러날 것이다!'"

다리에서 실랑이를 벌이다 죽인 노인이 아버지일 뿐만 아니라 테베의 선왕이라는 것을 모르는 오이디푸스는 즉각 살인자를 찾으라고 명령을 내렸다. 살인자를 찾으려고 가장 애를 많이 쓴 사람은 그 자신이었다. 그러면서 자신이 바로 아버지를 죽인 사람이라는 사실을 알게 되었다. 이보다 더 최악의 상황은 아내가 자신의 친어머니라는 사실을 알게 된 것이었다.

여기까지 이야기한 후 나는 잠시 입을 다물었다. 마흐무트 우스타는 밤마다 종교와 관련된 이야기를 해 줄 때 가장 경고가 될 만한 부분에 이르러 말을 멈추곤 했다. 그의 말투에서 나는 "봐라, 너의 끝은 이렇단다." 같은 어떤 위협을 느꼈다. 나는 지금 그를 모방하고 있었지만 무엇이 교훈인지는 몰랐다. 그래서 이야기의 결말에 이르러 오이디푸스의 처지를 슬퍼하며 동정 어린 목소리로 말했다.

"자신이 친어머니와 잠자리를 했다는 것을 알게 된 오이디푸스는 스스로 자신의 눈을 찔렀지요. 그러고는 그 나라를 떠나 다른 세계로 갔습니다."

"그러니까 결국 신이 말한 대로 되었군." 마흐무트 우스타는 말했다. "그 누구도 운명을 거역할 수 없는 거지."

마흐무트 우스타가 이 이야기에서 운명에 관련한 교훈을 이끌어 내자 나는 놀랐다. 나는 운명이라는 모든 주제를 잊고 싶었다.

"네, 오이디푸스가 자신을 벌하자 흑사병이 물러나고 나라는 구원을 얻었지요."

"너 지금 이 이야기를 왜 나한테 해 준 거니?"

"모르겠습니다."

내 마음속에는 어떤 죄책감이 자리 잡고 있었다.

"도련님, 난 이 이야기가 마음에 안 들어. 네가 읽은 책이 뭐였다고 했지?"

"꿈에 관한 책이었어요."

나는 마흐무트 우스타가 다시는 나에게 "너도 한번 이야기를 해 보렴!"이라는 말을 하지 않을 것을 알았다.

10

마흐무트 우스타와 함께 마을에 가면 우리는 순서대로 가야 할 곳에 들렀다. 먼저 안경 낀 담배 가게 주인에게서 혹은 텔레비전을 켜 놓은 작은 가겟방에서 우스타의 담배를 샀다. 그런 다음에는 그때까지 문을 연 철물점이나 목공소에 들렀다. 마흐무트 우스타는 삼순 출신의 목수와 친구가 되었고, 때로 그가 문 앞에 내다 놓은 의자에 앉아 담배를 피웠다. 그러면 나는 우스타가 눈치채지 않게 빨강 머리 여인이 사는 집의 창문을 보려고 역 광장에 다녀왔다. 목공소가 닫혀 있으면 우스타는 "저기서 차 한잔 사 주마." 했고, 광장으로 이어지는 골목에 자리한 루멜리 찻집의 쌍여닫이 문 앞에 놓인 빈 테이블 중 하나에 앉곤 했다. 거기에서 광장은 보였지만 빨강 머리 여인이 사는 아파트는 보이지 않았다. 나는 가끔 핑계를 대며 자리에서 일어나 아파트 창문이 보일 때까지 걸어갔고, 불이 켜져 있지 않은 것을 보고는 되돌아왔다.

루멜리 찻집 앞 테이블에서 차를 마시는 그 삼십 분 동안 마흐무트 우스타는 그날 우리가 한 작업에 대해 짧게 평가했다. 첫날 저녁에 그는 말했다. "바위가 아주 단단해, 하지만 걱정 마, 내가 알아서 할 테니." 둘째 날은 "조수는 우스타를 신뢰하는 법을 배워야 해." 했고, 셋째 날은 초조해하는 나의 모습을 보고 "군사 쿠데타가 일어나기 전처럼 다이너마이트가 있었더라면 일이 쉬웠을 텐데. 군대에서 금지했어." 하고 말했다.

어느 날 밤에는 자식을 아끼는 아버지처럼 나를 데리고 귀네시 극장에 갔다. 우리는 아이들과 함께 극장 벽의 낮은 부분에 앉아 영화를 보았다. 천막으로 돌아왔을 때 그가 말했다. "일주일이면 물이 나올 거다. 내일 네 어머니한테 전화를 드리렴, 걱정하시지 말라고."

하지만 바위는 깨지지 않았다.

마흐무트 우스타가 마을에 내려가지 않은 어느 날 저녁 나는 유랑 극단으로 가 입구에 걸린 팽팽한 천과 포스터에 쓰인 것들을 읽었다. "시인의 복수, 뤼스템과 쉬흐랍, 산을 뚫은 페르하트. 텔레비전에서는 보여 주지 않는 모험들." 나는 텔레비전에서 보여 주지 않는 것들이 무엇인지 가장 궁금했다.

입장료는 마흐무트 우스타에게 받는 일당의 대략 5분의 1이었다. 어린이와 학생들을 위한 할인 표시는 없었다. 가장 커다란 포스터에 "군인 대할인"이라고 쓰여 있었다. "토~일 13:30, 15:00."

나는 마흐무트 우스타가 '교훈을 주는 전설 극단'에 대해 안 좋은 말을 했기 때문에 내가 들어가고 싶어 한다는 것을 알았다. 왼괴렌에 내려갈 때마다 마흐무트 우스타가 내 옆에 있든 말든 핑계를 대고 극단에 가까이 가거나 그 달콤한 노란색을 최소한 멀리서나마 한 번쯤 보는 습관이 생겼다.

어느 날 저녁 마흐무트 우스타가 찻집에 앉아 있을 때 역 광장으로 가 여전히 어두운 빨강 머리 여인의 집 창문을 한 번 더 쳐다보았다. 그다음에 시간을 때우려고 식당 거리를 걷다가 빨강 머리 여인의 동생이라고 생각했던 젊은이와 우연히 마주쳤다. 나는 그의 뒤를 밟기 시작했다.

젊은이는 나보다 대여섯 살 많아 보였다. 얼마 지나지 않아 그는 역 광장으로 들어갔고, 내가 창문을 바라보았던 아파트 문을 열고는 안으로 사라졌다. 한동안 내 심장이 빠르게 뛰었다. 몇 층에 불이 들어올까? 빨강 머리 여인은 안에 있을까? 2층에 불이 들어오자 나는 무척 흥분했다. 그런데 바로 그 순간 빨강 머리 여인의 동생이 아파트에서 나와 내 쪽으로 걸어오기 시작했다. 그가 2층에서 불을 켜고 동시에 문밖으로 나올 수는 없기에 머릿속이 혼란스러웠다.

그는 곧장 나에게 다가오고 있었다. 어쩌면 내가 그의 뒤를 밟았고, 심지어 누나에게 마음을 두고 있다는 것을 아는 것 같기도 했다. 나는 다급하게 역 건물 안으로 들어가 가장자리에 있는 벤치에 앉았다. 역 안은 서늘하고 조용했다.

하지만 빨강 머리 여인의 동생은 역이 아니라 루멜리 찻집 골목 쪽을 향해 걸어갔다. 지금 그의 뒤를 밟으면 차를 마시고 있는 마흐무트 우스타가 나를 볼 테니 나란히 뻗은 골목을 빠른 걸음으로 걸어 올라가 다른 골목에 있는 플라타너스나무 뒤에서 기다렸다. 그가 생각에 잠긴 채 내 앞을 지나가자 다시 그 뒤를 따라갔다.

우리는 목재소가 있는 거리, 귀네시 극장 뒤편, 대장장이의 마차 옆을 지났다. 나는 내가 두 주 동안 이곳을 오가고 거리에서 배회하며 왼괴렌의 모든 골목들을 걸었다는 것을 여전히 영업 중인 가게들과 이발소 창문과 어머니에게 전화를 건 우체국을 보고 알았다.

빨강 머리 여인의 동생이 마을 바로 밖에서 불빛이 환한 노란 천막으로 들어가는 것을 확인하자마자 나는 뛰어서 우스타에게 곧장 돌아갔다.

"어디 있었어?"

"어머니한테 전화하려고요."

"어머니가 많이 그립니?"

"네, 보고 싶어요."

"어머니가 뭐라시던? 바위 문제를 해결하자마자 물을 찾을 거고, 길어야 일주일 안에는 돌아갈 거라고 말했니?"

"네, 말했어요."

나는 저녁 9시까지 문을 여는 우체국에서 지명 통화 수신자 부담으로 어머니에게 전화를 걸곤 했다. 여직원이 먼저 어머니의 이름을 묻는다, 그리고 이어서 묻는다. "아수만 첼리크 부인, 왼괴렌에서 젬 첼리크가 통화하고 싶어 하는데 수락하시겠어요?"

어머니는 흥분하며 말한다. "네 ,수락합니다!"

여직원이 옆에 있고 지명 통화 수신자 부담 요금이 비싼 탓에 우리 둘은 자연스러운 대화를 할 수 없었다. 우리는 서로 항상 같은 것을 묻고, 그러고는 입을 다물었다.

어머니와 나 사이의 단절과 침묵이 그날 밤 돌아오는 길에 마흐무트 우스타와 나 사이에도 존재했다. 별을 보며 거처가 있는 비탈길을 올라갈 때 우리는 아무 말도 하지 않았다. 우리가 마치 무슨 죄라도 지은 것 같았고, 수많은 별들과 귀뚜라미들이 우리의 죄를 목격이라도 한 것처럼 앞만 바라보며 침묵을 지켰다. 묘지에 있던 부엉이가 검은 사이프러스나무 위에서 우리를 반겼다.

마흐무트 우스타는 천막으로 들어가 잠들기 전에 마지막으로 담배에 불을 붙였다. "어제 했던 왕자 이야기 있잖아. 오늘 그것을 생각해 봤다. 나도 그와 비슷한 운명에 대한 이야기를 아는데 말야." 하며 그가 말문을 열었다.

처음에 나는 그가 오이디푸스 전설에 대해 언급한다는 생각을 하지 못했다. 하지만 즉시 대답했다. "해 주세요."

마흐무트 우스타는 "옛날 아주 오랜 옛날에, 너 같은 왕자가 살고 있었대." 하며 이야기를 시작했다.

왕자는 파디샤인 아버지가 가장 사랑하는 큰아들이었다. 아버지는 아들을 애지중지했고, 그가 원하는 것은 모두 해 주었으며, 그를 위해 성대한 잔치와 만찬을 베풀곤 했다. 어느 만찬에서 왕자는 아버지 곁에 선 검은 수염에 어두운 얼굴을 한 남자를 보았고, 그가 저승사자라는 것을 알았다. 왕자와 저승사자는 눈이 마주쳤고, 놀라서 서로를 한동안 바라보았다. 당황한 왕자는 만찬이 끝난 후 아버지에게 초대객들 중 한 명이 저승사자이며, 그의 이상한 눈길을 통해 그가 자신의 목숨을 가져갈 작정이라는 것을 알아보았노라고 말했다.

아버지 파디샤는 다급해하면서 말했다. "아무에게도 말하지 말고 곧장 이란의 타브리즈 궁전으로 가서 숨어 있거라. 타브리즈 왕과 나는 지금 친구로 지내니 너를 아무에게도 넘겨 주지 않을 게다."

그러고는 아들을 곧장 이란으로 보냈다. 파디샤는 다시 만찬을 준비해 아무 일도 없었다는 듯이 또다시 어두운 얼굴의 저승사자를 초대했다.

저승사자가 걱정스러운 표정으로 말했다. "파디샤 님, 오늘 저녁에는 아드님이 안 보이네요."

파디샤는 말했다. "내 아들은 지금 새파랗게 젊소. 바라건대 더 오래오래 살 거요. 그런데 당신은 왜 내 아들에 대해 묻는 거요?"

"사흘 전에 신께서 나에게 명을 내리시길, 이란에 가서 타브리즈 왕의 궁전으로 들어가 당신 아들인 왕자의 목숨을 앗으라고 하셨답니다. 그런데 어제 아드님을 이스탄불인 이곳에서 보고 놀라기도 했지만 무척이나 기뻤습니다. 아드님도 내가 그를 이상한 눈길로 쳐다보는 것을 보았답니다."

저승사자는 이렇게 말한 후 곧장 궁전을 떠났다.

11

다음 날 정오, 7월의 더위가 우리 목덜미에 내리쬐고 있을 때 10미터 아래에서 마흐무트 우스타가 온 힘을 다해 싸운 바위가 마침내 갈라지며 깨졌다. 우리는 처음에 기뻐했지만 이내 바로 속도를 낼 수는 없다는 것을 알았다. 우스타가 깬 무거운 바위 조각들을 우리 두 조수가 위로 끌어 올리는 데 많은 시간이 걸렸기 때문이다.

오후에 마흐무트 우스타가 끝내 위로 올려 달라고 우리를 불렀다.

"내가 위에서 너희 둘 중 한 명과 도르래를 돌리면 아래 있는 바위 조각들을 더 빨리 처리할 텐데……. 둘 중 한 명이 아래로 내려가라, 내가 여기 남을 테니. 누가 내려갈 거냐?"

알리도 나도 아무 말 하지 않았다.

마흐무트 우스타가 말했다. "알리가 내려가는 것으로 하자."

나는 마흐무트 우스타가 나를 아끼는 것이 좋았다. 알리가 한 발을 양동이에 올려놓았고, 우리는 천천히 도르래를 돌래 그를 아래로 내렸다. 이제 우스타와 내가 돌을 끌어 올리는 일을 하게 되었다. 나를 아래로 내려보내지 않아 그에게 감사하는 마음이 들었고, 나는 이 마음을 그에게 눈길로 혹은 말로 표현할 수 있을지 고민했다. 그가 하라는 일을 그 이상으로 해내고자 하는 바람은 사실 내가 좋아하는 감정은 아니다. 하지만 그렇게 하면 내 생활이 더 편해지고 물을 더 빨리 발견할 거라고 믿었다. 도르래를 돌릴 때나 알리가 아래에서 일을 마치기를 기다릴 때 우리는 아무 말도 하지 않고 그저 주위에서 들려오는 소리에만 귀를 기울였다.

한쪽 방향에서 귀뚜라미 울음소리가 단일음처럼 끊임없이 들려왔다. 그 아래 있는 저음의 불확실한 울림은 30킬로미터 떨어진 이스탄불이 내는 불쾌한 소음이었다. 우리가 처음 이곳에 왔을 때는 이 웡웡거리는 소리를 듣지 못했다. 다른 소리들이 그 소리를 덮었기 때문이다. 까마귀들, 제비들, 그리고 우리가 알지 못하는 수많은 새들이 고함치듯, 구슬프게 하소연하듯 떠드는 소리들이 들렸고, 나중에는 이스탄불에서 유럽으로 향하는 긴 화물 기차가 덜커덩덜커덩거리는 소리,

더위 속에서 무기를 들고 뛰면서 "들판, 들판." 하며 노래를 부르는 사병들의 소리가 들려왔다.

이따금 우리는 눈길이 마주쳤다. 마흐무트 우스타는 나에 대해 정말 무슨 생각을 하는 걸까? 나는 그가 나를 더 좋아하고 더 아껴 주었으면 하고 바랐다. 하지만 눈이 마주치면 내가 먼저 눈길을 피하곤 했다.

때로 마흐무트 우스타는 말했다. "또 비행기가 지나가는구나, 봐라." 그러면 우리 둘 다 눈을 들어 비행기를 보았다. 예실쾨이에서 이륙한 비행기들은 이 분 정도 올라가다 우리 머리 위에서 방향을 바꾸었다. 그 순간 알리가 아래에서 "끌어당겨!" 하고 고함을 치면 철과 니켈(니켈이 무엇인지 마흐무트 우스타가 보여 주었다.) 성분이 든 작은 바위 조각들을 삐걱거리는 도르래를 천천히 돌려 위로 끌어 올린 후 손수레에 비웠다.

마흐무트 우스타는 양동이가 올라올 때마다 아래에 있는 알리에게 이렇게 많이 채우지 말라고, 커다란 바위 조각들을 건드리지 말라고, 양동이가 갈고리에 잘 걸렸는지를 점검하라고 말했다.

손수레를 끌고 가 비우는 것은 내 몫이었다. 얼마 지나지 않아 철과 니켈과 이상한 질감의 바위 조각들로 이루어진 작은 무더기가 생겨났다. 바위들의 색, 강도, 밀도가 처음 일주일 동안 한쪽에 쌓아 놓았던 흙과 너무나 달라 그것들이 다른 세상에서 왔다는 생각이 들었다.

땅 주인 하이리 씨가 다시 왔을 때 마흐무트 우스타는 도무지 진전이 없고 이 단단한 바위층이 쉽게 끝나지 않을 것 같지만, 다른 곳에 새로 우물을 팔 생각은 없다고 말했다. 물은 지금 우리가 파는 곳에서 나온다는 말도 했다.

섬유업자 하이리 씨는 마흐무트 우스타에게 우물을 파는 깊이만큼 미터당 돈을 지불했다. 물이 나온 후에 지불할 목돈과 우리에게 줄 선물들과 사례금도 있었다. 이 지불 규정은 우물 파는 사람과 우물을 파 달라고 요청한 사람 사이에서 수 세기 동안 이어 내려온 전통으로 굳어져 있었다. 우물 파는 사람은 물을 찾기 어려운 곳에서 우물을 파면 나중에 목돈을 받지 못할 위험이 있기 때문에 장소를 주의 깊게 선택했다. 혹은 땅 주인이 "여기를 파세요." 하며 물이 없는 장소를 강요하는 경우에 우물 파는 사람은 미터당 돈을 받는다. 어떤 우물 파는 명수는 "그곳에 우물을 파라고 하면 미터당 이 정도의 돈을 더 받겠소." 하며 물이 나오지 않을 위험에 대비해 자신의 수고비를 확보했다. 어떤 사람들은 10미터가 넘으면 미터당 가격을 올렸다.

우물 파는 사람과 땅 주인 사이에 공통된 이익은 물을 찾는 것이기 때문에 어디에서 물이 나오지 않을지에 대한 결정을 둘이 함께 내리는 것이 보통이었다. 땅 주인이 더 강하게 밀어붙이는 경우도 있었다. 그가 물을 발견하기 어려운 좋지 않은 지점을(바위가 너무 많고, 모래가 많고, 메마르고, 흙 색깔이 밝은 곳) 택해 고집을 피우면 우물 파는 사람은 미터당 돈을 받기 때문에 계속 파 나갈 수 있었다. 혹은 바위가 나타났을 때 파는 속도가 느려지면 우물 파는 사람은 미터당이 아니라 일당으로 인건비를 요구할 수 있었다. 땅 주인이 그 지점에서 물이 나오지 않을 거라는 결정을 내릴 수도 있었다. 어떤 우물 파는 사람은 물이 가까이 있다고 느낄 경우에 파 내려가겠다고 밀어붙이며 며칠 더 말미를 달라고 요구하기도 했다. 나는 마흐무트 우스타의 상황이 이와 비슷하다고 보았다.

다음 날 저녁 마흐무트 우스타와 마을로 내려갔을 때 나흘 전 빨강 머리 여인의 동생을 보았던 시간보다 삼십 분 일찍, 그러니까 8시 15분에 식당 거리로 가서 그녀의 동생이 나왔던 쿠르툴루시 식당의 유리창을 통해 안을 들여다보았다. 창문에는 반쯤 레이스 커튼을 쳐 놓았다. 아는 사람이 아무도 없었다. 그래서 확인하기 위해 문을 열고 거의 텅 빈 식당을 눈으로 훑었지만 라크 냄새 속에서 아는 얼굴도 빨강 머리도 보지 못했다.

다음 날 바위 밑에서 부드러운 흙이 나왔다. 하지만 그다지 진전이 없던 차에 마흐무트 우스타는 새로운 바위와 맞닥뜨리게 되었다. 그날 저녁 루멜리 찻집에 앉을 때 우리는 고심에 차서 아무 말도 하지 않았다. 잠시 후 나는 말없이 일어나 광장으로 나가 아파트의 창문을 올려다보았다. 맞은편 인도를 따라 늘어선 아몬드나무들 때문에 창문들이 보이지 않자 식당 거리로 갔다. 이번에는 쿠르툴루시 식당의 레이스 커튼 사이로 안을 들여다보았다. 빨강 머리 여인, 그녀의 동생, 어머니가 다른 사람들 네다섯 명과 창가의 테이블에 앉아 있는 것을 보았다.

순간 흥분에 싸여 정확히 내가 무엇을 하는지도 모른 채 안으로 들어갔다. 테이블에 앉은 사람들은 자기들끼리 농담을 주고받으며 웃고 있느라 내가 들어온 것을 알아차리지 못했다. 테이블 위에 라크 잔과 맥주병들이 놓여 있었다. 빨강 머리 여인은 테이블에서 오가는 이야기를 들으며 담배를 피우고 있었다.

웨이터가 다가와 물었다. "누굴 찾나요?"

테이블에 있던 사람들이 모두 고개를 돌려 나를 쳐다보았다. 내 옆에 놓인 큰 거울을 통해 모두 볼 수 있었다. 일순 빨강 머리 여인과 눈이 마주쳤다. 그녀의 얼굴에는 익히 알던 그 다정한 표정이, 그러나 이번에는 즐거워 보이는 표정이 나타났다. 그녀는 주의 깊게 나를 보았고, 나도 그녀를 쳐다보았다. 어쩌면 비웃는 것일 수도 있었다. 그녀의 작은 손이 테이블 위에서 빠르게 움직였다.

나는 웨이터에게 아무런 대답을 하지 않았다. 그가 말했다. "저녁 6시 이후에 사병들은 출입 금지입니다."

"난 군인이 아닙니다."

"열여덟 살이 안 된 사람도 출입 금지입니다. 아는 사람이 있으면 앉고, 없으면 미안하지만 나가 주시죠."

빨강 머리 여인이 말했다. "우리가 아는 사람이에요, 앉게 놔둬요." 잠시 정적이 흘렀다. 그녀는 나를 마치 오랜 세월 동안 알고 지냈고 아주 잘 아는 사람인 양 쳐다보았다. 그녀의 눈길이 얼마나 달콤하고 우호적이었던지 내 마음은 행복으로 가득 찼다. 나도 그녀를 사랑이 가득한 시선으로 바라보았다. 하지만 이번에는 그녀가 내 눈길을 피했다.

나는 웨이터에게 아무 말도 하지 않고 곧장 밖으로 나왔다. 그리고 루멜리 찻집을 향해 걸어갔다.

"왜 이렇게 늦게 와?" 마흐무트 우스타가 말했다. "저녁마다 날 여기 남겨 놓고 어디 가는 건데?"

"우스타, 그 새로 출몰한 바위 때문에 나도 답답해요. 끝이 보이지 않으면 어쩌지요?"

"니 우스타를 믿어. 넌 내가 말했듯이 마음을 편히 가져. 나는 그곳에서 물을 찾을 거니까."

아버지의 농담과 말들은 나를 즐겁게 해 주었고, 생각하게 만들었고, 나의 기지를 발견하게 했다. 하지만 아버지가 하는 모든 말들을 항상 믿지는 않았다. 마흐무트 우스타의 말들은 항상 위안이 되고 신뢰를 주었다. 한동안은 나 역시 우리가 물을 찾을 것이라고 믿었다.

12

그 후 사흘 동안 우리는 새로 나타난 바위를 다 깨지 못했고, 빨강 머리 여인도 볼 수 없었다. 쿠르툴루시 식당에서 나를 내쫓고 싶어 하던 웨이터에 맞서 그녀가 나를 비호하던 순간, 다정한 눈길, 비웃는 듯 미소를 지을 때의 아름다운 둥근 입술이 계속해서 눈앞에 아른거렸다. 키가 크고 몸매가 아름다웠으며 무척이나 매력적이었다. 마흐무트 우스타와 알리는 하루 종일 번갈아 우물에 들어가 곡괭이로 천천히 바위를 깼다. 모든 것이 아주 천천히 진행되었고, 더위에 우리 모두 기진맥진했다. 하지만 이제 도르래를 돌려 바위 조각들을 끌어 올리고, 그것들을 손수레에 담아 옮기고 비우는 것은 그다지 힘들게 느껴지지 않았다. 빨강 머리 여인이 나를 알아보았다는 것을 보여 주는 애정이 가득 찬 눈길을 떠올리는 것만으로 내게는 충분했고, 곧 물을 발견할 거라고 믿으며 계속 일을 해 나갔다.

마흐무트 우스타가 마을에 내려가지 않았던 어느 날 저녁 나는 혼자 극단 천막까지 걸어가 표를 사려고 줄을 섰다. 그런데 매표구처럼 사용하는 테이블에 앉은 생소한 남자가 "너한테는 맞지 않아!" 하면서 입장시켜 주지 않았다.

처음에는 그 말이 내 나이를 의미한다고 생각했다. 하지만 이 작은 마을에서는 무관심 때문에 어린아이들도 가장 파렴치한 장소들에 몰래 들어갔고, 이에 대해 누구도 아무 말도 하지 않았다. 게다가 나는 이제 거의 열일곱 살이고, 모든 사람들이 말했듯이 나이가 더 들어 보였다. 어쩌면 입구에 있는 남자는 연극에 등장하는 부도덕하고 수준 낮은 것들이 나처럼 도시 출신에다 교육받은 도련님에게 맞지 않는다는 의미였을 것이다. 빨강 머리 여인이 사병들을 위해 했던 그 부도덕하고 조잡한 농담 탓도 있었을까?

마을에서 돌아올 때 무수한 별들을 보며 나는 작가가 될 거라고 다시 한번 생각했다. 마흐무트 우스타는 텔레비전을 보면서 나를 기다리고 있었다. 그는 나에게 그날 저녁 극단 천막에 다시 갔는지 물었고, 나는 가지 않았다고 대답했다. 그가 믿지 않는다는 것을 그의 눈길에서 느꼈다. 그의 입가에 나를 무시하는 듯한 표정이 어려 있었다.

하루 종일 더위 속에서 함께 도르래를 돌릴 때도 이따금 이처럼 무시하는 듯한 표정이 마흐무트 우스타의 얼굴에 나타났다. 그럴 때면 내가 무엇인가 잘못했으며, 나도 모르게 그를 실망시켰다는 죄책감이 들었다. 내가 무엇을 잘못한 것일까? 도르래를 힘껏 돌리지 않았거나, 가득 찬 양동이의 갈고리에 주의하지 않았거나, 혹은 다른 어떤 것일 수 있었다. 우물에서 물이 나오지 않자 마흐무트 우스타의 얼굴에 책망하고, 비꼬고, 심지어 의심하는 표정과 눈빛이 어렸다. 그럴 때 나 역시 죄책감을 느꼈지만 그에게 화가 나기도 했다.

아버지는 나에게 마흐무트 우스타가 보인 관심 같은 것은 전혀 보여 주지 않았다. 마흐무트 우스타처럼 아침저녁으로 나와 함께 시간을 보내지 않았다. 하지만 아버지는 한 번도 나를 무시하는 듯한 시선으로 쳐다보지 않았다. 내가 죄책감을 느꼈다면 그건 아버지가 감옥에서 고통을 당하고 있기 때문이었다. 마흐무트 우스타가 어쨌기에 내게 이러한 감정을 불러일으키는 것일까? 나는 왜 그에게 복종하고 싶어 하고, 계속 그의 마음에 들고 싶어 할까? 마주 보며 도르래를 돌릴 때 때로는 용기를 내어 내 자신에게 이 질문을 던지려고 했지만 이조차 못 하고, 우스타에게 눈길을 주지 않은 채 마음속 깊이 느끼는 그에 대한 분노로 괴로워했다.

그가 해 주는 이야기를 듣는 것이 그와 보내는 시간 중 가장 즐거운 부분이었다. 그날 저녁 텔레비전에 비치는 흐릿한 장면들을 보면서 이야기해 주었듯이 지하의 땅은 층층이었다. 어떤 층들은 너무나 두껍고 넓어서 그곳에 우물을 파는 신출내기는 그 딱딱한 층이 절대 끝나지 않을 거라는 생각이 들고는 한다. 하지만 계속 파 내려가면 결이 다른 땅을 만날 수도 있다. 이 층들은 인간 몸에 있는 혈관에 비유할 수 있었다. 마치 인간의 혈관이 우리 몸의 양분인 피를 운반하듯이 지하에 있는 이 커다란 혈관들도 철, 아연, 석회 같은 것들로 세상에 영양을 공급한다. 이것들 사이에 시내, 수로, 크고 작은 지하 호수들이 자리하고 있었다.

마흐무트 우스타는 전혀 예상치 못한 때에 갑자기 우물에서 물이 나오는 것과 관련된 많은 이야기들을 해 주었다. 예를 들어 한번은 오 년 전에 시와스 출신이 흑해 가까운 곳 사르예르 등성이에서 그를 불렀다. 그런데 우물에서 며칠 동안 물 대신 모래 섞인 흙이 몇 양동이나 나오자 물이 나올 거라는 희망을 잃고 두려워하면서 작업을 멈추라고 했다. 마흐무트 우스타는 모래를 보고 오인하지 말아야 하며, 지층은 인간의 몸이 그러하듯이 때로 맞물려 있다는 것을 그에게 설명했고, 얼마 지나지 않아 물을 찾았다.

마흐무트 우스타는 역사 깊은 이스탄불 사원들의 보수 공사에 불려갔던 일에 대해 이야기해 주는 것을 아주 좋아했다. 한번은 그가 한껏 자랑스러워하면서 말했다. "이스탄불의 모든 역사 깊은 사원에는 예외 없이 우물이 있지!" 그리고 야흐야 에펜디 사원의 우물은 사원 입구에 있는데 마흐무트파샤 사원의 우물은 비탈길을 올라가 마당에 있고 깊이가 35미터쯤 된다며 어떤 정보들로 자신의 추억에 대해 말문을 트는 것을 좋아했다. 마흐무트 우스타는 오래된 사원에 들어가기 전에 먼저 양동이에 초를 세우고 심지에 불을 붙여 우물 안으로 내려보낸다고 했다. 우물 바닥에서도 촛불이 여전히 켜져 있으면 그는 우물 안에 가스가 없다는 것을 확신하고 그 신성한 곳으로 들어간다고 했다.

또 마흐무트 우스타는 이스탄불 사람들이 몇 세기 동안 우물 안에 던진 것들이나 감추어 놓은 것들을 나열하는 것도 아주 좋아했다. 그는 오래된 우물 안에서 검, 수저, 병, 사이다 뚜껑, 램프, 폭탄, 소총, 권총, 장난감 인형, 해골, 빗, 편자, 그리고 전혀 생각지 못했던 많은 것들을 발견했다. 은화도 발견했다. 그중 일부는 물이 마른 깜깜한 우물에 감추기 위해 던져 놓았다가 오랜 세월 동안 잊혀진 것들이었다. 참 이상하지 않은가? 좋아하는 귀중한 것을 우물 안에 던져 놓고 잊어버리다는 것은 무슨 의미일까?

13

무더위로 숨을 쉴 수 없었던 7월 어느 날 정오에 소형 트럭을 타고 온 하이리 씨는 상황이 절망적인 것을 보고 우리 모두를 비통하게 만드는 말을 했다. 사흘 안에 어떤 결과를 얻지 못하면 이 우물에서 물이 나올 거라는 희망을 접고 작업을 중지시키겠다는 것이었다. 마흐무트 우스타가 계속하겠다면 그것은 알아서 할 일이라고, 그러나 사흘 뒤에도 여전히 물이 나오지 않으면 하이리 씨는 마흐무트 우스타에게도 알리에게도 일당을 주지 않겠다고 했다. 일당을 받지 않고 계속 일을 해 결국 물을 발견하면 물론 약속대로 보상을 하고, 이곳에 공장을 짓는 영광은 우스타 덕분이라고 모든 사람들에게 말할 것이라고 했다. 그렇지만 마흐무트 우스타처럼 솜씨 좋고 부지런하고 정직한 우물 파는 명수가 이 배은망덕한 토지에서 장소를 잘못 골라 힘과 재능을 허비하는 것은 더 이상 볼 수가 없다고 했다.

마흐무트 우스타는 겉보기에 침착한 분위기로 말했다. "당신 말이 옳아요, 우리는 물을 사흘이 아니라 이틀 만에 찾을 거요. 당신은 전혀 염려 마시오."

매미 울음소리 속에서 하이리 씨의 소형 트럭이 멀어졌고, 한동안 우리는 아무 말도 하지 않았다. 그 후 12시 30분에 통과하는 이스탄불행 여객 기차가 내는 칙칙폭폭 소리를 들었다. 나는 호두나무 아래 누웠지만 잠을 잘 수가 없었다. 빨강머리 여인과 연극에 대한 생각도 나를 위로하지는 못했다.

호두나무에서 500미터 떨어진, 주인의 토지 경계 너머에 2차 세계 대전 당시에 썼던 콘크리트 포대가 있었다. 나와 함께 가 그것을 한번 살펴본 마흐무트 우스타에 따르면 탱크와 보병대 공격에 맞서 기관총으로 방어하기 위해 만든 것이라고 했다. 어린아이 같은 호기심 때문에 야생 가시풀들과 블랙베리들이 막고 있는 문을 통해 안으로 들어가고 싶었지만 성공하지 못하고 풀 위에 누워 생각했다. 사흘 안에 우물에서 물이 나오지 않으면 결국에는 보너스를 받지 못할 것이다. 하지만 이곳에 있는 동안 모아 두었던 돈이면 나에게 충분하다는 계산이 섰다. 사흘 후에 물이 나오지 않는다면 지금이라도 물을 발견할 경우 토지 주인이 줄 사례금을 포기하고 집에 돌아가는 것이 가장 좋은 생각이었다.

그날 저녁 윈괴렌에서 살랑거리는 바람을 맞으며 루멜리 찻집에 앉았을 때 마흐무트 우스타가 물었다. "우리가 우물을 파기 시작한 지 며칠이나 되었지?" 그는 자신도 답을 아는 그 질문을 이틀 혹은 사흘에 한 번씩 나에게 묻는 것을 좋아했다.

나는 조심스럽게 말했다. "이십사 일 되었습니다."

"오늘도 포함했지?"

"네, 오늘도 일을 마쳤으니 계산에 넣었습니다."

"우린 다 더해서 우물 벽을 13~14미터나 만들었어." 하고는 마흐무트 우스타가 일순 그를 실망하게 만든 사람이 나이기라도 한 듯이 내 눈을 들여다보았다.

함께 도르래를 돌릴 때 이제는 그러한 눈빛으로 나를 더 자주 바라보았다. 나는 죄책감을 느꼈지만, 또한 반항하고 싶은 생각에 그곳에서 도망치고 싶었다. 내 머릿속을 스쳐 지나가는 생각들이 두렵기도 했다.

갑자기 심장이 빠르게 뛰기 시작했다. 나는 얼어붙은 듯 꿈쩍하지 않고 그대로 있었다. 빨강 머리 여인과 그녀의 가족이 광장을 지나가고 있었다.

그들 뒤를 따라가면 마흐무트 우스타가 나의 집착에 대해 알아챌 것이다. 하지만 나의 이성이 어떤 결정을 내리기도 전에 나의 다리가 먼저 행동을 개시했다. 마흐무트 우스타에게 아무 말도 하지 않고 테이블에서 일어났다. 그들을 시야에서 놓치지 않도록 주의를 기울이며 다른 쪽을 향해 광장을 가로질러 걸었다. 마흐무트 우스타가 내가 어머니에게 전화를 하기 위해 우체국으로 간다고 생각하도록 말이다.

빨강 머리 여인은 내가 기억하는 것보다 더 키가 컸다. 나는 왜 그들을 뒤따라가고 있는 걸까? 그들을 알지도 못하는데 말이다. 하지만 그들을 따라 걸어갈 때 기분이 좋았다. 빨강 머리 여인이 또 "난 널 기억해." 하는 다정한 시선으로 나를 바라봐 주었으면 했다. 마치 그녀의 그 다정다감하고 장난치는 듯한 시선이, 그녀의 사랑이, 이 세상이 얼마나 아름다운 곳인지를 내게 가르쳐 줄 것만 같았다. 그런데 한편으로 그렇게 느끼면서 다른 한편으로는 내 마음속에 스치는 것들이 모두 공허한 상상이라고 생각했다.

당시에 나는 아무도 나를 보지 않을 때 가장 완벽하게 내 자신이 된다고 생각했다. 이러한 사실을 이제 막 발견한 참이었다. 누구든 당신을 관찰하지 않으면 당신 내부에 있는 감춰진 두 번째 인물이 밖으로 나와 원하는 것을 할 수 있다. 가까운 곳에서 아버지가 보고 있으면 제2의 당신은 안에 숨어 있게 된다.

빨강 머리 여인의 옆에는 아버지로 추정되는 남자가 있었다. 그들은 어머니와 남동생보다 앞서 걸었다. 나는 뒤에 있는 사람들의 대화가 들릴 만큼 가까이 다가갔지만 무슨 말을 하는지는 알 수 없었다.

귀네시 극장에 도착했을 때 그들은 그곳을 지나가는 모든 사람들이 벽 사이로 영화를 훔쳐 보던 곳에 멈췄다. 그들로부터 대여섯 걸음 떨어지고 스크린에 더 가까운 곳에 더 작은 틈새가 있었다. 나는 그곳에, 그들과 스크린 사이에 멈춰 섰다. 하지만 스크린에 무엇이 보이는지는 신경 쓰지도 않았다. 나의 눈은 그들을 주시하고 있었다.

가까운 거리에서 빨강 머리 여인의 얼굴을 보니 내가 기억하는 것만큼 아름답지 않았다. 어쩌면 스크린의 푸르스름한 빛 때문일 수도 있다. 하지만 동그랗고 아름다운 입술과 눈길에는 삼 주가 넘게 계속되는 우물 파는 일을 견디게 한 다정다감하고 장난기 가득한 달콤한 표정이 어려 있었다.

스크린에 보이는 것들이 즐겁고 사랑스러워서일까? 아니면 다른 무엇이 있는 걸까? 문득 돌아보았을 때 빨강 머리 여인이 스크린이 아니라 나를 보며 미소 짓고 있는 것을 알았다. 그녀는 바로 그 눈길로 나를 바라보고 있었다.

온몸에서 땀이 흘렀다. 그녀에게 다가가 이야기를 나누고 싶었다. 그녀는 나보다 최소한 열다섯 살은 더 많아 보였다.

내가 아버지라고 생각한 남자가 말했다. "자, 그만 가자.

늦겠다."

그 순간 내가 정확히 무엇을 했는지 기억나지 않지만 나는 내가 서 있던 벽에서 그들 앞으로 가 멈춰 섰다.

빨강 머리 여인의 남동생이 말했다. "뭐야? 우릴 쫓아온 거야?"

어머니로 여겨지는 여자가 그에게 물었다. "투르가이, 누구니 얘는?"

빨강 머리 여인의 남동생 투르가이가 물었다. "넌 무슨 일을 해?"

아버지가 말했다. "군인인가?"

어머니는 말했다. "군인은 아니에요…… 도련님……."

이 말을 듣고 빨강 머리 여인이 미소를 지었다. 그 아름답고 선해 보이는 표정이 여전히 그녀의 얼굴에 어려 있었다.

"사실 저는 이스탄불에서 고등학교를 다닙니다. 하지만 지금은 저 위에서 우스타와 함께 우물을 파고 있어요." 하고 나는 말했다.

빨강 머리 여인은 계속 관심을 나타내며 내 눈을 주의 깊게 들여다보고 있었다. 그러면서 "네 우스타와 함께 저녁때 한번 오렴, 우리 극장에……." 하고는 다른 사람들과 함께 멀어져 갔다.

그들은 극장 천막 쪽으로 향하고 있었다. 나는 따라가지 않았다. 하지만 길이 구부러지는 곳까지 뒤에서 그들을 바라보았다. 사실은 그들이 가족이 아니라 극단 단원들이라는 것을 알고 상상에 휩싸였다.

우스타에게 돌아가는 길에 삼 주 전 빨강 머리 여인과 처음 마주치던 날 우리 옆에서 마차를 끌던 늙고 지친 말을 보았다. 기둥에 묶인 말은 더욱더 슬퍼 보이는 눈을 하고 길옆에서 풀을 먹고 있었다.

14

다음 날 점심시간 무렵 우물 아래에 있던 알리가 즐거운 비명을 질렀다. 바위 부분이 끝났다고, 부드러운 흙을 보았다고 했다. 마흐무트 우스타는 그를 위로 끌어 올리고 직접 아래로 내려갔다. 잠시 후 올라오더니 바위 부분이 끝이 났다고, 곧 바위 아래에서 짙은색 흙과 물이 꼭 나올 거라고 선언했다. 그가 즐거운 상상에 빠져 담배를 피우고 우물 주위를 서성거리며 걷는 것이 우리를 행복하게 만들었다.

그날 늦은 시간까지 작업을 강행했고, 저녁이 되었을 때는 너무 피곤해 마을에 내려가지 않았다. 아침의 첫 햇살이 비출 때 깨어나 다시 일하기 시작했다. 하지만 우리가 우물에서 파낸 흙은 바짝 바르고 잿빛이 도는 노란 흙이었다. 그 흙이 얼마나 부드러웠던지 곡괭이를 사용할 필요도 없을 지경이었다. 마흐무트 우스타는 부드러운 흙을 삽으로 퍼서 곧장 양동이에 채웠고, 나는 무겁지 않은 양동이를 알리와 함께 빠르게 끌어 올려 비웠다. 얼마 지나지 않아 나는 절망에 빠졌다.

11시가 되기 전에 마흐무트 우스타가 위로 올라왔고, 우리는 알리를 아래로 내려보냈다.

마흐무트 우스타가 알리에게 말했다. "먼지를 일으키지 말고 천천히 일하렴. 먼지가 나면 숨이 막히고, 위로 빛도 보지 못할 테니까."

나오는 흙을 통해 사실은 근처에 물이 없다는 것을 우리 둘 다 알았지만 이 문제에 대해 전혀 말을 하지 않았다. 아침에 이 모래 같은 흙이 바위 아래 있던 흙과 얼마나 다른지 보고는 알리가 그것을 옆에 따로 부어 놓기 시작했다. 아래에서 올라오는 양동이에 든 모래흙을 나도 그가 새로 쌓은 자리에 부었다.

저녁을 먹은 후 우리는 욍괴렌으로 내려갔다. 루멜리 찻집에 앉아 있을 때 나는 이틀 동안 생각했던 것, 그러니까 빨강 머리 여인이 그도 함께 극장에 초대했다는 것을 우스타에게 말하지 않으리라는 것을 한 번 더 확인했다. 나는 빨강 머리 여인의 공연을 혼자 보고 싶었다. 게다가 빨강 머리 여인에 대한 나의 관심을 알아채면 마흐무트 우스타가 간섭을 하려

들고, 그와 불화가 생길 것이다. 나는 지금 마흐무트 우스타를 두려워하는 만큼 아버지를 두려워한 적이 한 번도 없다. 이 두려움이 어떻게 내 마음속에 자리 잡았는지 모르겠지만 빨강 머리 여인이 얼마간 이러한 감정을 더 키웠다는 것은 알았다.

차를 다 마시지 않고 나는 자리에서 일어났다. "어머니한테 전화하러 가요." 모퉁이를 돌아 극단 천막을 향해 꿈속에서처럼 성큼성큼 달려갔다.

반짝이는 노란색 천막을 보자 어린 시절 돌마바흐체[8]를 방문한 유럽의 서커스 천막들 중 하나를 본 것처럼 흥분이 되었다. 무슨 말인지 마음에 새기지 않고 포스터에 있는 글들을 다시 읽어 보았다. 그러다 거친 갈색 종이에 크고 검은 글씨로 쓴 새로운 표지판이 나를 놀라게 만들었다.

남은 기간 열흘

나는 꿈속에서 거니는 것처럼 거리를 걸었다. 입구에서 표를 파는 남자도, 투르가이(표 파는 남자의 아들이라고 생각한)도, 빨강 머리 여인과 그녀의 어머니도 보지 못했다. 연극이 시작될 때까지는 아직 시간이 있었다. 나는 식당 거리의 창들

8 오스만 제국 술탄들이 기거했던 유럽풍 궁전.

을 통해 안을 들여다보다 투르가이가 북적이는 테이블에 앉아 있는 것을 보고 안으로 들어갔다.

빨강 머리 여인은 없었지만 투르가이가 나를 보고 손짓을 했다. 나는 투르가이 옆에 앉았다. 아무도 나에게 관심을 두지 않았다.

나는 말했다. "연극을 보러 들어가게 해 줘. 얼마인지 모르지만 돈은 낼게."

"돈은 중요하지 않아. 언제라도 니가 원하는 날 연극이 시작되기 전에 이 식당에서 나를 찾아."

"당신들은 여기에 매일 저녁 오지 않잖아."

"너 우릴 미행하고 있는 거야?"

그는 눈썹을 치켜세우며 약간은 조롱하는 듯한 분위기로 미소를 지었다. 그는 얼음 두 개를 집게로 집어 빈 컵에 넣고 클럽 라크[9]를 채웠다.

"자, 받아!"

그가 가늘고 긴 컵을 내 손에 쥐여 주며 말했다.

"단번에 마시면 뒷문으로 너를 천막에 들여보내 주지."

나는 말했다. "오늘 저녁은 안 돼." 하지만 자신만만한 불량배처럼 라크를 단숨에 마셨다. 나는 더 이상 지체하지 않고

9 터키에서 '국민 음료'라고 불리는 증류주이며 주로 물에 희석해 마신다.

마흐무트 우스타가 있는 테이블로 돌아왔다.

테이블에 앉으며 나는 우스타의 말을 거역하는 게 얼마나 어려울지 느꼈다. 물을 찾을 책임, 우리가 지금까지 쏟은 모든 노력은 나를 그에게, 우물에 연연하게 만들었다. 돈을 달라고, 집에 돌아가기로 결정했다고 말하는 게 내가 그의 말을 거스를 수 있는 길이었다. 하지만 그것은 물을 포기한다는 의미였다. 역경에 처해 용기를 잃는 겁쟁이처럼.

라크가 혈관에서 피와 섞였다. 숙소로 돌아오는 길에 묘지 언덕을 오를 때 모든 별들이 마치 내 머릿속에 있는 어떤 생각, 어떤 순간, 어떤 사실, 어떤 추억처럼 느껴졌다. 사람은 모든 것을 동시에 생각할 수 없지만 볼 수는 있다. 머릿속에 있는 단어들이 머릿속 상상을 따라잡지 못하는 것과 똑같다. 단어들은 나의 감정을 표현하기에 불충분했다.

그러니까 감정은 사실 저 맞은편에 반짝반짝 빛나는 하늘처럼 각각의 그림들이었다. 온 세상을 느끼지만 그것에 대해 생각하는 것이 더 어려웠다. 이러한 이유로 작가가 되고 싶었다. 나는 표현하지 못했던 그림들과 감정들을 숙고하고, 마침내 글로 쏟아 낼 것이다. 더욱이 나는 이런 작업을 서점에 오는 데니즈 형의 친구들보다 더 잘 해낼 수 있을 것이다.

내 앞에서 빠르게 걷던 우스타가 가끔 멈춰 서서 어둠 속에 뒤돌아보며 소리쳤다. "어디 있는 거야?"

우리는 밭을 가로지르는 지름길을 걷다가 발이 어딘가에 걸리면 놀라 멈춰 서서 하늘의 아름다움을 바라보았다. 풀들 사이로 벌써 밤의 서늘함이 내려앉아 있었다.

"우스타!" 나는 어둠을 향해 소리쳤다. "우리 우물에 있는 니켈이랑 철이 든 바위들은 하늘에서 미끌어져 떨어진 유성들인 게 틀림없어요!"

15

땅 주인 하이리 씨는 사흘이 아니라 닷새 후에 소형 트럭을 타고 다시 왔다. 우리가 여전히 물을 찾지 못했다는 것을 알았지만 신경 쓰지 않는다는 듯 행동했다. 부인과 나보다 몇 살 어린 아들도 함께 왔다. 그들을 데리고 땅을 둘러보며 우물에서 물이 나오면 세워질 염색 공장 작업장의 위치를 보여 주었다. 그리고 창고와 사무실과 식당을 어디에 지을지 손에 든 설계도를 보면서 발걸음을 옮기며 하나하나 가리켜 보였다. 새 축구화를 신은 하이리 씨의 아들은 플라스틱 축구공을 품에 안고 아버지의 말을 듣고 있었다.

아버지와 아들은 토지의 한쪽 끝에서 축구를 했다. 돌로 골대를 만들고 번갈아 가며 골키퍼와 공격수가 되어 슛을 날렸다. 부인은 나의 호두나무 아래에 식탁보를 펼치고는 가져온 음식들을 풀기 시작했다. 그녀가 알리를 보내 우리 모두를 점심 식사에 초대하자 마흐무트 우스타는 불편해했다. 왜냐하면 이 화려하고 불필요한 소풍이 예전에 하이리 씨가 물을 발견한 축하 의식으로 생각해 둔 것이라는 사실을 알았기 때문이다. 하이리 씨는 물이 나올 날에 대한 상상을 많이 한 것이 분명했다. 마흐무트 우스타는 내키지 않았지만 어쩔 수 없이 우리와 함께 식탁보 가장자리에 앉았다. 삶은 달걀, 양파와 토마토가 들어간 샐러드, 뵈렉[10]을 한 입씩 먹었다.

식사가 끝난 후 하이리 씨의 아들은 엄마 옆에 누웠다. 근육질의 팔에 웃는 얼굴을 한 뚱뚱한 부인은 담배를 피우며 《귀나이든》을 읽었고, 부드러운 바람에 신문 가장자리가 바스락거렸다.

마흐무트 우스타가 하이리 씨를 우리가 흙을 부어 놓은 곳으로 데려가는 것을 보고 나도 그들 곁으로 갔다. 나는 애석해하는 표정이 역력한 하이리 씨의 표정에서 그가 물이 나오지 않았고, 곧 나오지도 않을 것이며, 어쩌면 전혀 나오지 않을 거라고 생각한다는 것을 알았다.

마흐무트 우스타는 말했다. "하이리 씨, 우리에게 사흘 더

10 얇게 민 밀가루 반죽에 치즈, 다진 고기, 시금치 등을 넣고 요리한 음식.

시간을 주면…….”

아주 겸손한 태도를 취하는 낮은 목소리였다. 나는 우스타가 이런 상황에 빠진 것을 목격하게 되어 부끄러웠고, 하이리 씨에게 화가 났다. 하이리 씨는 호두나무 아래로 가 한동안 아내와 아들과 이야기를 나누고 되돌아왔다.

“마흐무트 우스타, 내가 지난번에 왔을 때 나한테 사흘을 달라고 했지요. 당신에게 사흘보다 더 많은 시간을 주었소. 하지만 물은 나오지 않았소. 땅도 저 지점이 최악이고. 난 이제 여기에 우물을 파는 것을 포기했소. 잘못된 장소에서 우물을 파다 포기하는 사람이 우리가 처음은 아니오. 이 땅 — 자네가 더 잘 알겠지 — 의 다른 곳에 새로 우물을 파시오.”

마흐무트 우스타는 말했다. “전혀 예상하지 않는 지점에서 흙의 결이 바뀝니다. 난 여기에 계속 파겠습니다.”

“물이 나오면 나한테 알려 주시오. 곧장 트럭을 타고 오겠소. 더 많은 사례를 하겠소. 그러나 난 사업가요. 물이 나오지 않는 곳에 시멘트를 쏟아부으며 끝없이 진행할 수는 없소. 이후부터 일당이나 자재를 구입할 돈을 주지 못하겠소. 알리도 이제 일을 그만두고 돌아갑니다. 다른 곳에 새 우물을 파기 시작하면 다시 알리를 당신에게 보내겠소.”

마흐무트 우스타는 말했다. “난 여기서 물을 찾을 거요.”

그와 하이리 씨는 가장자리로 물러났다. 마지막으로 일당과 다른 돈 계산을 했다. 나는 토지 주인이 우스타에게 돈을 지불하고, 그들 사이에 의견 조율이 되지 않은 채 계산이 끝나는 것을 주의 깊게 바라보았다.

하이리 씨의 부인은 소풍에서 남은 삶은 달걀, 뵈렉, 토마토, 우리에게 주려고 가져온 수박을 알리를 통해 보내왔다. 남편의 일 때문에 속이 상하기도 했지만 우리에 대해서도 안타까워했다.

"너를 집에 데려다주마." 하며 하이리 씨가 알리를 트럭에 태우자 순식간에 우스타와 나 우리 둘만 남았다. 우리는 소형 트럭 짐칸에서 우리를 향해 뒤돌아보며 손을 흔드는 알리의 모습을 한동안 바라보았다. 세상이 얼마나 조용한지 다시 한번 깨달았다. 끊임없이 단조롭게 우는 귀뚜라미 소리뿐이었고 이스탄불의 소음은 들리지 않았다.

오후에 우리는 아무런 일도 하지 않았다. 나는 호두나무 아래 누워 게으르게 상상에 빠졌다. 빨강 머리 여인에 대해, 극작가가 되는 것에 대해, 집으로 돌아가는 시기에 대해 베쉭타시에 있는 친구들에 대해 생각했다. 저녁 무렵 시간을 죽이기 위해 블랙베리로 뒤덮인 콘크리트 포대 입구에서 개미집을 보고 있는데 우스타가 다가왔다.

마흐무트 우스타는 말했다. "얘야, 일주일만 더 여기서 작업을 해 보자. 너한테 줄 돈도 아직 못 주고 있는데……. 다음

주 수요일까지 끝내고 모든 빚을 갚아 주마. 계획대로 되면 그날 큰 선물도 받게 될 거다."

"우스타, 계속 토양이 안 좋고 물이 나오지 않으면요?"

우스타는 내 눈을 들여다보며 말했다. "니 우스타를 믿어라, 내 말을 따르고 나머지는 나한테 맡겨라." 그는 나의 머리를 쓰다듬고는 내 어깨를 잡고 끌어안았다.

"넌 장차 대단한 사람이 될 거다, 난 알아."

내게는 그를 거절할 힘이 전혀 없었다. 이 상황은 나를 내심 화나게 하고 불행하게 만들었다. 그 순간 내가 속으로 '일주일 남았어.'라고 생각했던 것을 기억한다. 그 일주일 동안 나는 빨강 머리 여인을 다시 만나고 연극을 관람할 계획이었다.

16

그로부터 사흘이 지나도록 흙 색깔은 바뀌지 않았다. 혼자 힘겹게 도르래를 돌렸기 때문에 마흐무트 우스타는 양동이에 흙을 가득 담지 않았고, 이것이 우리의 작업 속도를 늦추었다. 흙이 너무 부드러워 그다지 힘들여 할 일도 없어졌다. 내가 내려보낸 양동이에 서너 번의 삽질로 순식간에 흙을 채웠고, 곧 "끌어당겨!" 하며 고함을 쳤다.

그렇기는 했지만 도르래의 한쪽 손잡이에 매달려 반쯤 찬 양동이를 끌어 올리고 손수레에 부어 다른 장소로 가져가 비우는 데는 시간이 걸렸기 때문에 우스타는 우물 아래에서 조바심을 내며 나에게 투덜거렸고, 이따금 성질을 부리기도 했다. 때로 흙을 비우고 손수레의 먼지를 털 때 나는 힘이 다 빠져 땅바닥에 앉아 잠시 쉬어야만 했다. 우물 입구에 되돌아왔을 때는 우스타가 더 큰 소리로 불평을 하고 있었다. 내 작업이 너무 오래 걸릴 때는 왜 그렇게 느린지 직접 확인하기 위해 자신을 위로 올려 달라고 했다. 하지만 도르래를 돌려 그를 위로 끌어당기는 것이 가장 힘든 일이기 때문에 내가 지쳐 버린 것을 보고는 나를 꾸짖지 못한 채 "아들아, 지쳤구나." 하고는 올리브나무 아래로 가 누웠다. 그가 나에게 "아들아." 하고 부르는 것이 내 마음속 깊이 영향을 미쳐 머릿속을 혼란스럽게 했다. 그럴 때면 나도 우스타가 다정하지만 명령조로 말하며 우물 파는 일을 다시 시작할 때까지 호두나무 아래에 누워 있었다.

매일 저녁 우리는 함께 왼괴렌으로 내려갔다. 나는 매번 루멜리 찻집의 인도에 놓인 테이블에 앉아 있다가 빨강 머리 여인과 우연히 마주치거나 극단 천막에 몰래 들어갈 수 있을 거라는 희망으로 핑계를 대고 일어나 왼괴렌 거리를 배회했다. 극단의 노란색 천막은 그 자리에 있었지만 이틀 동안 그들을 보지 못했다.

사흘째 저녁에 목공소 거리를 걸어가고 있을 때 빨강 머리 여인의 남동생 투르가이가 내 곁으로 왔다.

"이봐, 우물 파는 사람 조수, 넋이 나갔네!"

"극장에 날 좀 들여보내 줘, 입장료는 낼게."

"식당으로 와!"

우리는 창문에 레이스 커튼을 드리운 쿠르툴루시 식당으로 향했고, 들어가 연극인들이 모여 있는 테이블에 앉았다. 투르가이가 말했다. "연극보다도 넌 먼저 라크 마시는 법을 배워야 해."

그는 사실 나보다 대여섯 살 정도 많아 보였다. 장난스럽게 내 앞에 내려놓은 얼음이 든 라크를 내가 벌컥벌컥 마시는 동안 투르가이가 옆에 앉은 사람들에게 무언가 속삭였다. 내가 너무 늦는 건 아닐까? 마흐무트 우스타가 나를 기다리고 있을까? 오늘 밤 나를 극장에 넣어 주면 마흐무트 우스타를 신경 쓰지 않고 들어갈 참이었다.

"모레 저녁 이 시간에 이곳으로 와. 우스타도 데려오고."

"마흐무트 우스타는 술집과 극장을 좋아하지 않아."

"그 사람은 우리가 알아서 데리고 올게. 넌 일요일 저녁 이 시간에 여기로 와. 아버지가 널 극장에 들여보내 줄 거야. 입장권이나 돈은 필요 없어."

나는 그다지 오래 앉아 있지 않고 곧 마흐무트 우스타에게 갔다. 우리 천막으로 돌아오는 길에 마흐무트 우스타는 옛날에 물이 나왔을 때 느꼈던 행복한 추억들에 대해 말해 주었다. 한번은 토지 주인이 양을 네 마리를 잡아 우물 옆에서 100명에게 잔치를 베풀었다고 했다. 물이 지하에서 전혀 예기치 않은 순간에 갑자기 나와 놀라곤 했단다. 물은 우물 파는 신실한 사람의 얼굴을 향해 뿜어 대듯 솟구쳐 나왔다고 했다. 처음에는 물이 오줌처럼 조금씩 겨우 나왔다고 했다. 물을 처음 보면 우물 파는 사람은 갓 태어난 아기를 안은 아버지처럼 즐거워하며 미소를 짓는다고 했다. 한번은 우물 파는 사람이 물이 나오는 것을 보고 우물 바닥에서 얼마나 기뻐하고 소리를 지르고 팔딱팔딱 뛰었던지 땅 위에 있던 사람이 놀라 엉겁결에 돌을 떨어트려 어깨에 상처를 낸 적도 있다고 했다. 물이 나오자 좋아서 어찌할 바 모르고 매일 우물로 찾아와 조수 두 명에게 물이 나왔던 순간의 이야기를 거듭해서 들려 달라고 하던 옛 지주 스타일의 남자 이야기도 해 주었다. 그는 물이 나온 이야기를 해 주는 두 조수에게 옛날에 통용되던 큰 지폐를 한 장씩 주곤 했다. 지금은 그런 지주도, 그런 양반도 사라지고 없다. 옛날 토지 주인은 우물 파는 일에 자신을 온전히 바친 우물 파는 사람에게 "난 포기하겠네, 원하면 자네 팀과 자네 돈으로 파게."라는 말은 절대 하지 않았고, 물이 나올지 여부와 상관없이 우물 파는 사람의 음식, 부대 비용, 선물을 대인배처럼 제공하지 않으면 자신을 명예롭지 못한 사람이라고 느꼈다. 하지만 하이리 씨에 대해 오해할 필요는 없다고 했다. 하이리 씨는 좋은 사람이라 우물에서 물이 나오면 반드시 옛 양반들처럼 우리에게 선물을 듬뿍 안겨 주고, 우리의 몫을 줄 거였다!

17

다음 날 우물에서 나온 흙은 더 노랗고 가벼웠다. 양동이를 끌어 올릴 때 그 건조하고 바삭거리는 흙이 짚처럼 가볍다는 것을 알 수 있었다. 먼지 같은 모래에는 해진 투명한 막 같은 가죽 쪼가리들, 자개 같고 어린 시절 가지고 놀던 유리 병정처럼 깨지기 쉬운 부드러운 조각들, 내 피부색과 같은 수백 년 된 자갈들, 반투명한 조개껍질들, 타조 알만 한 기이한 돌조각들, 부석(浮石)처럼 물에 뜰 듯 가벼운 돌멩이들이 섞여 팔수록 물에 가까워지는 것이 아니라 더욱 멀어지는 느낌이어서 우리는 아무 말도 하지 않았다.

다음 날 저녁 드디어 내가 극장에 들어간다는 것을 알고 나는 너무나 행복했다. 그날은 어떤 것도 개의치 않았다. 우스타가 시키는 것보다 더 많은 일을 했다. 저녁 무렵에는 너무나 피곤해 서 있을 힘조차 없었다. 어차피 그날은 윈괴렌에 갈 이유가 없었다. 저녁을 먹고 나서 나는 천막 가장자리에 누워 별을 보며 잠에 빠져들었다.

자정이 지나 화들짝 놀라 잠에서 깨어났다. 마흐무트 우스타는 천막에 없었다. 천막을 빠져나와 어두운 밤 속을 두려워하며 걸었다. 마치 온 세상이 텅 비고 세상에 나 이외에는 어떤 생명체도 남아 있지 않은 것 같았다. 이러한 상상은 희미하게 부는 바람처럼 나를 소름 끼치게 만들었다. 하지만 모든 것이 마법적인 아름다움에 물들어 있었다. 머리 위 별들이 내게로 다가오고, 내 앞에 아주 행복한 삶이 있다는 것을 느꼈다. 내일 저녁 내가 극장에 들어갈 수 있도록 빨강 머리 여인이 투르가이에게 부탁했던 건 아닐까? 그런데 이 시간에 마흐무트 우스타는 어디에 갔을까?

새로운 돌풍이 불어와 나는 천막 안으로 들어갔다.

아침에 일어났을 때 마흐무트 우스타는 돌아와 있었다. 새 담뱃갑이 한구석에 놓여 있는 것도 보았다. 우리는 그날 저녁 때까지 열심히 일했지만 그다지 진척은 없었다. 그는 계속 우물 바닥의 먼지 구덩이 속에 있었다. 일과를 마친 후 마흐무트 우스타와 나는 서로 물을 끼얹어 주며 몸을 씻었다. 이제 그의 알몸을 더 편하게 볼 수 있었다. 그의 몸에 얼마나 많은 멍과 상처들이 생겼는지를, 덩치는 크지만 사실 그가 얼마나 마르고 앙상한지를, 얼마나 피부가 창백하고 쭈글쭈글한지를 보았고, 나는 우리가 물을 찾을 수 없을 거라고 확신했다.

그날 저녁 나는 마흐무트 우스타가 왼괴렌에 내려가지 않았으면 하고 바랐다. 그러면 천막 극장에 편히 들어갈 수 있을 텐데. 하지만 시간이 되자 "담배를 사야겠네." 하며 그가 앞장서서 길을 나섰다. 여느 때처럼 루멜리 찻집의 같은 자리에 앉을 때는 긴장이 되었다. 8시 30분에 나는 아무 말도 없이 자리에서 일어나 식당 거리로 향했다. 연극을 보기 전에 빨강 머리 여인과 술집에서 이야기를 나누면 얼마나 좋을지 상상을 해 보았다. 하지만 그녀도 남동생도 없었다. 그들이 항상 앉아 있던 테이블에서 누군가 나에게 손을 흔들었다.

그는 말했다. "9시 5분에 천막 뒤로 와! 오늘 밤에는 그들이 없어!"

언뜻 이 말을 "그들은 오늘 극장에 없어."라는 의미로 이해하고 절망에 빠졌다. 나는 마치 내 친구들과 식사하는 자리인 양 빈 컵에 얼음을 넣고는 라크를 끝까지 채우고 도둑처럼 급하게 들이켰다.

식당에서 나와 마흐무트 우스타에게 들키지 않게 뒷골목을 통해 천막 쪽으로 걸어갔다. 9시 5분에 노란 천막 뒤에서 기다리고 있으니 누군가 나타나 순식간에 나를 안으로 끌어

당겼다.

공연이 시작된 천막 안에는 관객이 스물다섯 명에서 서른 명 정도 있는 것 같았다. 어쩌면 이보다 더 많을 수도. 어두운 모퉁이에 있는 그림자들은 분간이 가지 않았다. 중간에 있는 높은 무대는 전구로 환하게 불을 밝혀 '교훈을 주는 전설 극단'의 천막에 비현실적인 분위기를 부여했다. 천막 내부는 밤하늘처럼 군청색이었고, 커다랗고 노란 별들이 그려져 있었다. 어떤 별들은 꼬리가 달리고, 어떤 별들은 아주 작고 멀었다. 오랜 세월이 지나는 동안 나의 기억 속에서 우리가 머물던 평원 위 별들이 가득 찬 밤하늘과 '교훈을 주는 전설 극단' 천막의 하늘이 서로 하나로 어우러졌다.

나는 혈관에 퍼진 라크 때문에 얼큰하게 취했다. 하지만 그날 밤 천막에서 보낸 한 시간 동안 보았던 것들이 대강 읽고 기억했던 오이디푸스 이야기처럼 나의 삶에 결정적인 영향을 미칠 거라고는 전혀 생각하지 않았다. 내 머릿속은 무대 위의 공연보다 오로지 빨강 머리 여인을 보고 싶다는 생각으로 가득 차 있었다. 이러한 이유로 그날 밤 몽롱한 상태에서 보았던 것을 많은 세월이 흐른 후 조사하고 읽은 것들로 공백을 메워 가며 설명해 보고자 한다.

'교훈을 주는 전설 극단'은 1970년대 중반부터 1980년 군사 쿠데타 기간까지 아나톨리아에서 혁명적인 민중 연극을 공연하는 유랑 극단의 명맥을 유지하려 애를 썼다. 하지만 레퍼토리들에는 자본주의에 반대하는 장면보다 아주 오래된 사랑 이야기, 옛날이야기, 전설, 이슬람과 신비주의 금언에서 유래한 많은 이야기들이 포함되어 있었다. 나는 이들 중 어떤 것들은 전혀 이해할 수 없었다. 천막에 들어갔을 때 텔레비전에서 굉장히 사랑받는 광고들을 조롱하며 흉내 내는 두 편의 촌극을 보았다. 첫 번째 촌극에서는 반바지를 입고 콧수염을 단 소년이 손에 저금통을 들고 무대에 나와 자신이 모아 둔 돈으로 무엇을 할지 등이 굽은 할머니에게 물었다. 할머니는(내 생각에 빨강 머리 여인의 어머니 같았다.) 은행 광고를 조롱하면서 야한 농담을 해 모든 사람을 웃게 만들었다.

두 번째 촌극은 정확히 이해할 수 없었다. 무대에 빨강 머리 여인이 등장했기 때문이다. 그녀는 미니스커트를 입고 있었다. 다리가 길고 아름다웠으며, 목과 팔도 드러냈다. 무대 위에 선 그녀의 모습은 무척이나 신비롭고 충격적이었다. 눈에 아이라인을 두껍게 그리고, 아름답고 동그란 입술에는 빨간색 립스틱을 발랐다. 립스틱이 빛을 받아 반짝거렸다. 그녀는 손에 세탁 세제를 들고 무언가 텔레비전 광고를 조롱하는 말을 했다. 무대에 있는 노랗고 초록색을 띤 앵무새가 그녀에게 대답했다. 박제된 앵무새였으며, 무대 뒤에서 누군가가 앵무새가 되어 말을 했다. 그곳은 아마도 식료품 가게인 것 같았고, 앵무새는 들어오는 손님들에게 인생, 사랑, 돈에 관해 농담을 던졌다. 모든 사람이 웃었고, 일순 나는 빨강 머리 여인이 나를 보고 있다는 생각이 들어 심장이 빠르게 뛰었다. 그녀가 미소 짓는 모습은 너무나 달콤했다. 그녀의 작은 손이 빠르게 움직였다. 나는 그녀와 사랑에 빠졌고, 더불어 라크에 취한 탓에 무대에서 일어나는 일들을 완전히 따라잡기 힘들었다.

촌극들은 몇 분 정도면 끝났고, 곧 새로운 촌극이 뒤를 이었다. 많은 세월이 흐른 후 책과 영화에서 이 촌극들의 몇몇 출처를 찾아냈다. 한 촌극에서는 빨강 머리 여인의 아버지라고 생각했던 남자가 당근처럼 긴 코로 분장하고 무대에 나왔다. 처음에는 피노키오라고 생각했지만 많은 세월이 흐른 후 『시라노 드 베르주라크』[11]라는 것을 알게 되었던 작품에 나오는 긴 독백을 했다. 그 촌극의 교훈은 '외양이 아니라 영혼의 아름다움이 중요하다.'라는 것이었다.

『햄릿』에서 차용한 해골, 책, "사느냐 죽느냐 이것이 문제로다." 같은 말이 등장하는 장면 뒤에 연극인들이 모두 함께 노래를 불렀다. 노래는 사랑은 기만적이며 돈은 현실적이라는 내용이었다. 그런데 빨강 머리 여인이 내 시선을 잡으려는

11 시라노 드 베르주라크는 17세기 프랑스의 작가다. 『달나라 여행기』, 『해나라 여행기』가 유명하며 공상 과학 소설의 선구적인 작품으로 평가된다. 로스탕의 시극 『시라노 드 베르주라크』(1897)는 그를 모델로 한 것이다.

듯 대놓고 나를 바라보는 것이 나의 이성을 혼미하게 만들었다. 사랑과 라크로 인해 머리가 어찔하자 무대 위에서 하는 말이나 연극의 주제, 장면 들을 온전히 이해할 수 없었다. 하지만 내가 본 것들은 마치 빨강 머리 여인의 시선처럼 영원히 내 뇌리에 각인되었다.

촌극들 중에서 예언자 아브라함 이야기만은 확실히 이해했다. 왜냐하면 희생절에 관해 학교에서 배웠을 뿐만 아니라 아버지가 이야기를 해 주었기 때문이다. 아들이 없는 아브라함은 나를 천막에서 쫓아냈던 사람이 연기했다. 아브라함은 신에게 아들을 점지해 달라고 애원한다. 그 후 아들이 태어난다.(인형이 아들을 대신했다.) 아들이 성장하자 아브라함은 아들을 — 나이 어린 배우를 — 바닥에 눕히더니 칼을 빼 들고 목에 갔다 댄다. 이 순간 그는 아버지와 아들과 복종에 대해 심오한 말들을 했다. 관객들 모두 이 말에 감명을 받았다.

빨강 머리 여인이 새 옷으로 갈아입고 장난감 양과 함께 무대에 나오자 순식간에 정적이 깨졌다. 이제 그녀는 천사였고, 종이로 만든 날개와 새로 한 화장이 아주 잘 어울렸다. 관객들이 그녀에게 환호의 박수를 보냈다. 나도 열광적으로 동참했다.

마지막이자 가장 감동적인 장면은 내가 절대 못 잊을 명장면이었다. 그녀가 말을 시작하는 바로 그 순간 이렇게 되리라는 것을 알았지만 전체 이야기는 역시 이해할 수 없었다.

전사의 갑옷을 입고, 얼굴에 철가면을 쓰고, 손에 검과 방패를 든 옛 기사 둘이 무대 한가운데에 섰다. 플라스틱 검을 빼 들고 결투를 할 때 스피커에서 검과 방패 소리가 흘러나왔다. 잠시 서로 이야기를 하다가 다시 대결했다. 나는 갑옷 안의 배우가 투르가이와 빨강 머리 여인의 아버지라고 생각했다. 그들은 결사적으로 싸우며 바닥에서 뒹굴다가 마침내 서로 떨어졌다.

나는 다른 관객들과 함께 흥분에 휩쓸렸다. 갑자기 늙은 전사가 젊은 전사를 쓰러뜨리고는 그 위에 올라타 단숨에 젊은 전사의 심장에 검을 꽂아 죽이고 말았다. 모든 것이 순식간에 벌어졌다. 순간 우리 모두는 검이 플라스틱이며, 이것이 연극이라는 사실을 잊고 두려움에 떨었다.

젊은 전사가 비명을 질렀다. 하지만 아직 죽지 않았다. 무언가 하고 싶은 말이 있었던 것이다. 늙은 전사는 죽어 가는 젊은이 곁으로 다가가 경쟁자를 이겼다는 안도감으로 철가면을 벗었다.(빨강 머리 여인의 아버지라고 추측했던 남자였다.) 그는 젊은이의 손목에 있는 팔찌를 보고 당황했다. 심지어 공포에 휩싸였다고도 말할 수 있겠다. 잠시 후 젊은이의 얼굴을 감싸고 있던 가면을 벗겼다.(투르가이가 아니라 다른 배우였다.) 그러더니 화들짝 놀라며 고통스러운 표정을 지었다. 무언가 잘못되었다는 듯 과장된 행동을 해 보였다. 그는 극심한 고통을 표현하고 있었다. 조금 전에 텔레비전 광고들을 흉내 내는 것을 보고 웃던 우리 관객들이 지금은 엄숙한 장면에 압도되었다. 빨강 머리 여인마저 울고 있었기 때문이었다.

바닥에 주저앉으며 늙은 전사는 죽어 가는 젊은 전사를 안아 가슴에 품고 울기 시작했다. 그가 얼마나 애달프게 울던지 극장에 있던 우리도 예기치 않게 감동을 받았다. 늙은 전사는 회한의 눈물을 흘렸다.

그 회한이 나에게도 전해졌다. 영화나 만화 잡지가 아닌데 이러한 감정이 이렇게까지 확연하게 표현된 것을 본 적이 없었다. 그 순간까지 회한은 내게 단지 단어들로만 표현할 수 있는 것이었다. 하지만 이제 단지 관람하는 것만으로 누군가가 무대에서 보여 준 회한의 고통에 동참하고 있었다. 그것은 마치 내가 경험했지만 잊고 있던 어떤 기억 같았다.

빨강 머리 여인은 두 전사로 인해 깊은 고통을 느꼈다. 서로를 죽이고자 했던 남자들처럼 그녀 역시 회한에 가득 찼다. 그녀는 더욱 격렬하게 울기 시작했다. 어쩌면 두 남자는 빨강 머리 여인과 그 주변에 있는 사람들처럼 가족이었는지도 모른다. 천막에서는 다른 어떤 소리도 들리지 않았다. 빨강 머리 여인의 울음은 애도가였다가 시로 바뀌었다. 그 시는 이야기처럼 길었고, 충격적이었다. 빨강 머리 여인은 마지막 긴 독백에서 남자들에 대해, 그들과 경험했던 것들에 대해, 삶에 대해 분노하며 말했다. 나는 그녀의 말을 들으며 시선을 맞추려고 애썼다. 하지만 어둠 속에서 그녀가 나를 알아보기는 힘들었을 것이다. 우리의 눈길이 마주치지 않았기 때문에 나는 그녀가 말한 것들을 따라잡지 못하고 잊어버리는 것만 같았다. 그녀와 이야기를 나누고 그녀와 가까워지고 싶은 억누를 수 없는 욕구를 느꼈다. 빨강 머리 여인의 시적인 긴 독백이 끝나자 연극도 끝이 났다. 소규모 관객 무리는 순식간에 흩어졌다.

18

천막 극장에서 나왔지만 내 다리는 뒷걸음질을 치고 있었다. 그러다 매표구로 사용되는 테이블 옆에서 빨강 머리 여인을 보았다.

그녀는 무대 의상을 벗고 이미 일상복으로 갈아입은 모습이었다. 군청색 긴치마였다.

나의 설익은 사랑, 무대에서 보았던 것들, 라크가 공모하여 나를 현재에 머물지 못하게 했다. 그 순간 나는 내 자신이 과거 혹은 잠겨 있던 상상 속에 있다고 생각했다. 게다가 모든 것이 추억처럼 파편으로 흩어져 있었다.

빨강 머리 여인이 미소를 지으며 말했다. "마음에 들었어? 박수 쳐 줘서 고마워."

나는 그녀의 달콤한 미소에 용기를 내어 대답했다. "아주 좋았어요."

많은 세월이 흐른 지금 질투심 때문에 그녀의 이름을 독자들에게조차 감추고 싶다. 하지만 나의 이야기를 모두 정직하게 밝혀야 한다. 영화에 나오는 미국인들처럼 우리는 서로의 이름을 말했다.

"나는 젬."

"나는 귈지한이야."

나는 말했다. "연기를 정말 잘하던데. 네가 연기할 때 주의 깊게 봤어." '너'라는 호칭을 쓰기 위해 안간힘을 썼다. 그녀가 멀리서 보았던 것보다, 생각했던 것보다 더 나이가 들어 보였기 때문이다.

"우물 파는 일은 어떻게 되어 가?"

"가끔은 물이 절대 나오지 않을 거라는 생각이 들어."라고 대답했다. "사실 널 보기 위해 왼괴렌에 머물고 있어."라고 말하고 싶었지만 이 말을 들으면 그녀가 놀랄 거라고 생각했다.

빨강 머리 여인은 말했다. "어제 네 우스타가 우리 천막에 왔었어."

"누구?"

"마흐무트 우스타. 그는 물을 찾을 거라고 확신하던데. 우리 극단과 연극을 그도 아주 마음에 들어 했어. 그는 돈을 내고 표를 샀어."

나는 질투심에 휩싸여 말했다. "사실 마흐무트 우스타가 평생 연극을 본 적이 있나 모르겠네. 한번은 오이디푸스와 소포클레스에 대해 언급했는데 나한테 화를 냈어. 어떻게 그를 연극을 보러 오라고 설득한 거야?"

"그가 맞아. 그리스 연극은 터키에서 먹히지 않아."

빨강 머리 여인은 내가 마흐무트 우스타를 질투하길 바라는 걸까?

"연극에서 아들이 친어머니와 동침한다는 것 때문에 화를 냈어."

빨강 머리 여인은 말했다. "어제 연극 끝부분에서 아버지가 아들을 죽이는데 전혀 화내지 않던걸……. 옛날이야기들, 전설들을 아주 좋아했어."

연극이 끝난 후 마흐무트 우스타와도 만나서 얘기를 나누었을까? 웬지 나는 마흐무트 우스타가 내가 잠들고 나서 욍괴렌에 내려와 외출 나온 사병처럼 극장에 왔다는 것이 도무지 믿기지 않았다.

"마흐무트 우스타는 사실 나에게 무척 엄해. 오로지 물을 찾는 것에만 관심을 두지. 내가 극장에 가는 것도 바라지 않아. 오늘 저녁에 내가 여기 온 것을 알면 나한테 무척 화를 낼걸."

"걱정 마, 내가 그 사람한테 잘 얘기해 줄게."

이 말에 얼마나 질투가 나던지 한동안 나는 입을 다물었다. 마호무트 우스타와 빨강 머리 여인이 친구가 되었다는 말인가?

빨강 머리 여인은 물었다. “네 우스타가 무척 위압적이고 엄하니?”

“사실 아버지처럼 다정하게 날 보호해 주고 친구처럼 지내. 하지만 자신이 내리는 명령에 따르고 그에게 복종하기를 기대하지.”

빨강 머리 여인은 달콤하게 미소를 지으며 물었다. “그냥 복종하지그래, 그럼 어때! 너한테 억지로 조수 일을 하라고 한 건 아니잖아……. 너네 가족은 돈이 전혀 없니?”

마호무트 우스타는 빨강 머리 여인에게 내가 도련님이라는 것을 말해 주었을까? 자기들끼리 나에 대해 언급했을까?

나는 말했다. “아버지가 우릴 떠났어!”

“그렇다면 너한테 아버지 노릇을 하지 않은 거잖아. 너도 다른 아버지를 찾아. 이 나라에 아버지는 많으니까. 국가라는 아버지, 신이라는 아버지, 장군 아버지, 마피아 아버지……. 여기서는 아무도 아버지 없이 살지 못하니까…….”

나는 빨강 머리 여인이 아름다울 뿐만 아니라 똑똑하다고 생각했다.

나는 말했다. “내 아버지는 마르크스주의자였어.”(나는 왜

"마르크스주의자야."라고 현재형으로 말하지 않았을까?) "취조받다가 고문을 당했지. 내가 어렸을 때 몇 년 동안 수감되었어."

"아버지 이름이 뭔데?"

"아큰 첼리크. 하지만 우리 약국 이름은 첼리크가 아니라 하야트였어."

빨강 머리 여인은 생각에 잠겼고, 이 상태로 한동안 아무 말도 하지 않았다. 우리 아버지가 마르크스주의자인지 아닌지가 그녀와 무슨 상관일까? 어쩌면 내가 오해를 하는 것일지도 모른다. 그녀는 그냥 피곤했고, 어떤 생각에 빠진 것일 수도 있었다. 그래서 나는 하야트 약국에서 밤샘 근무를 했던 아버지에 대해, 아버지에게 저녁을 배달한 것에 대해 이야기했고, 베쉭타시 시장에 대해 설명해 주었다. 그녀는 내가 하는 말을 주의 깊게 들었다. 하지만 나는 마흐무트 우스타에 대해서도 그랬지만 아버지에 대해 언급하는 것도 좋아하지 않았다. 우리는 한동안 아무 말도 하지 않았다.

"난 남편과 여기서 머물고 있어."

그녀는 내가 몇 번이나 그 앞을 지나갔고, 항상 창문을 바라보았던 건물을 가리키며 말했다.

나는 마음에 상처를 입었고, 기만을 당한 것마냥 화가 났다. 하지만 술에 취했음에도 불구하고 터키의 이 도시 저 도시를 돌아다니는 허름한 정치 성향 극단에서 연기하는 그 나이의 여자가 기혼인 것을 이해할 수 있었다. 왜 전에는 이것을 생각하지 못했을까?

"몇 층이 당신들 집이야?"

"우리 집 창문은 거리에서 보이지 않아. 우리를 이곳 윈괴렌으로 초대한 옛 마오쩌둥주의자네 집 1층에 살아. 투르가이의 부모님 집은 위층이고. 우리 집 창문은 뒤뜰을 바라보고 있지. 투르가이는 네가 여기를 지나갈 때 창문을 쳐다보았다고 했어."

나의 비밀이 드러나자 부끄러웠다. 하지만 빨강 머리 여인은 달콤하게 미소 지었다. 동그랗고 아름다운 입술이 무척이나 매력적이었다.

"좋은 밤 되길 바라. 정말 멋진 연극이었어."

"아냐, 저기까지 걷다가 돌아오자. 네 아버지가 어떤 사람인지 궁금해."

많은 세월이 흐른 후 나의 이야기를 읽는 호기심 많은 사람들에게 다음과 같은 정보를 줘야 할 것 같다. 당시에는 (연극을 위한 것일지라도) 화장을 하고 멋진 군청색 치마를 입은 서른 살쯤 되는 빨강 머리의 매력적인 여자가 밤 10시 30분에 어떤 남자에게 "조금 더 걷자."라고 한다면 이 말은 대부분의 남자들에게 — 유감스럽지만 — 한 가지 의미였다. 물론 나는 그 남자들 중 한 명이 아니라 풋사랑을 감추지 못하는 고등학생이었다. 더군다나 여자는 유부녀였고, 이곳은 아나톨리아 중부 지역, 즉 아시아가 아니라 루멜리, 그러니까 유럽이었다. 그리고 이때까지 나의 혈관에는 좌익주의 신념의 피가 흐르고 있었다. 바로 아버지의 정신이.

우리는 아무 말 없이 걸었고, 그동안 내내 나는 우리가 아무 말도 하지 않고 걷는구나 생각했다. 밤의 모퉁이들은 그다지 어둡지 않았지만 왼괴렌 마을의 하늘에는 별도 없었다. 기차역 광장에 있는 아타튀르크 동상에 누군가 자전거를 기대어 놓았다.

빨강 머리 여인이 물었다. "너한테 정치에 대해 언급한 적 있어?"

"누가?"

"네 아버지의 투지 넘치는 친구들이 집에 오곤 했어?"

"아버지는 어차피 집에 별로 없었어. 어머니도 아버지도 내가 정치에 연루되는 것을 싫어하셨어."

"네 아버지는 왜 너를 좌익주의자로 만들지 않았지?"

"난 작가가 될 거야……."

"우리한테도 연극 대본을 써 줘."

그녀는 신비롭게 미소를 지으며 말했다. 이제 그녀는 쾌활해졌고, 매력적이었으며, 유혹적인 분위기마저 느껴졌다.

"누군가 나의 마지막 독백 같은 대본이나 책을 쓰면 좋겠어, 내 삶도 그 안에 포함되면 좋겠고."

"그 마지막 긴 독백을 정확히 이해하지 못했어. 써 놓은 거 있어?"

"없어, 나는 순간적인 영감에 따라 머리에 떠오르는 대로 말하거든. 라크 한 잔의 영향도 있고."

"사실 연극 대본을 쓸 생각도 하고 있어. 하지만 먼저 연극 관련 책들을 읽어야 해. 내가 읽을 첫 고전은 『오이디푸스 왕』이 될 거야."

나는 멍청이 고등학생처럼 거만한 분위기로 말했다.

7월 밤의 기차역 광장은 추억처럼 익숙했다. 밤의 어둠이 외괴렌의 빈곤과 황폐함을 덮었고, 희미한 주황색 가로등 불빛이 역 건물과 광장을 엽서에 실린 그림처럼 흥미로운 곳으로 변모시켰다. 천천히 광장을 도는 군용 지프차의 강한 헤드라이트 불빛이 길가에 무리 지어 있는 개들을 비추었다.

빨강 머리 여인은 말했다. "문제를 일으키는 군기 빠진 군인들과 탈영병들을 찾고 있지 저들은. 왜 그런지 여기 군인들은 아주 부도덕해."

"토요일과 일요일에 극장에서 그들을 위해 특별한 것을 상연하지 않나?"

그녀는 내 눈을 똑바로 들여다보며 말했다. "우린 돈을 벌어야 하니까……. 우리는 민간 극단이야, 정부에서 월급을 받는 국립 극단이 아니라고."

그녀가 내 옷깃에 묻은 지푸라기를 떼려고 몸을 숙였다. 그녀의 긴 다리와 가슴이 아주 가까이 느껴졌다.

우리는 아무 말도 없이 되돌아 걸어갔다. 아몬드나무 아래에 이르렀을 때 빨강 머리 여인의 검은 눈이 흡사 초록색으로 변한 것 같았다. 내 마음은 극도로 불안했다. 지금까지 몇 번이나 창문을 쳐다보았던 그 아파트가 멀리 눈에 들어왔다.

"내 남편이 그러는데 네가 그 나이에 라크를 잘 마신다고. 아버지도 술을 마시니?"

나는 "응." 하며 고개를 끄덕였다. 나는 그녀의 남편과 언제 어떻게 같은 테이블에 앉았는지 생각했다. 도무지 기억이 나지 않았지만 물어보는 것도 내키지 않았다. 상심한 탓에 그러한 것들은 잊고 싶었다. 게다가 우물 파는 일이 끝나면 그녀를 다시는 볼 수 없을 거라고 생각하자 벌써부터 아이처럼 마음이 아파 왔다. 이 아픔은 내가 창문에(더구나 그녀의 집 창문도 아니었다.) 집착한다는 비밀을 그녀가 아는 것보다 더 고통스러웠다.

우리는 그녀의 집을 100미터 정도 남겨 놓고 아몬드나무 아래에서 멈춰 섰다. 그녀가 먼저 멈췄는지, 아니면 내가 먼저 멈췄는지 지금도 기억이 나지 않는다. 나는 그녀가 무척 똑똑하고 다정하다고 생각했다. 그녀는 무대에서 나의 눈을 응시하며 지었던 그 강렬하고 낙관적인 표정으로 달콤하고 다정하게 미소를 지었다. 그 순간 내 마음속에는 연극에서 서로 싸우던, 그리고 울던 아버지와 아들을 바라볼 때 느꼈던 회한이 스쳐 지나갔다.

"투르가이는 오늘 저녁 이스탄불에 있어. 너도 아버지처럼 라크를 좋아하면 내 남편이 남겨 둔 라크를 한잔 줄게."

"좋아, 네 남편과도 인사를 나누고."

"투르가이가 내 남편이야. 얼마 전에 너와 술자리를 함께 했고, 네가 극장에 들여보내 달라고 했다며."

그녀는 내가 놀라며 이해하게 된 사실을 받아들일 시간을 주려는 듯 잠시 아무 말도 하지 않았다.

"투르가이는 일곱 살 많은 여자와 결혼한 것이 때로 부끄러운지 결혼했다는 것을 숨겨. 걔가 젊다고 무시하지 마, 아주 똑똑하고 좋은 남편이야."

우리는 다시 걷기 시작했다.

"난 네 남편과 어디서 술을 마셨는지 생각하고 있었어."

"그날 저녁에 식당에서 투르가이와 클럽 라크를 마셨잖아. 집에 반병이 남았어. 옛 마오쩌둥주의자 친구의 국산 코냑도 있고. 그 사람이 곧 돌아올 거야, 그러면 우린 여길 떠나. 네가 그리울 거야, 도련님!"

"뭐라고?"

"알잖아, 어차피 이곳에서 우리가 머물 기간이 다 찼어."

"나도 네가 보고 싶을 거야."

아파트 입구에서 우리 몸이 서로 아주 가까워졌다. 이제 그녀가 더욱더 매력적으로 느껴졌다.

그녀는 열쇠를 꺼내 출입문을 열면서 말했다. "라크에 곁들일 얼음과 병아리콩도 있어."

"병아리콩은 필요 없어."

나는 급한 일이 있어 그리 오래 머물지 않을 거야 하는 분위기로 말했다.

출입문이 열렸고, 우리는 칠흑처럼 어둡고 좁은 입구를 지났다. 어둠 속에서 그녀가 열쇠고리를 더듬는 소리를 들었다. 그러다 라이터를 켰고, 불꽃의 위협적인 그림자들 사이에서 열쇠와 열쇠 구멍을 찾아 문을 열고 안으로 들어갔다.

그녀가 불을 켜면서 나를 돌아보며 미소를 지었다. "두려워할 것 없어. 난 네 엄마 또래야."

19

그날 밤 내 인생에 처음으로 여자와 잤다. 아주 충격적이었고, 아주 멋졌다. 한순간에 인생, 여자, 나에 대한 모든 생각이 바뀌었다. 빨강 머리 여인은 나에게 내가 누구이고 행복이 무엇인지 가르쳐 주었다.

그녀는 서른세 살, 그러니까 내가 산 것보다 정확히 두 배를 살았다. 하지만 열 배는 산 사람 같았다. 우리의 나이 차이, 다시 말해 내 학교와 동네 친구들이 무척 관심을 갖고 경탄해 마지않을 이 점에 대해서 그날은 생각하지 않았다. 심지어 그 순간에도 나는 이 모든 것들에 대해 누구에게도 말하지 않으리라는 것을 알았다. 지금도 나는 내가 설명해 봐야 모두가 '뻥'이라고 말할 것들에 대해 지나치게 자세히 파고들지 않겠다. 그리고 빨강 머리 여인의 몸이 예상했던 바대로 아주 멋졌고, 그녀가 사랑을 나눌 때 편안하고 적극적이며, 심지어 약간은 낯 뜨겁게 행동한 것이 그날 밤을 더더욱 믿을 수 없는 경험으로 만들었다 정도로만 말해 두겠다.

투르가이의 라크를 다 마셨을 뿐만 아니라 급기야 간판 일을 하며 집을 작업장처럼 사용하는 옛 마오쩌둥주의자 소유의 코냑을 한 잔 마셨기 때문에 자정이 훨씬 지난 시간에 왼괴렌을 벗어날 때는 똑바로 걷지도 못했고, 마치 꿈속에서처럼 내가 경험한 모든 순간들을 외부에서 바라보고 있는 것만 같았다. 내가 너무나 행복하다는 것도 내가 아니라 나를 외부에서 바라보는 다른 사람이 알아챈 느낌이었다.

그러나 묘지 언덕을 오르기 시작하자 마흐무트 우스타에 대한 두려움이 마음에 가득 찼다. 내가 느꼈던 흥분, 시적인 경험을 그의 노여움으로부터 보호하고 싶었다. 게다가 그는 나를 질투할 수도 있었다. 묘지를 지났을 때(부엉이조차 잠들어 있었다.) 지름길로 가야지 하는 생각에 누군가의 토지를 가로지르다 흙더미에 발이 걸려 풀 위로 부드럽게 나뒹굴었고, 머리 위에서 반짝반짝 빛나는 하늘을 보았다.

세상이, 모든 것이 얼마 멋진지를 이렇게 해서 인지하게 되었다. 나한테 무슨 바쁜 일이 있단 말인가? 마흐무트 우스타를 왜 그렇게 두려워하는 거지? 빨강 머리 여인이 한 말이 사실이라면 그 역시 노란 천막에 들어가 연극을 보았지 않았던가. 어쨌지 나는 이를 질투했고, 그들이 연극이 끝난 후 만나서 이야기를 나누었다는 것을 믿지 않았고, 그런 일이 있었던 것을 잊고만 싶었다. 한편 빨강 머리 여인 같은 여자와 잤다는 것은 내게 자신감을 불어넣었고, 못할 게 없는 느낌마저 주었다. 우물에서 물이 나오지 않겠지만 그래도 나는 돈을 받아 집으로 돌아가고, 학원에 다니고, 대입 시험에서 좋은 성적을 받고, 작가가 되고, 눈앞의 저 별들처럼 눈부시게 빛나는 삶을 살 것이다. 나는 분명한 나의 운명이 있었다. 나는 알고 있었고, 받아들였다. 어쩌면 빨강 머리 여인에 대해 소설을 쓸지도 모른다.

별 하나가 미끄러지듯 떨어졌다. 내 눈에 보이는 세상과 내 머릿속에 있는 세상이 서로 오버랩이 되는 기분이었다. 나는 7월의 하늘에 온 신경을 집중시켰다. 별들을 읽을 수 있다면 그들의 질서가 나에게 내 삶의 모든 비밀을 알려 줄 것만 같았다. 어차피 모든 것이 아름다웠고, 모든 것이 별들과 같았다. 내가 장차 작가가 되리라는 것을 그날 밤 확실하게 알았다. 내가 할 일은 보고, 본 것을 이해하고, 그것을 말로 바꾸는 것이었다. 내 마음속은 빨강 머리 여인에 대한 감사하는 마음으로 가득 찼다. 세상에서, 내 머릿속에서 모든 것이 합치되어 오로지 하나의 의미가 되었다.

별 하나가 더 떨어졌다. 어쩌면 그 별을 오로지 나만 보았을 수도 있다. 나는 생각했다. 나는 존재한다. 그것은 아주 멋진 느낌이었다. 매미들이 맴맴맴맴거리며 우는 소리를 세듯이 별들도 셀 수 있다. 나는 여기 있다. 1, 2, 3, 5, 7, 11, 13, 17, 19, 23, 29, 31…….

등과 목덜미에서 풀이 느껴졌고, 나는 빨강 머리 여인이 내 피부에 닿던 것을 떠올렸다. 우리는 거실 소파에서 불을 다 끄지 않은 채 사랑을 나누었다. 빨강 머리 여인의 몸, 커다란 가슴, 구릿빛 피부를 비추던 불빛이 내 눈앞에서 사라지지 않았고, 아름다운 입술과 나누었던 키스, 그리고 그녀가 내 몸을 구석구석 만지던 것이 기억났고, 그녀와 다시 사랑을 나누고 싶었다. 하지만 그녀의 남편 투르가이가 내일 이스탄불에서 돌아오고, 당연히 이 바람은 이루어질 수 없었다.

왼괴렌에서 보낸 외로운 저녁에 투르가이는 나를 친근하게 대하고 기꺼이 친구가 되어 주었다. 결국 나는 그가 이스탄불에 갔던 날 밤 그의 아름다운 아내와 동침함으로써 그를 배신했다. 내가 사악하고 신임할 수 없는 사람이 아니라는 것을 증명하기 위해 몽롱한 이성으로 나의 죄에 대한 핑계들을 찾았다. 빨강 머리 여인과 투르가이가 부부라는 것을 알았을 때는 이미 활이 시위를 벗어난 후였다. 게다가 투르가이는 나의 오랜 친구도 아니었고, 기껏해야 서너 번 정도 보았을 뿐이다.

어차피 군인들 앞에서 벨리 댄스를 추고, 부도덕한 이야기들을 들려주고, 정처 없이 떠돌아다니는 유랑 극단 배우들은 가족의 가치를 믿지 않는다. 투르가이도 아내를 속이고 다른 여자와 불륜을 저질렀는지 누가 알겠는가. 어쩌면 자신들의 이러한 모험 이야기를 서로에게 해 주는지도 모를 일이다. 어쩌면 빨강 머리 여인은 나와 보낸 시간을 투르가이에게 말할지도 모른다. 어쩌면 그럴 필요도 느끼지 않고 나를 잊어버릴 수도 있다.

기분이 상했고, 또다시 나는 천막 극장에서 연극을 볼 때 느꼈던 회한에 사로잡혔다. 극장에서 관람한 장면들이 나에게 왜 이런 느낌을 불러일으켰는지 이해할 수 없었다. 한편으로 마흐무트 우스타가 똑같은 연극을 보았다는 생각을 하니 견디기 힘들었다. 그 둘, 그러니까 빨강 머리 여인과 마흐무트 우스타는 극장 밖에서 만난 적이 있을까?

마른 풀 위로 나의 발자국 소리가 우물 파는 사람의 누추하고 작은 천막에 가까워지고 있었다. 하늘은 얼마나 광활하고, 세상은 얼마나 무한하던가. 하지만 지금 나는 그 작은 곳으로 들어갈 것이고, 움츠러들 것이다.

마흐무트 우스타는 자고 있었다. 조용히 내 침상으로 들어가고 있는데 그가 말했다.

"어디 있었어?"

"잠이 들었어요."

"날 그 찻집에 두고 가 버렸어 넌. 극장에 갔니?"

"아뇨."

"새벽 4시야. 잠도 자지 않고 내일 그 무더위 속에서 어떻게 일을 하겠니?"

"지루했는데 그들이 나에게 라크를 주었어요. 아주 더웠고요. 돌아오는 길에 저기에 누워 별을 보다가 잠이 들고 말았어요. 많이 잤어요, 우스타."

"얘야, 거짓말하지 마라! 우물 파는 일은 장난이 아냐. 곧 물이 나올 텐데."

나는 대답하지 않았다. 마흐무트 우스타는 밖으로 나갔다. 천막 자락 사이로 별을 보면서 마흐무트 우스타를 잊고 빨리 자야지 생각했지만 그에 대한 생각이 꼬리를 물었다.

그는 왜 내가 극장에 갔는지 물어봤을까? 혹 마흐무트 우스타가 나를 질투하는 것은 아닐까? 물론 빨강 머리 여인 같은 교양 있는 연극배우가 마흐무트 우스타 같은 촌놈에게 관심을 갖지는 않을 것이다. 하지만 빨강 머리 여인은 어디로 튈지 모르는 여자다. 어차피 바로 이런 이유에서 내가 그녀에게 그토록 빨리 사랑에 빠지지 않았던가.

천막에서 나와 마흐무트 우스타의 뒤를 따라갔다. 내 눈을 믿을 수 없었지만 그는 이 시간에 왼괴렌을 향해 걸어가고 있었다. 내 마음속에서 걷잡을 수 없는 질투와 분노가 일었다. 무한한 밤에, 반짝이는 별빛 아래 나는 마흐무트 우스타의 어두운 그림자를 분간하기 힘들었다.

그러나 잠시 후 그는 길에서 벗어나 나의 호두나무를 향해 걸어갔다. 그가 담뱃불을 붙이면서 나무 아래 앉는 것을 보았다. 나는 한동안 풀 위에 누워 멀리서 마흐무트 우스타가 담배를 다 피우기를 기다렸다. 보이는 것이라고는 담배 끝의 주황색 불빛뿐이었다.

결국 그가 왼괴렌에 가지 않는다는 확신이 들었을 때 나는 그보다 먼저 천막으로 돌아와 잠자리에 들었다. 그런데 그날 밤 멀리서 그를 지켜보던 나의 모습이 오랜 세월 동안 기억에서 사라지지 않았다. 때로 꿈속에서 세 번째 눈이 등장해 마흐무트 우스타와 그를 따라가는 나의 젊었을 때 모습을 동시에 바라보곤 했다.

20

다음 날 아침에도 여느 날처럼 일찍 일어났다. 그러니까 해가 천막의 작은 틈으로 길고 노란 검처럼 새어 들어올 때. 길어야 세 시간 정도 잤겠지만 푹 쉰 느낌이었다. 더욱이 빨강 머리 여인과의 어젯밤 경험 이후 내 자신이 더 강해진 것 같았다.

“잠 좀 잤어? 정신이 들어?”

마흐무트 우스타가 차를 마시며 물었다.

“네, 좋아요, 우스타, 사자처럼 힘이 솟아요.”

어젯밤에 내가 늦게 돌아온 것에 대해 우리는 전혀 언급하지 않았다. 최근 나흘 동안 그랬듯이 먼저 마흐무트 우스타가 우물 아래로 내려갔다. 저 아래에서 작고 검은 얼룩이 그것보다 더 작은 양동이를 삽질로 채우고는 일정한 간격을 두고

"끌어 올려!" 하고 외쳤다.

그는 25미터 아래에 있었지만 콘크리트 파이프 끝에 있는 그는 더 멀리 있는 것처럼 보였다. 햇빛 때문에 눈이 부셔 가끔 콘크리트 우물 바닥에 있는 그가 보이지 않으면 나는 허둥거리면서 떨어질 것만 같아 두려워하며 그를 보기 위해 우물 안으로 몸을 더 늘어뜨렸다.

꽉 찬 양동이를 위로 끌어 올리는 일이 갈수록 힘에 겨웠다. 줄이 똑바르지 않았고, 양동이가 올라올 때 어디에서 불어오는지 알 수 없는 희미한 바람에 휩쓸린 듯 좌우로 움직이며 벽에 부딪치기도 했다. 혼자 도르래를 돌렸기 때문에 나는 아래 어딘가에서 양동이가 또 포물선을 그리는 것을 인지하지 못했고, 그럴 때면 마흐무트 우스타가 그게 머리 위로 떨어질까 두려워하며 아래에서 포효하듯 고함을 질렀다.

우물 입구에서 더 멀어지고 작아질수록 마흐무트 우스타는 더 자주, 더 큰 목소리로 소리치기 시작했다. 내가 양동이를 내릴 때 굼뜨게 움직인다고 소리 질렀고, 양동이를 비우는 작업이 너무 더디다고 소리 질렀고, 마른 모래에서 나오는 먼지 때문에 신경질이 난다고 소리 질렀다. 내 마음속에는 계속 죄책감이 남아 있었다. 콘크리트 우물에서 울리는 우스타의 고함 소리는 이상한 굉음으로 변해 우물 밖으로 흘러나왔다.

나는 빨강 머리 여인의 달콤한 미소, 아름다운 몸, 흥분하며 사랑을 나누던 모습을 자주 떠올렸다. 그녀를 생각하는 것은 아주 멋진 일이었다. 점심 휴식 시간에 왼괴렌으로 뛰어가 그녀를 한번 볼까?

땅 위에 있다는 사실이 감사했지만 실제로 무더위 속에서 해야 하는 내 일이 마흐무트 우스타의 작업보다 더 힘들었다. 알리와 함께 돌리던 도르래를 혼자 돌리는 일에 어느 정도 익숙해졌지만 간혹 힘에 겨웠다.

위로 끌어 올린 꽉 찬 양동이를 나무 선반에 올려놓을 때도 힘에 부쳤다. 예전에는 이 일을 알리와 함께 둘이 세심하게 했다. 양동이를 조금 더 높이 들고 순간적으로 내려놓듯이 줄을 느슨하게 하면서 양동이를 약간 가장자리로 당겨 나무 선반에 올리는 일을 혼자 하기는 아주 힘들었다.

양동이를 갈고리에서 빼기 전에 살짝 옆으로 눕히기 때문에 맨 위에 있는 모래 알갱이들, 조개들, 석화된 삿갓조개류들이 아래로 쏟아지기도 했다.

몇 초 후 우물 바닥에서 마흐무트 우스타가 불평하는 소리와 고함 소리가 들려오기도 했다. 마흐무트 우스타는 아주 높은 곳에서 조개와 작은 돌조각들이 떨어지면 심각한 부상을 당하고, 머리로 떨어지면 죽을 수도 있다고 자주 말했다. 그래서 그는 양동이를 끝까지 채우지 않았다. 이것이 일을 더욱더 더디게 만들었다.

양동이에서 손수레로 옮겨 담은 검고 마른 조개껍질들로 가득한 모래를 새로 정한 장소에 쏟아부으면서 나는 땀을 엄청 흘렸다. 돌아올 때 마흐무트 우스타가 꾸중하는 소리가 웅웅거리듯이 들렸지만 무슨 말을 하는지는 정확히 알지 못했다. 아래에서 샤먼 할아버지나 거인인지 정령인지 알 수 없는 지하 괴물이 불평하며 분노하는 고함 소리가 들려오는 것만 같았다.

아파트 10층 높이 정도 아래에서 양동이가 바닥에 닿았는지 약간 위에 있는지를 보는 것은 불가능했기 때문에 바닥에 접근하기 전에 도르래를 정지시켜 잠그고는 우스타가 "조금 더."라고 말하기를 기다렸다. 아래 우물 바닥에 있는 마흐무트 우스타가 얼마나 작고 얼마나 속수무책으로 보이던지!

일을 시작한 지 한 시간쯤 되었는데 순간 머리가 어지러웠다. 우물 아래로 떨어질 것만 같았다. 잠시 후 손수레에 있는 흙을 비우다가 멈추고는 땅에 누웠다. 잠시였지만 잠이 들고 말았던 모양이다.

되돌아왔을 때 우물 입구에서 마흐무트 우스타가 불평하는 소리가 들려왔다. 빈 양동이를 내렸지만 불평하는 소리가 그치지 않았다.

나는 아래를 보며 물었다. "왜 그래요, 우스타?"

"날 끌어 올려!"

"뭐라고요?"

"날 위로 끌어 올리라고!"

양동이가 무거웠다. 양동이에 한쪽 발을 딛고 있는 게 틀림없었다.

우스타를 끌어 올리는 것이 가장 힘든 일이었다. 머리가 어지러운 상태에서 남은 힘을 다해 도르래 손잡이에 매달렸다. 마흐무트 우스타가 우물을 포기하고 나를 놓아주면서 돈을 주는 것을 상상했다. 돈과 물건을 챙겨 일단 빨강 머리 여인에게 가서 내가 그녀를 사랑한다고, 투르가이와 헤어지고 나와 결혼해야 한다고 말할 터였다. 이 일에 대해 어머니는 뭐라고 말할까? 빨강 머리 여인은 분명히 "난 네 엄마 나이야!"라고 말하며 웃을 것이다. 어쩌면 점심 휴식 시간 전에 호두나무 아래에서 십 분 정도 낮잠을 잘 거다. 많이 피곤하면 때로는 십 분의 낮잠이 몇 시간을 잔 것 같은 힘을 주기도 한다고 어딘가에서 읽은 적이 있다. 빨강 머리 여인한테는 그다음에 가면 된다.

마흐무트 우스타의 머리가 우물 입구에 나타나자 나는 정신을 차렸고, 내가 얼마나 지쳐 있는지 감추려고 애를 썼다.

"애야, 넌 오늘 일을 아주 느려터지게 하는구나. 난 여기서 물을 찾을 거다, 너도 그때까지 이 우스타의 말을 잘 들어라. 절대 늑장 부리지 마라!"

"알겠어요, 우스타."

"그냥 하는 말이 아니야."

"물론이지요, 우스타."

"문명이 있고, 마을과 도시가 있는 것은 그곳에 우물이 있기 때문이야. 물 없는 문명, 우스타가 없는 우물은 있을 수 없어. 우스타에게 복종하지 않는 조수도 진정한 조수가 될 수 없다. 물이 나오면 우린 부자가 될 거야."

"부자가 되지 않더라도 당신과 함께할 거예요, 우스타."

마흐무트 우스타는 나에게 조심스럽게 일을 해야 하며, 눈을 크게 떠야 한다고 선생처럼 장황하게 훈계했다. 극장에서 빨강 머리 여인의 연극을 볼 때도 내게 충고하려는 생각을 하고 있었을까? 나는 마치 꿈속에서처럼 우스타의 말을 들었지만 그 말들에 대답을 하지 못했고, 대답해야 할 필요성도 느끼지 못했다. 빨강 머리 여인의 모습이 다시 눈앞에 떠올랐다. 정말 부끄러웠다.

"가서 땀에 젖은 셔츠를 갈아입어라. 네가 아래로 내려가렴. 거기에서 하는 일이 더 쉬우니까."

"네, 알겠어요, 우스타."

21

우물 바닥에서 하는 유일한 일은 조개껍질, 석화된 삿갓조개, 생선뼈투성이인 지독한 냄새가 나는 흙을 삽으로 퍼 양동이를 채우는 것이었다. 그러니까 일 자체로는 위에서 하는 작업보다 훨씬 더 쉬웠다. 힘든 것은 모래를 파서 양동이에 채워 위로 올리는 것이 아니라 그곳에, 지상으로부터 25미터 아래에 있다는 것이었다.

아래로 내려갈 때부터 벌써 두려웠다. 발 한쪽을 빈 양동이 안에 넣고 두 손으로 줄을 꽉 잡고는 갈수록 어두워지는 우물 바닥으로 다가갈 때 콘크리트 벽 표면의 균열들, 거미줄들, 이상한 얼룩들을 보았다. 다급해진 도마뱀들이 위로 빛을 향해 도망치는 것을 보았다. 지하의 심장에 콘크리트 파이프를 박았기 때문에 그 세계가 마치 우리에게 경고를 하는 것만 같았다. 언제라도 지진이 일어나 그곳 지하에 영원히 묻힐 수 있었다. 때로 지하에서 이상하고 숨죽인 소리들이 흘러나왔다.

"간다아아!"

마호무트 우스타는 빈 양동이를 내려보낼 때마다 고함을 질렀다.

고개를 들고 위를 쳐다보았을 때 우물 입구가 얼마나 멀고 작게 보이던지 두려워져 당장 위로 나가고 싶었다. 마호무트 우스타가 위에서 안달을 했기 때문에 삽으로 양동이에 다급하게 모래를 담고 소리를 질렀다. "끌어 올리세요!"

나보다 더 힘이 센 마호무트 우스타는 도르래를 빠르게 돌려 양동이를 끌어 올렸고, 조심스럽게 가장자리에 놓고는 손수레에 비우고 다시 내가 있는 아래로 내려보냈다.

나는 내 자리에서 꿈쩍 않고 얼굴을 위로 향한 채 이 모든 과정을 지켜보았다. 위에 마호무트 우스타가 보이면 이곳 땅 밑에서 나는 혼자가 아니었다. 우스타가 양동이를 비우기 위해 가장자리로 물러나면 우물 입구에 동그랗고 아주 작은 하늘이 보였다. 너무나 멋진 파란색이었다! 거꾸로 본 망원경 끝에 있는 세상처럼 멀지만 아름다웠다.

마호무트 우스타가 다시 우물 입구에 나타나 빈 양동이를 아래로 늘어뜨릴 때까지 나는 자리에서 꿈쩍 않고 위를 바라보며 망원경 끝에 있는 하늘을 바라보곤 했다.

마침내 개미만 한 마흐무트 우스타가 다시 시야에 들어오면 마음이 놓였다. 양동이가 도착하면 그것을 바닥에 놓고 위를 향해 소리쳤다. "됐어요."

마흐무트 우스타의 아주 작은 그림자가 손수레에 담긴 모래흙을 비우러 사라질 때마다 내 가슴은 두려움에 사로잡혔다. 혹여나 위에서 무언가에 발이 걸려 사고가 나면 어쩌지? 혹여나 나를 다스리고 수모를 주려고 한동안 우물 입구에 나타나지 않으면……? 빨강 머리 여인과 밤을 보냈다는 것을 알면 마흐무트 우스타가 나를 벌주고 싶어 할까?

열 번, 열 두 번의 삽질로 양동이를 채웠고, 열중하다가 곡괭이로 땅바닥을 더 깊이 파기도 했다. 하지만 얼마 지나지 않아 우물 속 어둠과 먼지 때문에 눈앞이 전혀 보이지 않았다. 누가 보아도 모래흙은 지나치게 부드럽고 색이 엷었다. 이곳에 물이 없다는 것은 확실했다. 괜한 곳에서, 괜히 두려움에 떨며, 괜히 시간을 죽이고 있었다.

이 우물에서 나가자마자 왼괴렌으로, 빨강 머리 여인에게로 갈 참이었다. 투르가이가 뭐라도 할지는 나에게 전혀 중요하지 않았다. 그녀는 나를 좋아한다. 나는 투르가이에게 모든 것을 설명할 거다. 나를 때릴 수도 있다. 심지어 총으로 쏠 수도. 대낮에 나를 보게 되면 빨강 머리 여인이 뭐라고 할까?

이러한 생각들로 두려움을 잠재우며 양동이를 채워 세 번(나는 세고 있었다.) 올려 보낸 후 다시 마음이 다급해지기 시작했다. 마흐무트 우스타가 우물로 돌아오는 데 걸리는 시간이 점점 더 길어졌고, 지하에서 이상한 소리들이 들려왔다.

나는 위를 향해 소리를 질렀다. "우스타, 우스타!" 푸른 하늘이 동전만 했다. 마흐무트 우스타는 도대체 어디에 있는 걸까? 나는 온 힘을 다해 소리치기 시작했다.

우스타가 드디어 우물 입구에 나타났다.

나는 그를 향해 외쳤다. "우스타, 이제 나를 위로 올려보내 주세요!"

하지만 그는 대답하지 않았다. 도르래 앞으로 가서 꽉 찬 양동이를 끌어당겼다. 내 말을 듣지 못한 것일까? 양동이가 천천히 위로 올라갈 때 나의 눈은 그것에 고정되어 있었다.

양동이가 꼭대기에 도착하자 마흐무트 우스타가 다시 우물 입구로 모습을 드러냈다. 정말 멀구나. 나는 있는 힘껏 소리쳤다. 하지만 꿈속에서처럼 나의 목소리는 그에게 닿지 않았다. 그는 양동이를 비운 후 도르래 손잡이를 잡고 빈 양동이를 아래로 내렸다.

내가 다시 소리쳤지만 그는 여전히 내 말을 듣지 못했다.

견디기 힘들 만큼 긴 순간이 지났다. 나는 마흐무트 우스타가 손수레를 공터로 밀고 갔다고, 지금 손수레를 엎어 안에 있는 모래흙을 비울 것이고, 되돌아올 것이며, 지금쯤 우물 입구에 도착할 거라고 생각했다. 그러나 마흐무트 우스타는 오지 않았다. 어쩌면 어느 구석에 앉아서 담배를 피우고 있을 것이다.

마흐무트 우스타가 다시 나타났을 때 나는 힘껏 소리쳤다. 하지만 그는 아무것도 들리지 않는 듯했다. 나는 결정을 내렸다. 빈 양동이를 한쪽 발로 밟고 줄을 잡으며 소리쳤다. "당기세요!"

마흐무트 우스타가 도르래를 돌려 천천히 나를 땅 위로 끌어 올리는 동안 약간 떨었지만 행복했다.

내가 위에서 다행히 나무 선반에 발을 디뎠을 때 그가 물었다. "무슨 일이야?"

"우스타, 난 이제 아래로 내려가지 않을 거예요."

"그건 내가 결정할 일이야."

"네, 우스타가 결정하세요."

"브라보. 첫날부터 이렇게 행동했더라면 지금쯤은 우리가 물을 발견했을 거다."

"우스타, 내가 처음에 미숙했던 건 사실이에요. 그렇다고 물이 나오지 않은 게 내 잘못인가요?"

그는 한쪽 눈썹을 치켜세우며 의심스럽다는 표정을 지었다. 내 말을 마음에 들어 하지 않는다는 것을 알 수 있었다.

"우스타, 난 당신을 평생 잊지 않을 거예요. 당신 옆에서 일한 것이 나한테 좋은 인생 공부가 되었어요. 하지만 이제 이 우물 파는 일을 그만두자고요, 제발. 그동안 감사했다는 표시로 손등에 입을 맞추고 싶어요, 손을 주세요."

마흐무트 우스타는 손을 내밀지 않았다.

"물이 나오기 전까지 다시는 그만두자는 말을 하지 마라, 절대. 알겠니?"

"알겠어요."

"이제 나를 아래로 내려 주렴. 점심 휴식 시간까지는 아직 한 시간도 더 남았다. 오늘은 길게 쉬자. 넌 호두나무 아래 누워서 푹 좀 자렴."

"감사합니다, 우스타!"

"저걸 좀 돌려라, 아래로 내려갈 테니."

나는 도르래를 돌렸고, 우스타는 천천히 우물 속으로 들어가 눈앞에서 사라졌다.

나는 양동이를 빠르게 비우고, 아래에서 들려오는 우스타의 소리를 듣고, 도르래를 돌릴 때는 젖 먹던 힘까지 다 냈다. 땀이 비 오듯 쏟아졌고, 가끔 천막으로 뛰어가 물을 병째 들이켰다. 한번은 공터에 비운 모래에서 화석이 된 물고기 머리가 나와 그것을 보느라 잠시 일을 멈췄다. 내가 늦어지자 마흐무트 우스타가 불평하는 소리가 다시 우물 바닥에서 들려오기 시작했다. 힘에 겨워 기진맥진한 순간 눈앞에 빨강 머리 여인의 모습이, 그녀의 가슴, 그녀의 구릿빛 피부가 아른거렸다.

노란 점이 박힌 호기심 많은 흰 나비가 유쾌하고 다급하게 날갯짓을 하며 풀밭 사이를, 우리 천막 옆을, 도르래 앞을, 우물 위를 지나갔다.

이것은 무슨 신호일까? 매일 아침 11시 30분쯤 유럽으로 향하는 이스탄불-에디르네 열차가 천천히 지나갈 때 이것을 결국 다 아주 잘될 거라는 어떤 신호로 여기던 것이 떠올랐다. 기차가 지나가고 한 시간 후 12시 30분경에 이번에는 에디르네를 출발해 이스탄불로 가는 열차가 우리의 점심 휴식 시간을 알려 주었다.

점심 휴식 기간에 단걸음에 왼괴렌으로 가서 빨강 머리 여인을 봐야지 하고 생각했다. 그녀에게 마흐무트 우스타에 대해 묻고 싶었다. 나는 줄이 풀어지지 않도록 도르래를 잠갔다. 우물 입구에 도착한 양동이의 손잡이를 잡고 선반에 옮기려는데 마흐무트 우스타가 나를 향해 또다시 고함을 쳤다.

익숙한 손놀림으로 양동이를 약간 눕혀 나무 선반에 내려놓으려고 하는 순간 꽉 찬 양동이가 갈고리에서 빠져나가며 우물 아래로 떨어졌다.

아주 잠깐 나는 얼어붙고 말았다.

그리고 곧 "우스타!" 하고 소리쳤다.

일 초 전만 해도 나에게 소리를 지르던 우스타가 그 순간에는 아무 말도 하지 않았다.

아래에서 고통스러운 비명이 들려왔다. 잠시 후 완전한 정적이 뒤를 이었다. 나는 그 비명 소리를 절대 잊지 못할 터였다.

나는 뒷걸음질을 쳤다. 우물에서 더 이상 소리가 들리지 않았고, 나는 우물 입구로 다가가 아래를 내려다보지도 못했다. 어쩌면 비명이 아니라 마흐무트 우스타가 욕설을 퍼부은 것일 수도 있다.

이제 온 세상이 우물처럼 조용했다. 내 다리가 덜덜 떨렸다. 나는 무엇을 해야 할지 결정을 내리지 못했다.

커다란 말벌 한 마리가 도르래 주위를 돌다가 우물 안을 들여다보더니 순식간에 사라졌다.

나는 천막으로 뛰어갔다. 땀으로 흠뻑 젖은 셔츠와 바지를 갈아입었다. 벌거벗은 몸이 떨리는 것을 인지하고 잠시 울었지만 곧 울음을 그쳤다. 빨강 머리 여인에게 가 그녀 옆에서 떨어도 부끄럽지 않을 것 같았다. 그녀는 나를 이해하고, 나를 도와줄 것이다. 어쩌면 투르가이도 나를 도와줄 것이다. 어쩌면 군 당국과 시청도 도와주고, 어쩌면 소방차도 올 것이다.

나는 들판을 지나 지름길을 통해 왼괴렌으로 뛰어갔다. 누런 풀들 사이에 있던 귀뚜라미들이 내가 지나갈 때 울음을 멈췄다. 길로 나갔다가 다시 밭들을 가로질렀다. 묘지를 지나 아래로 내려갈 때 이상한 본능에 휩싸여 뒤를 돌아보았고, 멀리 이스탄불 방향의 하늘에서 검은 비구름들을 보았다.

마흐무트 우스타가 다쳐서 출혈이 심하다면 빠른 도움의 손길이 필요할 터였다. 하지만 누구에게 도움을 요청할지 생각이 나지 않았다.

마을에 들어서자 곧장 빨강 머리 여인과 투르가이가 머무는 건물로 갔다. 뒤쪽을 바라보는 1층 문은 빨강 머리 여인이 아니라 다른 여자가 열어 주었다. 아마도 옛 마오쩌뚱주의자이자 간판 일을 하는 사람의 부인일 것이다.

"그들은 떠났어요." 하고 그녀는 내가 뭐라고 묻기도 전에 말했다. 내 인생에 처음으로 사랑하는 사람과 잤던 집 문이 순식간에 내 눈앞에서 닫혔다.

나는 광장을 지났다. 루멜리 찻집은 텅 비었고, 우체국에는 전화를 거는 군인들이 가득했다. 인도를 보니 밤에 보지 못했던 사람들이 근처 마을에 장을 보러 나와 있었다.

'교훈을 주는 전설 극단'의 천막은 그 자리에 없었다. 처음에는 어제까지 그곳에 천막이 있었다는 어떤 흔적도 찾아볼 수 없었다. 나중에야 표를 끊던 곳과 천막을 쳤던 말뚝들을 보았다. 그들은 떠나고 없었다.

나는 정확히 무엇을 하는지도 모른 채 빠른 걸음으로 왼괴렌을 빠져나왔다. 뛰고, 멈추고, 구름이 모여드는 하늘에서 어떤 의미를 찾는 것을 내가 아니라 나의 몸과 신경들이 하고 있는 것만 같았다. 이마, 목, 그리고 모든 부분에서 물처럼 땀이 솟았다. 밤이면 나무들이 서늘한 바람에 흔들리던 묘지 언덕이 지금은 지옥같이 더웠다. 묘비들 사이에서 행복하게 풀을 뜯는 양들을 보았다.

평지에 다다르자 뛰지 않고 걷기 시작했다. 앞으로 삼십 분 동안 하는 일이 나의 모든 삶을 결정하리라는 것을 아주 잘 알았지만 무엇을 해야 할지 결정을 내리지 못했다. 마흐무트 우스타가 기절했을지, 다쳤을지, 죽었을지 같은 생각도 제대로 하지 못했다. 어쩌면 찌는 듯한 7월의 더위 때문이었을 수도 있다. 태양은 바로 머리 위에서 나의 목덜미와 코끝에 뜨겁게 내리쬐고 있었다.

마지막 굽이에 접어들었을 때 풀로 덮인 길 위에서 바스락거리는 소리를 들었고, 잠시 후 서둘러 지나가려 하는 거북이를 보았다. 거북이는 마흐무트 우스타와 내가 걷고 걸어서 낸 작은 길을 벗어나 왼쪽이나 오른쪽으로 가면 풀들 사이에 숨을 수 있었다. 하지만 거북이는 이런 생각을 하지 못했고, 내가 곧 지나갈 길을 운명처럼 선택하고는 다급하게 도망치려 했다. 나 역시 거북이처럼 내 운명에서 도망치려고 하면서 잘못된 길을 부질없이 걷고 있는 것은 아닐까?

어렸을 때 베쉭타시에서는 아이들이 거북이들을 뒤집어

놓고 태양 아래 말려 죽이곤 했다. 나를 보자 거북이는 머리를 몸통 안으로 집어넣었다. 나는 거북이를 조심스럽게 잡아 풀들 사이에 놓아주었다.

우물로 다가가는 동안 나는 헉헉대던 숨이 어느 정도 진정되었다. 마흐무트 우스타의 고함이나 신음 소리를 듣고 싶은 마음이 간절했다. 지금 이 상황이 내가 최근 한 달 동안 경험했던 평범한 순간들 중 하나라고 상상했다. 양동이가 미끄러져 떨어지지 않았고, 마흐무트 우스타에게 아무 일도 일어나지 않았다고. 병을 입에 대고 물을 마실 때 우물 아래에서 마흐무트 우스타의 분노에 찬 불평 소리가 들릴 거라고.

하지만 우물에서는 아무 소리도 들리지 않았다. 매미들만 울고 있을 뿐이었다. 정적은 나의 마음속에 어떤 회한을 불러일으켰다. 도르래 위에서 돌아다니는 도마뱀 두 마리를 보았다. 우물 입구를 향해 한 걸음 더 나아갔다. 그러나 두려워서 더 이상 가까이 다가가 아래를 내려다보지 못했다. 보면 눈이 멀 것만 같았다.

어차피 혼자서는 우물 아래로 내려갈 수 없었다. 다른 사람이 나를 아래로 내려 줘야 하기 때문이다. 왼괴렌으로, 빨강 머리 여인에게로 뛰어갔던 것은 그런 이유에서였다. 그런데 아무에게도 알리지 않고 되돌아왔다. 왜 그랬는지 나도 몰랐다. 어쩌면 도와줄 누군가를 찾지 못할 거라고, 곧장 우스타

곁으로 돌아가는 것이 그를 더 기쁘게 할 거라고 생각했기 때문일 수도 있다.

혹은 마흐무트 우스타는 죽었고, 나의 죄는 피할 수 없는 것이 되었다고 결론을 내렸는지도 모른다. 나는 애원했다. "신이여, 나를 불쌍히 여기소서!" 나는 무엇을 해야 했단 말인가?

천막으로 돌아와 다시 울기 시작했다. 최근 한 달 동안 마흐무트 우스타와 나누었던 모든 것이 지금은 내게 견디기 어려운 큰 슬픔을 안겨 주었다. 찻주전자, 백 번은 읽었을 날짜 지난 신문, 발등에 고정하는 밴드가 달린 우스타의 파란색 슬리퍼, 마을에 내려갈 때 우스타가 입던 바지의 벨트, 우스타의 자명종…….

나의 손이 스스로 물건들을 챙기기 시작했다. 한 번도 신지 않은 운동화를 포함해 나의 모든 물건들을 낡은 짐 가방에 쑤셔 넣는 데는 삼 분도 채 걸리지 않았다.

여기에 남아 있으면 최소한 나의 부주의가 사망 원인을 제공했다는 이유로 나를 체포할 것이다. 재판은 수년이 걸릴 테고, 그러면 학원이며 대학이며 내 모든 인생이 나락으로 떨어지고, 내가 소년원에 있는 동안 어머니는 화병으로 돌아가실 거다.

나는 마흐무트 우스타를 살려 달라고 신에게 기도했다. 그의 목소리나 신음 소리를 듣기 위해 다시 우물 쪽으로 다가갔다. 하지만 우물에서는 어떤 소리도 들리지 않았다.

12시 30분에 도착하는 이스탄불행 기차 시간 십오 분 전에 아버지의 낡은 짐 가방을 손에 들고 천막에서 나왔다. 뒤돌아보지 않고 더위 속에서 왼괴렌으로 뛰어 내려갔다. 돌아보면 다시 눈물이 흐르기 시작하리라는 것을 알았다. 게다가 어두운 비구름이 점점 마을로 다가오며 모든 게 불길한 보라색을 띠었다.

역사 안은 장을 보러 온 시골 사람들로 꽉 차 있었다. 바구니, 자루, 꾸러미, 시골 사람, 군인 들 사이에서 연착하는 기차를 기다리며 기차에 타면 왼쪽 창가 자리에 앉아야지 생각했고, 기차가 선로를 돌 때까지 마흐무트 우스타와 내가 우물을 파던 자리를 한 번 더 봐야지 하고 다짐했다. 이스탄불로 돌아가는 날 어떻게 할지 한 달 내내 생각했다. 하지만 상상 속의 그날에는 우물에서 물이 나왔기 때문에 하이리 씨가 약속한 사례금과 선물들이 있었다.

기차가 도착할 때까지 역 안으로 들어오는 모든 사람들을 주의 깊게 살피려고 했지만 사람들이 너무 많았다. 빨강 머리 여인과 극단 단원들이 이 기차를 타고 이스탄불로 돌아갈 수도 있었다. 연착한 기차가 드디어 역에 들어올 때 마지막으로 한 번 더 광장과 왼괴렌 마을을 바라보고는 다급하게 기차에 올라탔다. 객차에 앉을 때 내 마음은 자존심을 누르고 우스타에게 복종한 모든 시간들을 잊었고, 오직 끝없는 죄책감만이 가득했다.

2부

22

젖은 눈으로 차창 밖을 바라보았을 때 우리가 있던 위쪽 평지와 우물을 겨우 알아볼 수 있었다. 하지만 그 순간 내가 보았던 모든 것, 마을로 가는 길목에 있는 묘지와 사이프러스 나무들은 사는 동안 절대 잊히지 않을 그림이 되었다. 마흐무트 우스타와 우물을 팠던 평지는 어두운 하늘 속으로 사라질 것만 같았다. 먼 곳에서 번개가 쳤다. 그 소리가 우리에게 닿을 즈음 기차는 방향을 틀어 멀어졌기 때문에 우물과 우리가 있던 위쪽 평지가 모두 순식간에 눈앞에서 사라졌다. 해방감이 스쳐 지나갔다. 머리가 어찔할 정도의 안도감과 죄책감이 칙칙폭폭 기차 소리와 함께 마음속 깊이 파고들었다.

한동안 누구와도 말을 하지 않고 내 마음속을 들여다보았다. 세상과 나 사이에 거리를 두었다. 세상은 아름다웠고, 내 마음도 좋았으면 하고 바랐다. 내 안의 어떤 죄책감, 어떤 사악함을 모른 체하면 마침내 서서히 그것을 잊을 것만 같았다. 그래서 아무 일도 없는 척하기 시작했다. 아무 일도 없는 것처럼 행동하면, 그리고 더 이상 아무 일도 일어나지 않으면 결국 정말로 아무 일도 없는 것이다.

이스탄불행 기차가 오래된 공장, 창고, 밭 들 사이를 지나갔다. 시내를 건너고, 사원 옆을 지나고, 찻집과 작업장 사이를 미끄러지듯 빠져나갔다. 소나기가 내리기 시작하자 텅 빈 학교 운동장에서 축구를 하던 아이들이 골대를 표시하려고 놓아 둔 셔츠들과 봉지들을 낚아채더니 흩어져 버렸다.

객차 창문으로 보았던 거친 땅에 순식간에 물웅덩이, 급류, 시내가 생겨났다. 우물 바닥에 있는 사람은 폭우가 쏟아져도 알아채지 못한다. 마흐무트 우스타는 여전히 우물 안에 있을까? 위에 있는 나를 향해 고함을 치고 있을까?

이스탄불의 시르케지 역에서 내렸다. 나는 빗속을 걸어가 하렘[12]행 표를 사서 배에 올랐다. 배는 승객들을 더 채우기 위해 기다리느라 도무지 출발하지 않았다. 운전사들, 가족들, 우는 아이들, 달콤한 요구르트 그릇, 메아리치는 트럭 모터 소

12 이스탄불의 아시아 사이드에 위치한 지역 이름.

리……. 나는 사람들과 함께 한 공간에 있다는 것이 얼마나 좋은 느낌인지 완전히 잊고 살았다. 내 자신이 마치 문명 세계로 돌아온 야만인처럼 느껴졌다. 머리카락들 사이에서 목덜미로, 등으로 물방울들이 흘렀지만 나는 꿈쩍 않고 앉아 보스포루스의 양쪽에서 이스탄불이 서서히 흘러가는 것을 물방울로 덮인 창을 통해 내다보았다. 멀리 돌마바흐체 궁전 뒤로 베쉭타시를, 대입 학원 건물 맞은편에 있는 높은 아파트를 찾아보았다.

배에서 내려 버스에 오르기 전에 간이매점에서 휴대용 티슈를 사 몸의 물기를 닦았다. 몇 시간 동안 아무것도 먹지 않았지만 크루아상과 되네르 샌드위치조차 생각나지 않았다. 살인자가 되는 것이 아마도 이런 느낌이겠구나 하고 내 스스로에게 말했다.

그것은 내 안에 있는 또 다른 목소리였고, 나는 누구와도 말하고 싶지 않은 주제를 꺼내며 조용히 말을 건네는 그 목소리를 다시 듣게 되었다. 그렇다고 내 머리의 나사가 풀렸다고 생각하지 않았으면 한다. 오후 3시에 게브제행 버스를 탔다. 사랑하는 어머니를 볼 생각에 무척이나 흥분되었다. 왼쪽 창문을 통해 비쳐 드는 여름 햇살에 몸이 나른해져 잠이 들고 말았다. 꿈속에서 나는 죄와 벌을 정화한 후 햇빛이 찬란하고 아늑한 천국에 있었다.

어머니가 나를 보면 "살인자 같은 눈길로 날 바라보는구나, 무슨 일 있니?"라고 말하리라 생각했던 것 같다. 어머니가 아무 말도 하지 않자 내가 두려워하고 있다는 것을 알았고, 어머니를 껴안자마자 마음이 편안해졌다. 나의 어머니한테서는 나의 어머니 같은 냄새가 났다. 어머니는 조금 울다가 나중에는 즐겁게 이야기하면서 사실 게브제에서의 삶이 아주 만족스럽다고 말했다. 내게 감자튀김과 고기 완자를 만들어 줄 참이었다. 나를 걱정했으며, 보고 싶었다는 것 이외에 다른 어떤 불만도 없었노라고 말한 후 다시 울기 시작했다. 우리는 서로를 더 꼭 껴안았다.

"한 달 만에 많이 자랐구나, 손과 팔이 아주 커졌는걸, 키도 자라고. 이제 어엿한 남자가 되었구나. 샐러드에 토마토를 더 썰어 넣어 줄까?"

나는 게브제의 언덕으로 올라가 이스탄불을 바라보며 한동안 걸었다. 때로는 멀리 내가 있던 평지와 비슷한 지형을 보았다는 생각에 마흐무트 우스타와 맞닥뜨릴 것만 같아 불안해졌다.

그렇게나 약속을 했는데도 불구하고 우물 안에 들어갔다는 것은 어머니에게 말하지 않았다. 내가 살아 있으니 이런 세세한 것들은 더 이상 중요하지 않았다.

우리는 아버지에 대해 아무런 언급도 하지 않았다. 아버지가 어머니에게 전혀 연락을 하지 않았다는 것을 알았다. 하지만 왜 나에게조차 연락하지 않았을까? 우물 아래로 내려가는 마흐무트 우스타의 마지막 모습이 자주 내 눈앞에 그림처럼 떠올랐다. 그가 여전히 끈질기게 우물을 파고 있다고 믿었다. 커다란 오렌지를 굴처럼 뚫고 들어가며 집요하게 파 먹는 과일 벌레처럼.

게브제 시장에 가서 어머니의 돈으로 새 텔레비전과 자명종을 샀다. 내가 마흐무트 우스타와 일하면서 모은 돈은 은행에 맡겼다. 사흘간 집에서 맘껏 자고 쉬었다. 꿈에서 마흐무트 우스타를, 나를 뒤쫓는 나쁜 남자들을 보았다. 하지만 그 누구도 게브제에 있는 나를 찾아오지 않았다. 아무도 날 쫓지 않았다. 나흘째 되는 날 이스탄불로 가 베쉭타시에 있는 대입 학원에 등록하고 충실하게 수업을 들으러 다니기 시작했다.

혼자 있으면 우스타와 우물을 머릿속에서 지울 수가 없었다. 그래서 베쉭타시에 갔고, 학교 친구들을 만나 극장에 가고 어울리는 것이 나를 행복하게 해 주었다. 우리는 시장 안에 있는 술집에도 한두 번 갔다. 그러나 그들처럼 법도에 맞게 담배를 피울 수도, 술을 마실 수도 없었다. 초짜처럼 라크를 단숨에 들이켜고 마시자마자 취하는 모습을 보며 친구들이 한마디씩 해도 신경 쓰지 않았다. 하지만 내 턱수염과 콧수염이 충분히 자라지 않아 아직 진짜 남자가 아니라는 뜻을 은근히 내

비치는 농담에는 화가 났다.

한번은 내가 "털이 기적에 가까운 거라면 무두질 공장은 빛으로 가득 찼을 거야. 암고양이도 콧수염은 있어."라고 말했다.

이 말에 모두들 웃음을 터트렸다! 나는 이런 현학적인 말들을 서점에서 저녁에 잠들기 전까지 눈이 아프도록 읽은 책들에서 배웠다.

하지만 자신의 우스타를 우물 바닥에서 죽게 내버려 둔 매정한 사람이 작가가 될 수 있을까? 양동이가 떨어진 것은 사고였을까? 나는 자주 우물에서 아무 일도 일어나지 않았다고 내 스스로에게 말했다. 나는 혹독한 노동, 힐책, 불면을 견디지 못했던 거야. 모든 것을 그만두고, 내 돈을 받아 보통 사람이 그러듯이 집으로 돌아왔던 거야. 그러나 이제는 '보통 사람'이라는 말도 좋아하지 않았다.

나보다 두세 살 많은 마을 친구들 중 몇 명은 이스탄불 대학에 다니고 있었다. 그들은 콧수염과 턱수염을 길렀고, 거리에서 경찰들과 싸우며 정치 시위에 참가했다. 아이들은 마시며 웃고 떠들면서 자신들이 경험한 것들을 자랑스럽게 말했다. 그들이 나의 아버지를 존경한다는 것을 알았다. 그런데 사실 내가 내심 그들에게 화가 나 있다는 것을 어느 날 저녁 빨강 머리 여인에 대해 언급했을 때 알게 되었다.

누군가 나에게 시비를 걸었다. "젬, 넌 지금까지 살면서 여자애 손을 잡아 본 적 있어?"

몇몇 애들은 어떻게 사랑에 빠졌고, 어떻게 연애편지를 썼는지, 혹은 얼마나 답장을 기다리고 있는지를 솔직하게 말했다. 그래서 나도 두 달 전에 이모부가 나를 에디르네 근처에 있는 건설 현장에(건설이 우물보다 더 멋졌다.) 보냈고, 그곳 왼괴렌 마을에서 어떤 여자와 사랑을 나누었다고 말했다. 술자리에 있던 아이들에게 물었다. "왼괴렌에 대해 들어 본 사람 있어?"

그들은 나에게서 이런 말을 들을 거라고 기대하지 않았기 때문에 모두 놀랐다. 한 명이 자기 형이 왼괴렌에서 군 복무를 했으며, 한번은 부모와 함께 형을 면회하러 갔는데 작고 지루한 곳이었다고 말했다.

"나보다 나이가 두 배 많은 멋진 연극배우 여자와 그곳에서 사랑에 빠졌어. 그녀를 알지도 못했는데 말이야. 거리에서 보았을 뿐이야. 나를 자기 집으로 데리고 갔어."

친구들은 믿을 수 없다는 표정으로 내 얼굴을 쳐다보았다. 생전 처음으로 여자와 잤다고 말했다.

한 명이 물었다. "어땠어, 좋았어? 이름이 뭐였어?"

담배를 피우던 다른 한 명이 물었다. "왜 결혼 안 했어?"

형을 면회 갔던 친구가 말했다. "외출 나온 군인들을 위해 벨리 댄스를 추는 유랑 극단들, 여자들이 노래를 부르는 극장 식당들, 뭐 다른 것도 많지 그곳에는."

그날 저녁 나는 내 고통과 죄책감에서 벗어나려면 이 마을 친구들을 멀리해야 한다는 것을 알았다. 나의 우스타와 그의 우물이 내 삶이 끝날 때까지 평범한 삶을 사는 행복으로부터 나를 갈라 놓으리라는 것도 차츰 인지하게 되었다. 나는 계속해서 스스로에게 말했다. "최선의 방법은 아무 일도 없었던 것처럼 행동하는 거야."

23

하지만 아무 일도 없었던 척하는 게 가능했을까? 마흐무트 우스타는 내 머릿속에 있는 우물에서 손에 곡괭이를 들고 계속 땅을 파 내려가고 있었다. 그렇다면 그는 여전히 살아 있고, 경찰이 아직 살인 사건을 조사하지 않는다는 의미였다.

누군가, 예를 들면 알리가 마흐무트 우스타의 시체를 발견하고, 검찰이 이 사건을 맡아 일단 게브제에 연락을 취하고,(이러한 일은 터키에서 몇 날 며칠이 걸린다.) 어머니는 걱정 때문에 울다 지쳐 기절하고, 어느 날 경찰이 나를 학원이나 서점에서 찾아내 체포할 거라고 생각했다. 가장 좋은 방법은 아버지를 찾아 그에게 모두 설명하는 것이다. 하지만 아버지는 나에게 연락을 하지 않았고, 이를 보아서는 그가 연락한다고 해도 큰 도움은 줄 수 없을 거라는 결론에 다다랐다. 게다가 그에게 모든 것을 설명함으로써 사건을 더 키우는 수도 있었다. 내게는 경찰이 나를 체포하러 오지 않고 하루하루 지나는 것이 내가 무고하며 다른 사람들과 같다는 기쁜 증거처럼 보였을 뿐만 아니라 모든 사람들이 일반적으로 기대하는 단순하고 평범한 나의 마지막 남은 삶처럼 느껴졌다. 때로 데니즈 서점에서 나에게 어떤 책이 어디 있는지를 묻는 거친 눈빛의 손님을 사복 경찰로 여기고는 즉시 나의 죄를 자백하고 싶은 마음이 들기도 했다. 나의 우스타가 우물에서 무사히 빠져나왔고 증오심에 나를 잊었을 거라고도 생각했다.

나는 서점에서 일을 잘 해냈으며, 사람들이 원하는 모든 일들을 척척 해결했다. 서점 진열장 새롭게 꾸미기나 책 선택과 할인에 대해 아무도 생각하지 못했던 제안들을 내놓자 데니즈 형은 내게 겨울밤에 위층 소파에서 자도 된다고 했다. 나는 그 작은 방을 저녁때 책을 읽어도 되는 또 하나의 집으로 여겼다. 어머니는 내가 게브제와 당신으로부터 또다시 멀리 떨어져 지내는 것을 슬퍼했지만, 베쉭타시에 있는 학원에 계속 다니면 대입 시험에서 좋은 결과를 얻을 거라고 믿었다.

이 시험이 단지 어머니를 기쁘게 해 드리기 위해서가 아니라 내 인생의 가장 중요한 전환점이 되리라는 것을 알기 때문에 모든 공식들을 다 외우며 학교와 학원에서 죽을힘을 다해 열심히 공부했다. 공부에 가장 열중하던 순간에 빨강 머리 여인의 환상이 햇살처럼 따스하게 내 마음속에 피어났고, 그러면 그녀의 피부, 배, 가슴, 눈길이 떠올랐다. 아무 일도 없었던 것처럼 행동하는 데 사실 공부가 가장 많은 도움이 되었다.

게브제에서 대입 시험 서류에 지원하고 싶은 학과들을 순서대로 써 내려갈 때 어머니도 내 옆에 있었다. 어머니는 물론 의대를 1순위로 쓰기를 원했다. 어머니는 내가 작가가 되고 싶은 환상으로 인해 장차 배를 곯을 것이고, 아버지처럼 내게 정치적 재앙들이 닥칠 거라고 생각하며 몹시 두려워했다.

다행히 나의 우스타를 우물 바닥에 두고 온 후 작가가 되고 싶었던 바람은 빠르게 무뎌져 말라 버리고 말았다. 어머니는 내가 엔니지어가 되기를 무척 원했다. 이렇게 해서 나는 지질공학과를 썼다. 어머니는 우물 파는 사람의 조수 일이 내 영혼에 영향을 미쳤다는 것을 알아챘다. 어머니가 "성숙해졌구나."라고 한 것이 사실은 내 영혼에 검은 얼룩이 있다는 것을 순간적으로 알아채서 한 말이라고 생각했다.

1987년 여름이 끝나 갈 때 이스탄불 공과 대학의 마츠카 캠퍼스에 있는 지질공학과를 5등으로 합격했다는 발표가 났다. 110년 된 대학 건물은 원래 오스만 제국의 마지막 시기에 창설된 새로운 현대식 군대의 무기 저장고이자 병영이었다.

1908년 결국 압둘하미드를 폐위시킬 청년 튀르크들[13]이 셀라니크에서 이스탄불로 왔을 때 술탄의 곁을 지키던 군대가 여기에 주둔했고, 우리가 수업하는 곳에서 전쟁을 했다. 나는 이런 것들을 책에서 읽고 같은 과 친구들에게 설명해 주었다. 나는 오래된 건물의 높은 천장들, 끝없이 이어지는 계단들, 동굴처럼 메아리치는 복도들에 매료되었으며, 그곳이 베쉭타시와 데니즈 서점이 있는 비탈길에서 걸어서 십 분 거리에 있다는 것이 좋았다.

서점에서 계산대 점원으로 일하다가 책임자로 승진했다. 사장은 내가 작가가 되지 않으리라는 것을 마지못해 인정하고, 지질학 공부를 한다는 것을 받아들이고, 엔지니어들 중에서도 좋은 소설가가 나올 수 있다고 말했다. 대학 기숙사에서 나는 거의 매일 저녁 책을 한 권씩 읽었다.

아무 일도 일어나지 않은 것처럼 하기 위해서는 소포클레스의 오이디푸스 이야기를 잊어야만 했다. 나는 호기심을 억누르고 대학 3학년 때까지 견뎌 냈다. 그러던 어느 날 데니즈 서점에서 꿈에 관한 오래된 선집이 다시 내 손에 들어왔다. 이 책에서 오이디푸스 이야기의 요약을 읽은 적이 있었다. 지그

13 청년 튀르크들은 압둘하미드 2세의 정치에 반대하여 자유와 입헌 정치를 주장한 사람들을 일컫는 말이다. 청년 튀르크들은 한 번도 조직적인 정당을 구성하지 않았다.

문트 프로이트가 썼다는 것은 새롭게 알았다. 프로이트의 글은 소포클레스에 관한 것이기보다 모든 남자들이 마음에 품었다고 주장했던 부친 살해 욕구에 관한 것이었다.

몇 달 후 나는 중고 서적을 꽂아 둔 곳에서 1941년에 교육부가 출간한 소포클레스 연극의 번역본을 우연히 발견했다. 누렇게 바랜 하얀 책 표지에 쓰인 '오이디푸스 왕'이라는 제목을 읽는 순간 두려워졌다. 이 책의 터키어 번역본은 시장에 없었다. 나는 나의 삶에 대한 어떤 비밀을 발견하기를 기대하는 것처럼 집어삼킬 듯 읽어 내려갔다.

프로이트가 요약한 것과 달리 연극은 오이디푸스의 탄생이 아니라 그로부터 몇 년이 흐른 다음부터 시작했다. 오이디푸스 왕자는 아버지라는 것을 모른 채 아버지를 죽였고, 그를 대신해 왕의 자리에 앉았으며, 어머니라는 것을 인지하지 못한 채 어머니와 결혼해 네 명의 자녀를 낳았다. 책에서는 아들이 최소한 열여섯 살 많은 어머니와 잠자리를 하는 장면은 전혀 언급하지 않고 지나갔다. 나는 이 장면을 눈앞에 떠올리려고 애썼지만 허사였다. 지금 그의 어머니가 동시에 아내인 것처럼 자녀들도 그의 형제들이었다. 연극 초반에는 오이디푸스도, 다른 등장인물들도 이 경멸스러운 일을 알지 못했다. 어쩌면 이런 이유로 도시에 역병이 창궐했고, 역병에서 벗어나기 위해 누가 선왕을 죽였는지 알아내야만 했다. 살인자가 누구인지 모르는 오이디푸스 왕은 선의에서 범인 색출을 가장 절실하게 원했다. 하지만 아버지를 죽인 자가 자신이라는 고통스러운 진실을 서서히 발견하게 되고, 죄책감에 스스로 눈을 찌르고 만다.

삼 년 전 어느 날 저녁 우물가에서 나는 마흐무트 우스타에게 이 이야기를 정확히 이 순서대로 설명하지 않았다. 그런데 희곡을 읽을 때 왠지 이 순서대로 말해 준 느낌이었다. 소포클레스를 읽으면서 내가 우스타의 죽음에 원인을 제공했다는 데에 대해 죄책감을 덜 느끼는 내 자신을 발견했다. 삼 년이 흐른 지금 경찰들이 갑자기 강의실에 들이닥쳐 나를 연행해 간다 해도 두렵지 않았다. 어쩌면 마흐무트 우스타는 죽지 않았고, 마치 오래된 종교적인 이야기에 나오는 것처럼 누군가 그를 우물 바닥에서 끄집어내 주었는지도 모른다.

마흐무트 우스타는 나에게 교훈을 주기 위해 그런 종교적인 이야기들과 『코란』에 나오는 우화들을 이야기해 주었다. 그때 나는 마음이 불편해지곤 했다. 나도 그를 불편하게 하려고 오이디푸스 이야기를 해 주었고, 결국에는 내가 한 이야기의 주인공처럼 행동했다. 이러한 이유로 마흐무트 우스타는 우물 바닥에 남게 되었다. 어떤 이야기, 어떤 신화 때문에.

오이디푸스는 어떤 이야기, 어떤 예언이 헛되다는 것을 증명하려고 아버지를 죽였다. 오이디푸스 왕자가 만약 예언자가 해 준 이야기를 진지하게 받아들이지 않고 웃어넘겼다면 그의 집과 나라로부터 도망쳐 나와 배회하지 않았을 것이다. 왕인 아버지와 그 길에서 우연히 만나 알아보지 못하고 죽이지도 않았을 것이다. 오이디푸스의 아버지도 마찬가지다. 만약 그의 아버지가 오이디푸스를 악운으로부터 보호하기 위해 그 어떤 조치도 취하지 않았더라면 그들에게 재앙은 닥치지 않았을 것이다. 모든 사람들처럼 평범한 '보통의' 삶을 살기 원한다면 나도 오이디푸스가 취했던 행동과 정반대, 그러니까 아무 일도 없었던 것처럼 행동해야만 했다. 좋은 사람이 되고 싶었던 오이디푸스는 살인자가 되고 싶지 않았기 때문에 살인자가 되었고, 살인자가 누구인지 궁금했기 때문에 자신이 아버지를 죽였다는 것을 알게 되었다. 소포클레스의 연극 역시 결국에는 자신이 살인자라는 것을 알게 된 호기심 많은 주인공의 조사에 얽힌 이야기였다.

그러나 나는 내가 살인자인지 아닌지 신경 쓰지 않았다. 살인을 저질렀다는 것조차 확신할 수 없었다. 살인자가 되거나 혹은 내 아들에게 살해당하고자 하는 의도도 없었다. 마흐무트 우스타는 분명히 우물에서 나와 여느 때처럼 좋은 삶을 살고 있을 것이다. 그렇지 않다면 경찰이 왜 나를 찾아오지 않는단 말인가? 나는 다른 모든 사람들처럼 살기 위해 모든 것을 잊고 아무 일도 없었던 것처럼 행동해야만 했다.

24

한동안 나는 '어차피 아무 일도 없었어.'라고 생각했다. 눅눅한 먼지와 싸구려 세탁비누 냄새가 나는 대학 복도를 걸을 때, 계속되는 정치적 불안이나 경찰과의 몸싸움을 핑계 삼아 금속공학 수업을 빼먹고 같은 학번 친구들과 영화관에 갈 때, 텔레비전 연속극을 멍하니 볼 때 결국에는 어떻게든 다른 모든 사람들과 같아지는 데 성공했다고 생각하며 기뻐했다. 텔레비전에서 중계하는 축구 경기, 새로 출시된 예술 영화 비디오, 보스포루스를 지나가는 배들을 아무 생각 없이 바라보았다. 진열장에 전시된 새로운 가전 제품들을 살펴보았고, 베이올루에 나가 군중들 사이에 섞였고, 일요일 저녁 무렵에는 주말이 끝났다며 슬퍼했다.

무기 저장고로 쓰였던 마츠카의 공과 대학 건물에서 공학을 공부하는 학생들 중 여학생은 극소수였다. 모든 남학생들이 이 극소수 여학생들의 꽁무니를 쫓아다녔다. 나는 내 나이 또래에 대학을 다니는 아주 소수의 여자를 알았다. 그래서 게브제에서 지내는 어느 주말에 괴르데스 출신인 어머니가 이모부의 어느 친척 딸이 이스탄불 대학 약대에 합격했다고, 그 아이가 기숙사에 머물 예정인데 붐비는 도시를 두려워한다고, 그 애를 도와주면 이모부가 고마워할 거라고 말했을 때 나는 그러마고 했다.

아이쉐는 밝은 갈색 머리였지만 빨강 머리 여인과 조금 닮은 데가 있었다. 특히 도톰한 윗입술의 굴곡과 가느다란 턱이. 첫날부터 나는 내가 그 애를 사랑할 것이며, 그 애도 나에게 무관심하지 않으리라는 것을 느꼈다. 우리는 토요일 오후에 함께 영화관에 가거나 시립 극장에서 체호프 혹은 셰익스피어의 연극을 보거나 버스를 타고 에미르간에 차를 마시러 갔다. 마음에 드는 예쁘장한 여자애와 친구로 지내는 — 몇몇 친구가 말했듯이 "사귀는" — 것은 달콤했고, 인생이 너무나 멋지게 느껴져 마흐무트 우스타와 우물을 잊었다고 믿었다.

나는 같은 삶을 계속 살 생각으로 지질공학 석사 과정에 지원했고, 과에서 가장 우수한 학생들 중 한 명이었기 때문에 합격했다. 친구로 지낸 지 이 년째 되는 해에 아이쉐와 영화관에서, 공원에서, 주위에 아무도 보이지 않는 거리에서 손을 잡고 키스도 나누기 시작했다. 하지만 보수적인 가정에서 자란 아이쉐가 결혼하기 전에는 절대 나와 자지 않으리라는 것을 만나기 시작한 초기부터 이미 짐작했다.

정기적으로 매춘 업소에 가고 모든 여자애들을 결국에는 기어코 침대로 끌어들일 수 있다고 진심으로 믿는 베쉭타시 출신의 파렴치한 친구에게 넘어가, 어느 날 오후 그가 나에게 열쇠를 건네준 작은 아파트에서 아이쉐와 만난 일은 그야말로 재앙으로 끝났다. 나는 마치 매일 마시는 것인 양 라크 한 잔을 아이쉐에게 건넸고, 두 시간 동안 버티던 아이쉐는 나의 강요에 결국 울면서 그 집을 떠났다. 이후에 한동안 기숙사로 전화를 걸었지만 그녀는 받지 않았다.

그사이 빨강 머리 여인을 수소문할까도 생각했고, 그녀와 나누었던 사랑을 떠올리며 자위를 하면서 시간을 보냈다. 결국 우리는 화해했다. 우리는 다시 만났고, 약혼을 하기로 결정했다. 어머니의 단골 양장점에서 함께 맞춘 새 옷을 입고 약혼식을 올렸다. 가끔 토요일 오후에 아이쉐가 나와 함께 가려고 데니즈 서점에 왔다. 사장과 젊은 계산대 점원이 "괴르데스 출신 여자애"가 예쁘다고 하는 말을 듣고 나는 기분이 좋았다. 나는 그녀에게 내가 읽은 책, 지질학 역사, 사실 다른 사람들하고 별반 다르지 않은 나의 정치관과 축구에 대한 열정을 언급하는 것을 좋아했다. 여름마다 코즐루와 소마에 인턴으로 일하러 갔을 때 지하에서 고생하는 광부들의 근무 조건을 설명하고 삶과 세계에 대한 분노에 가득 차 과감한 주장들을 펼친 내 편지들을 아이쉐가 보관하고 있으며, 가끔 꺼내서 다시 읽는 것을 알고 자부심을 느끼곤 했다. 나도 그녀의 편지를 간직하고 있었다.

이러한 행복한 나날들 중 가끔 어떤 사소한 것들이 나의 영혼에 있는 어둠을 드러냈다. 이스탄불이 가뭄에 시달리던 어느 여름 농림부가 기우제를 올릴 거라는 말들이 나올 때였다. 나의 약혼자가 모든 정원에 우물을 파면 이스탄불의 물 걱정이 즉시 해결될 거라고 말했고, 이는 한동안 나를 긴 침묵으로 이끌었다.(나는 오래전에 한 달간 우물 파는 일을 도왔다는 것을 그녀에게 감추고 있었다.) 수상이 낙성식에 참석한 왼괴렌 근교의 냉장고 공장이 발칸 지역과 중동 지역에서 가장 크다는 글을 신문에서 읽었을 때는 마흐무트 우스타와 그가 나에게 해주었던 종교적 우화가 떠올랐다. 한번은 약혼녀의 생일 선물로 사려던 『카라마조프가의 형제들』의 새 번역본 서문에서 프로이트가 『오이디푸스 왕』과 『햄릿』을 언급하며 도스토옙스키와 부친 살해에 대해 쓴 글을 보고는 놀라서 그 즉시 읽어 내려갔고, 나는 결국 그 책 대신에 순수하고 순진한 주인공이 나오는 『백치』를 샀다.

어떤 날 밤에는 꿈에서 마흐무트 우스타를 보았다. 그는 우주에서 다른 별들 사이를 천천히 도는 커다랗고 푸른 오렌지의 한 귀퉁이에서 계속 우물을 파고 있었다. 그가 죽지 않았다는 의미였고, 나도 죄책감에 빠질 필요가 없었다. 그러나 그가 우물을 파는 행성을 가까이 바라보면 여전히 마음이 아팠다.

마흐무트 우스타 때문에 지질학을 공부하게 된 것을 약혼녀에게 말하고 싶었지만 꾹 참았다. 아이쉐와 책에 대해 이야기하며 유대감을 느낄 때면 고백하고자 하는 욕구가 더욱 강해졌다. 그 대신 지질학의 비밀과 기묘함에 대해 말하곤 했다. 예를 들어 11세기에 중국의 심괄[14]이라는 학자가 가장 높은 산 정상의 갈라진 틈, 금이 가고 움푹 팬 곳에 있는 바닷조개, 물고기 머리, 홍합 들의 비밀을 해독했다는 얘기, 소포클레스로부터 150년 후에 테오프라스토스[15]가 『돌에 대하여』라는 책을 썼는데 그가 틀을 잡은 미네랄에 관한 이론은 수천 년 동안 인정을 받았다는 얘기 등. 나는 창조적인 작가는 되지 못했을 수도 있다. 그러나 최소한 이렇게 모든 사람들이 신뢰하는 책을 쓰고 싶었다! 나는 '터키의 지질 구조'라는 제목으로 토로스 산맥의 높이, 우리가 우물을 팠던 트라키아에 있는 점

14 1031~1095. 중국 송대의 대표적인 과학자이자 지리 연구가.

15 기원전 372~기원전 287. 그리스 철학자.

토와 고운 모래가 섞인 땅의 비밀에서 시작해 남쪽의 지각 형성, 석유와 가스 광산의 실제 지도까지 모든 것을 아우르는 책을 쓰는 상상을 했다.

25

아버지가 이스탄불 어딘가에 있는 것은 알았다. 나에게 연락을 하지 않아 화가 났지만 나 역시 그를 찾지 않았다. 결국 군대에 가기 전 아이쉐와 결혼을 하고 나서야 아버지를 다시 보았다. 우리는 결혼식 후 어느 날 저녁 탁심에 새로 개장한 호텔에서 아버지와 만났다. 그를 보자 행복한 마음이 들었다. 아버지는 나와 단둘이 남았을 때 "네 엄마와 닮은 여자애를 골랐구나."라는 말을 했다. 아버지와 아이쉐는 얼마 지나지 않아 식사를 하는 짧은 시간 만에 서로 잘 통하게 되었다. 심지어 나를 두고 농담을 하며 숫자들을 저절로 외우는 나의 엔지니어적인 면모에 대해 놀리기 시작했다.

아버지는 나이가 들었지만 좋아 보였다. 돈이 넉넉한 데에 대해, 그리고 새 삶을 시작한 데에 대해 부끄러워한다는 것이 느껴졌다. 나는 부친 살해 이야기를 계속 생각하고 있는 내 자신에게 죄책감이 들었다. 그러나 아버지가 부재하던 시기에 나는 내 자신과 싸우면서 성장했고, '내 자신'이 되었다.

아버지 옆에 있을 때로 돌아가 보면 그가 나에게 전혀 간섭하지 않고 나를 언제나 신임하는데도 내 자신이 되는 것이 어려웠다. 마흐무트 우스타 옆에서 겨우 한 달을 보냈지만 그에게 반항했기 때문에 내 자신이 되었다고 믿었다. 이 생각들이 어느 정도 옳은지는 모르겠다. 하지만 나 자신의 감정들은 잘 알고 있었다. 여전히 아버지에게 인정을 받고 싶었고, 그가 기대하는 명예로운 삶을 산다고 믿고 싶었다. 하지만 동시에 그에게 화가 많이 나기도 했다.

우리와 헤어질 때 아버지는 아이쉐를 보면서 나에게 말했다. "넌 정말 운이 좋구나, 널 아주 멋진 여자의 손에 맡기니 말이다. 내 마음이 놓인다."

탁심에서 판갈트를 향해 걸으며 키가 큰 밤나무 아래를 아내와 함께 지나며 집으로 돌아갈 때 나는 아버지를 뒤로하고 간다는 것이 굉장히 만족스러웠다. 우리는 페리쾨이에서 돌랍데레로 내려가는 비탈길에 싼 단칸방을 얻었다. 우리는 신혼이었고, 대부분의 나날을 사랑을 나누며, 웃고 이야기를 하고 농담을 주고받으며 보냈다. 나는 행복했다. 때로 마흐무트 우스타를 생각했고, 그가 어떻게 되었을까 내 자신에게 물었다. 하지만 오이디푸스처럼 과거에 저지른 죄를 캐는 것은 잘못이며, 그래 봐야 내게 죄책감 이외에 다른 어떤 것도 줄 수 없다는 것을 알았다.

군 복무를 마친 후 광산 발굴 탐사 부처 이스탄불 사무국에 하급 직원으로 고용되었다. 대학교 친구들은 고학력의 지질학 엔지니어가 터키에서 먹고살려면 되네르 식당을 열거나 건설업을 하는 방법뿐이라고 농담을 했다. 그러니까 그들의 생각에 의하면 내가 이 일자리를 찾은 것은 행운이었다.

일련의 터키 건축 회사들이 아랍 국가들, 우크라이나, 루마니아에서 댐과 다리를 건설했기 때문에 토질 조사를 위해 지질학자와 엔지니어들을 구하기도 했다. 처음에 나는 리비아에서 일자리를 찾았지만 매년 최소한 여섯 달은 거기에서 살아야만 했다. 그즈음 아이쉐와 나는 아직 아이가 생기지 않아 걱정을 했고, 우리가 아는 믿을 만한 의사들을 찾아가기로 결정했다. 그래서 이스탄불로 돌아왔다.

1997년에는 터키와 더 가깝다는 이유로 카자흐스탄과 아제르바이잔에서 일하는 회사에 들어갔다. 이렇게 해서 십오 년간 비행기로 이스탄불에서 가까운 나라들을 오가며 돈을 조금 벌 수 있었다.

우리는 판갈트에 있는 더 좋은 집으로 이사를 했다. 주말에 이스탄불에서 지낼 때는 아내와 쇼핑센터에 가고, 영화를 보고, 식당에서 간단하게 요기도 했다. 저녁에는 텔레비전을 보며 정부 인사들과 군인들의 연설을 들으며 식사를 하고, 기적적인 임신 방법을 찾은 정신 나간 교수, 아니면 미국에서 이스탄불로 막 돌아온 똑똑한 의사를 만날지 말지 살펴보았다.

때로 나는 여전히 베쉭타시로 가 데니즈 서점에 들렀다. 마침내 서점 주인인 데니즈 씨는 내가 작가가 되지 않으리라는 것을 받아들이고 내게 동업을 제안했다. 대체로 나는 다른 사람들과 같은, 아니 그들보다 더 성공적인 삶을 살고 있었다. 가끔 내 자신에게 아무 일도 없었던 척하는 데 성공하고 있다고 되뇌기도 했다. 나는 마흐무트 우스타와 어린 시절의 죄를 특히 비행기 여행을 할 때 가장 많이 떠올렸다. 이따금 벵가지에, 아스타나에, 바쿠에 혹시 내가 마흐무트 우스타를 기억하기 위해 가는 것일까 진심으로 궁금해하곤 했다. 비행기에서 아래를 내려다볼 때 나는 그를 생각하며 아이가 없는 것을 무척이나 아쉬워했다.

예실쾨이의 아타튀르크 공항에서 이륙한 직후 비행기가 도시 위를 떼 지어 지나가는 철새들처럼 서쪽으로 코를 돌리면 나는 아래에 있는 윈괴렌 지역을 바라보았다. 그곳은 흑해, 마르마라해, 심지어 해안에 있는 백사장, 새로 지은 휴양지, 하늘 위에서조차 크게 보이는 휘발유와 가솔린 창고와 그리

멀지 않았다. 바닷가 나무들과 무성한 초목들, 황금빛 붉은 벌판하고는 떨어져 있었다. 그리고 여전히 어두침침하고 무미건조한 지역에 둘러싸였으며 옛 군대 주둔지 옆이었다.

유리창을 통해 보이는 풍경은 비행기가 방향을 돌려 약간 눕거나 갑자기 구름들이 드리우면 순식간에 사라졌다. 하지만 나는 아래에 무엇들이 있는지 감지할 수 있었다.

우리는 나이가 들어 갔고 여전히 아이는 생기지 않았다. 왼괴렌과 이스탄불 사이에 있는 농경지가 공장, 창고, 제조소로 뒤덮여 갔다. 그곳은 비행기에서 회색으로, 잿빛으로, 그리고 새까맣게 보였다. 어떤 공장들은 공항을 이륙한 비행기에 탄 승객들이 읽었으면 하는 의도에서 건물이나 창고 지붕에 회사 이름을 색깔 있는 글씨로 커다랗게 쓰곤 했다. 주위에는 소규모 제조소들, 생산 자재를 취급하는 이름이 알려지지 않은 회사들, 페인트를 칠하지 않고 날림으로 지은 건물들이 있었다. 비행기가 더 높이 올라가면 주변에 빠르게 들어서고 있는 무허가촌도 보였다. 이스탄불 주변의 작은 군 소재지와 마을들이 마치 도시처럼 빠르게 확장되어 가는 것이 내게 두려움을 안겨 주었다. 매번 여행을 떠날 때마다 도시의 촉수가 가장 한적한 곳까지 파고드는 것을, 점점 넓어지는 도로 위를 수천 대의 차량이 수를 헤아릴 수 없는 개미들처럼 끈기 있고 단호하게 나아가는 것을 보았고, 기술이 발전하는 속도가 마흐무트 우스타의 일을 예전에 끝장내 버렸다고 생각하곤 했다.

수백 년 동안 삽과 곡괭이를 사용하여, 나무 도르래를 돌리고 양동이를 늘어뜨리며, 1미터마다 콘크리트로 벽을 쌓으면서 지속되었던 우물 파는 일은 1980년대 중반 이후 이스탄불에서 급격하게 사라졌다. 여름에 어머니를 만나러 게브제에 갔을 때 이모부의 토지 주변에서 피압정(被壓井)[16] 천공을 목격하게 되었다. 드라이버처럼 손으로 돌리는 이 초기의 천공기 다음에 모터로 작동하는 강력한 기계가 등장했다. 진흙 묻은 두꺼운 바퀴가 달린 트럭 짐칸에 설치된 석유 굴착 장치와 비슷한 시끄러운 천공기는 마흐무트 우스타와 두 명의 조수가 몇 주일을 고생스럽게 했던 일을 하루 만에 50미터를 파 내려가 해치웠다. 땅 깊숙한 곳에 있는 물을 퍼 올리는 파이프를 아주 빠르게 싼값에 설치해 주었다.

1990년대 초부터는 이러한 기술적인 발전이 이스탄불의 녹지에 한동안 풍부한 물을 제공했다. 하지만 이는 곧 땅 표면과 가까운 지하 호수와 수자원들을 고갈시키는 원인이 되었다. 2000년대 초 이스탄불의 지하수는 대부분 지역에서 최소한 70~80미터 아래에 있었다. 도시 정원에서 마흐무트 우스타의 방법으로 조수 두 명과 우스타 한 명이 매일 1미터를 파

16 지하수가 수압에 의해 저절로 솟아 나오는 샘.

내려가며 물을 찾는 것은 더 이상 불가능했다. 이스탄불 땅은 점점 변질되고 오염되었다.

26

윈괴렌에서 보낸 날들로부터 이십 년이 지난 어느 날 공과 대학 동창들 중 한 명의 초대로 석유 회사 관계자들을 만나기 위해 테헤란에 갔다. 비행기가 공항에서 이륙한 지 몇 분이 지나 서쪽에서 남동쪽으로 돌기 위해 옆으로 누웠을 때 이스탄불이 확장을 거듭해 윈괴렌과 합쳐진 것을 보았다. 이제 윈괴렌과 이스탄불은 거리, 집, 지붕, 사원, 그리고 수많은 공장으로 이루어진 바다였다. 윈괴렌의 미래 세대는 자신들이 이스탄불에 산다고들 말할 것이다.

도시 이름이 무엇이며, 스스로에게 자신이 어디에 사는지 일깨우는 것이 얼마나 중요할까? 호메이니 혁명이 있은 지 이십오 년이 지났고 이란은 폐쇄적인 사회가 되었다. 대학 동창

무라트는 터키인들에게 이란이 아주 큰 사업 기회라고 말했다. 그의 낙관론은 이해할 수는 있지만 동조할 수는 없는 의견이었다.

무라트는 석유 생산국인 이란에서 건축업을 수주하고, 이곳에 천공기를 팔 수 있다고, 서양과 이란의 싸움이 우리에게는 이로운 일이라고 말했다. 어쩌면 옳은 말일 수 있었다. 하지만 많은 터키 회사들처럼 우리 또한 서양의 금수 조치를 어겨 CIA와 다른 스파이들이 우리 뒤를 쫓을 거였다. 학창 시절부터 작은 사기와 속임수를 좋아한 말라트야 출신의 보수적인 친구 무라트는 이 위험을 진지하게 받아들이지 않았다. 나는 테헤란에서 여성들이 거리로 나오기 위해 몸을 가려야 한다는 것이 불안했지만 그는 그다지 신경 쓰지 않았다.

당시는 서구 신문에서 이란 폭격의 유용성에 대해 논쟁하고, 이스탄불의 비종교적인 민족주의 성향의 신문들은 "터키가 이란처럼 될 것인가?"라고 질문하던 시절이었다. 나는 그와의 정치 논쟁을 길게 끌지 않았다. 나는 테헤란에서 사업을 하지 못하리라는 것을 첫날부터 감지하고 있었다.

하지만 이란 사람들이 터키인들과 얼마나 많이 닮았는지를 보고 매료되고 말았다. 나는 이스탄불로 돌아오는 일을 서두르지 않았고, 시장이며 서점이며(니체의 작품이 정말 많이 번역되어 있었다!) 테헤란 거리를 돌아다니면서 본 모든 것이 흥미로웠다. 남자들의 손짓, 발짓, 얼굴 표정, 보디랭귀지, 문 앞에 서서 서로 길을 내주는 모습, 특별히 할 일 없이 서 있는 모습, 찻집에 앉아 담배를 피우며 시간 죽이기 등이 우리 터키인들과 정말 많이 닮아 있었다. 교통도 이스탄불처럼 끔찍했다. 우리 터키인들은 서양으로 얼굴을 돌리면서 이란을 잊어버렸던 것이다. 혁명 거리에 있는 서점에 들어갔다가 다양한 서적들을 보고는 놀랐다.

얼마 지나지 않아 집 안에 갇혀 살아가야 하는 현대적이고 세속적이고 분노에 휩싸인 계층의 존재도 발견했다. 말라트야 출신 무라트는 모든 사람들이 알코올이 들어간 음료를 마시고 남녀가 한 자리에 있는 집으로 나를 데려갔다. 그 집에서 본 여성들은 머리에 스카프를 쓰지 않았다. 술은 집에서 만든 밀주였다. 터키에서 세속주의는 오랜 세월 동안 군대의 지원을 받아 유지되었고, 무슨 수를 쓰든 보호해야 하는 것으로 여겨졌다. 그러나 이란에서는 세속주의 자체가 전혀 존재하지 않은 어떤 것이었기 때문에 더욱 근본적인 욕구였다.

다음 날 저녁 나는 아이들로 가득 찬 또 다른 집에서 가족들, 여성들, 친척들, 사업가들의 시끄러운 대화와 폭소가 난무하는 분위기 속에 있었다. 사람들은 내가 터키인이라는 것을 알고는 공손하게 상냥한 말을 건넸고 나는 많은 사람들과 대화를 나누었다. 그들은 이스탄불을 좋아하고, 여행과 쇼핑을 위해 그곳을 방문한다고 했다. 어떤 사람들은 내게 터키어를 해 보라고 했고, 내가 터키어로 말하자 그것이 아주 즐거운 일인 양 미소를 지어 보였다. 어떤 가족은 우리를 카스피 해안에 있는 여름 별장으로 초대했다. 나보다 술을 더 많이 마신 무라트는 그 즉시 초대를 수락하며 가고 싶다고 했다.

창밖으로 펼쳐진 어두운 군청색 하늘 아래 테헤란의 불빛들을 바라볼 때 나는 옛 대학 친구가 이란과 터키의 관계를 발전시키는 일에 자발적으로 뛰어들었다기보다는 그에게 어떤 결심, 어쩌면 비밀스러운 임무가 있다고 느꼈다. 그 친구의 의도가 터키를 NATO와 서양에서 떼어 내기 위해 스파이 짓을 하는 것인지, 아니면 외로움에 갇혀 있는 이란을 구하기 위한 것인지 알 수 없었다. 어쩌면 그의 유일한 목적은 이 기회를 이용해 금수 조치가 내려진 나라에서 돈을 버는 것일 수도 있다.

과일 맛 나는 술 때문에 머리가 약간 어지러웠고, 아이쉐와 이스탄불을 그리워하던 중 전혀 예기치 않았던 순간에 마흐무트 우스타와 왼괴렌에서 밤에 함께 걷던 일이 떠올랐다. 어쩐지 '아버지'에 대한 묘한 그리움과 분노가 나의 영혼을 감싸는 느낌이었고, 마음이 혼란스러워졌다.

내 맞은편 벽에 걸린 그림과 무언가 관련이 있는 것이 분명했다. 어디선가 많이 본 듯한 그림이었다. 하지만 어디서, 언제 보았는지 처음에는 기억하지 못했다. 한편으로는 주제가 무엇인지 알지만 다른 한편으로는 잊고 싶어 하는 것도 같았다. 아버지가 아들을 품에 안고 우는 그림이었다. 오래전에 윈괴렌의 노란색 극단 천막에서 이 슬픈 순간과 비슷한 장면을 본 적이 있었다. 그림은 아마도 오래된 책에서 발췌해 내 맞은편에 있는 달력에 인쇄해 넣은 것 같았다. 아버지가 아들을 품에 안고 그를 위해 슬퍼하고, 아들의 피가 그들 주위에…….

내가 한동안 달력을 바라보고 있을 때 늙고 세상 풍파를 다 겪은 듯 보이는 집주인이 내 곁으로 왔다. 나는 이 그림이 무엇을 나타내는지 물었다. 그가 말하길 『왕서』에서 뤼스템이 아들 쉬흐랍을 죽인 후 아들 때문에 우는 장면이라고 했다. 그의 얼굴에는 "어떻게 모를 수가 있소?" 하는 자긍심 가득한 표정이 깃들어 있었다. 이란 사람들은 서양화 때문에 과거의 시인들과 전설들은 잊어버린 우리 터키인들과 다르구나 하는 생각이 들었다. 그들은 특히 시인들을 잊지 않는다.

집주인은 더욱더 자랑스러워하며 말했다. "만약 당신이 여기에 관심이 있다면 누군가 내일 골레스탄 궁전에 데리고 가면 되는데. 이 그림도 거기 있는 것이지요. 그곳에는 그림이 실린 필사본과 옛날 책들이 많답니다."

테헤란에서 보낸 나의 마지막 날 오후에 집주인이 아니라 무라트가 나를 골레스탄 궁전으로 데려갔다. 나무가 우거진 커다란 정원에 작은 궁전들이 점점이 자리하고 있었다. 아버지의 하야트 약국 근처에 있는 으흘라무르 여름 별장을 연상시키는 니가르하네[17]로 들어갔다. 옛 이란 그림을 전시하기 위해 마련한 어두운 건물에는 우리 이외에 아무도 없었다. 찡그린 얼굴의 경비원들이 "도대체 왜 왔는데?" 하는 의심스러워하는 눈초리로 우리를 바라보았다.

얼마 지나지 않아 죽은 아들의 머리맡에서 울고 있거나 부상당한 아들을 구하려고 애쓰는 남자를 그린 그림들이 우리 앞에 나타났다. 그 아버지는 이란의 민족 서사시 『왕서』의 주인공 뤼스템이었다. 나는 책에 관심이 많은 사람이었지만 다른 현대적인 터키인들처럼 『왕서』와 뤼스템과 쉬흐랍을 몰랐다. 그렇지만 내가 그림에서 본 것은 내 영혼의 심연에 존재하는 아버지상이었다.

박물관의 상점에는 엽서나 책이 없었다. 이 그림이나 뤼스템과 쉬흐랍이 나오는 다른 그림의 어떤 복제본도 찾지 못했다. 내 마음은 뒤숭숭해졌다. 마치 내가 두려했을 뿐만 아니라 알고 싶지 않았던 어떤 기억이 갑자기 떠올라 극도로 불행해질 것만 같았다. 이 그림은 우리가 잊고 싶었던 사악한 환영이 원하지 않았는데 눈앞에 나타난 것 같았다. 내가 우물 바닥에 두고 와 버린 마흐무트 우스타처럼 이 옛이야기도 잊고 싶었

17 회화와 조각 전시장.

지만 그렇게 되지 않았다.

무라트가 말했다. "그 그림이 왜 특별한지 말을 해 줘야 좀 알지."

나는 어떤 설명도 하지 않았다. 하지만 친구는 우리가 전날 저녁 식사를 하러 갔던 집의 벽에 걸린 달력 그림을 이스탄불로 보내 주겠다고 내게 약속했다.

돌아오는 길에 비행기가 이스탄불 쪽으로 하강할 때 창밖으로 윈괴렌을 보고 싶었지만 보이지 않았다. 구름들 사이로 커다란 이스탄불만 보일 뿐이었다. 이십 년이 지난 후 지금 나는 마흐무트 우스타를 마지막으로 보았던 윈괴렌에 가고 싶은 억누를 수 없는 욕구를 느꼈다.

27

그러나 윈괴렌에 다시 가고 싶은 유혹에 맞서 버텼다. 이스탄불에서 주말에 아내와 텔레비전 앞에 앉아 게으름을 피우거나 베이올루에 있는 영화관에 가는 것으로 나의 깊은 고민을 잊으려고 애를 썼다. 그런데 고민이라는 단어를 쓰는 것이 적절할까? 왜냐하면 나는 아이가 없다는 것 이외에 어쩌면 다른 고민은 없었기 때문이다. 아이가 생기지 않는 원인은 내가 아니라 아이쉐한테 있다고 말하는 의사들에게 수많은 날들을 투자한 후에도 아무런 결과를 얻지 못했고, 나는 아무 일도 없는 것처럼 굴면 아무 일도 없는 셈이 된다고 생각했다.

이스탄불에 있는 서점들에서 페르도우시[18]가 1000년 전에 집필한 『왕서』의 번역본을 찾는 일은 쉽지 않았다. 한때 대부분의 오스만 제국 지식인들은 이란의 민족 서사시에 대해 잘 알거나 최소한 일부 이야기들은 알고 있었다. 터키가 200년간 서구화를 위해 노력한 이후 지금은 이 이야기들의 바다에 누구도 관심을 갖지 않았다. 절과 운율이 자유로운 이 서사시는 1940년대 이래 터키어로 번역되어 돌아다녔고, 1950년대에 교육부가 네 권으로 출간한 적이 있다. 나는 하얀 표지가 누렇게 변한 세계 고전 시리즈에 포함된 이 『왕서』를 집어삼킬 듯이 읽었다.

이야기가 절반은 전설이고 절반은 역사라는 것이, 처음에 무서운 동화였다가 나중에는 국가, 가족, 도덕에 대한 일종의 교훈서 같은 형태라는 것이 마음에 들었다. 번역본으로 1500쪽 정도 되는 이 위대한 민족사에 페르도우시가 전 생애를 바쳤다는 것도 나에게 감동을 주었다. 좋은 교육을 받고 책을 좋아했던 시인이 다른 나라의 역사, 서사시, 영웅 이야기를 읽고, 아랍어, 아베스타어, 팔레비어 등 다른 언어로 된 책에서 이야기를 찾고, 영웅 이야기와 전설, 종교적인 이야기와 역사, 회고록을 서로 뒤섞어 위대한 서사시를 썼던 것이다.

『왕서』는 과거의 모든 위대한 왕들, 파디샤들, 영웅들과 잊힌 이야기들에 대한 일종의 백과사전이었다. 나는 때로 내

18 934~1010. 페르시아 시인.

자신이 읽었던 이야기들의 주인공일 뿐만 아니라 작가라고 생각했다. 페르도우시는 아들의 죽음을 겪었고, 이는 아들을 잃은 아버지의 상실에 대하여 문장을 심오하고 진정성 있게 물들였다. 나는 내가 읽은 이야기들을 한밤중에 마흐무트 우스타에게 해 준다고 상상했고, 빨강 머리 여인을 떠올렸다. 내가 작가가 되었더라면 나도 모든 것을 보고, 모든 세부적인 것들을 제대로 설명하고, 어떤 때는 인간적으로 나를 흥분시키며 슬프게 하다가 어떤 때는 경악과 경탄에 파묻히게 만드는 이 장대한 백과사전식의 책 같은 무언가를 쓰고 싶었다. 내가 쓸 『터키의 지질 구조』는 바로 이런 서사시적이고 백과사전적인 책이 될 것이다. 나는 내 책에 바다 밑 세계들, 거대한 산맥들, 층층이 겹겹으로 된 지맥들에 대해 쓸 계획이었다.

『왕서』가 첫 건국 이야기와 거인, 괴물, 정령, 악마에 대한 이야기들로 시작해 필멸의 왕들과 용감한 전사들과 우리 같은 인간들의 아버지, 가족, 삶 — 그리고 국가 — 에 대한 고민으로 연결되자 내 자신이 마치 집에, 익히 아는 장소들에 있는 것처럼 느껴졌다. 게다가 이야기가 진행될수록 나의 아버지를 기억에 되새기고, 어쩌면 내가 마흐무트 우스타를 죽였을 수도 있다는 생각을 부지불식간에 하기 시작했다. 이것은 쉬흐랍의 이야기만큼이나 그다음에 읽은 아프라시아브[19]의 이야기에서 더욱 명확한 감정으로 드러났다. 이는 나를 불안하게 했으며, 책 읽는 것을 그만둘까 생각하기도 했다. 하지만 끝이 날 것 같지 않은 이야기들의 바다를 읽어 내려가면 내 인생의 수수께끼를 풀고 평온한 해안에 도착할 것만 같은 생각이 들었다.

아내가 잠든 후 집에서 이 이야기를 얼마나 많이 읽었던지 어린 시절에 들은 이야기처럼, 무서운 꿈처럼, 내가 경험한 잊지 못할 사건처럼 영원히 기억하리라는 것을 알았다.

그 옛날 뤼스템은 이란에서 견줄 사람이 없는 영웅이자 지치지 않는 전사였다고 한다. 모든 사람들이 그를 알고 그를 좋아했다. 어느 날 뤼스템은 사냥을 나갔다가 처음에는 길을 잃고, 그다음에는 밤에 잠을 자다 말을 잃어버리고 만다. 자신의 말인 락시를 찾아 헤매다가 적국의 땅인 투란으로 들어가게 되었다. 하지만 그의 유명세가 그보다 먼저 그곳에 도달했기 때문에 그를 알아본 사람들은 그를 융숭하게 대접했다. 투란의 왕은 예기치 않았던 손님을 정성껏 맞이하며 그를 위해 잔치를 베풀고 함께 술을 마셨다.

뤼스템이 식사를 마치고 방으로 돌아왔을 때 누군가 문을 두드렸다. 투란 왕의 딸인 타흐미네가 들어와 식사 때 보았던 잘생긴 뤼스템에게 사랑한다고 말하며, 이름난 영웅이자 영

19 『왕서』에 나오는 이란과 투란의 전설적인 영웅이자 왕.

리한 뤼스템의 아들을 낳고 싶다고 애원했다. 왕의 딸은 초승달 같은 눈썹, 아름다운 머리, 버드나무 같은 가련한 몸매에 입이 작은 여자였다.(아름다운 머리는 내 눈앞에 빨간색으로 떠올랐다.) 뤼스템은 방까지 찾아온 똑똑하고, 감성이 풍부하고, 달콤하게 말하는 아름다운 여인을 거절하지 못하고 사랑을 나누었다. 아침에 뤼스템은 태어날 아이에게 자신이 주는 징표로 팔찌 하나를 놓고 자기 나라로 돌아갔다.

타흐미네는 아버지 없이 태어난 아이에게 쉬흐랍이라는 이름을 지어 주었다. 많은 세월이 흐른 후 자신의 아버지가 유명한 뤼스템이라는 것을 알고 쉬흐랍은 말했다. "나는 이란으로 가겠습니다. 가서 잔인한 이란 왕 케이카우스를 폐위시키고 그 자리에 아버지를 앉히겠어요. 그런 다음 이곳 투란으로 돌아와 케이카우스처럼 잔인한 투란 왕 아프라시아브를 폐위시키고 내가 그 자리에 오르겠어요. 그래서 나의 아버지 뤼스템과 내가 이란과 투란, 동양과 서양을 결합해 전 세계를 공명하게 통치할 거예요."

이것이 선의를 가진 착한 쉬흐랍의 계획이었다. 하지만 적들이 얼마나 음흉하고 교활한지는 헤아리지 못했다. 투란 왕인 아프라시아브는 쉬흐랍의 의도를 알면서도 페르시아에 맞서는 그를 지원했다. 그리고 쉬흐랍이 전쟁에서 아버지인 뤼스템을 알아보지 못하도록 군대에 첩자들을 심었다. 아버지와 아들은 서로를 알아보지 못한 채 멀리서 서로의 군대를 바라보았다. 다양한 속임수와 꾐, 운명의 장난이 있은 후 전설적인 전사 뤼스템과 아들 쉬흐랍은 전장에서 마주치게 되었다. 물론 갑옷을 입었고, 부자는 마치 오이디푸스와 그 아버지처럼 서로를 알아보지 못했다. 게다가 뤼스템은 상대 장수가 온 힘을 다 쏟지 않도록 전투에서 자신이 누구인지를 단단히 감추었다. 아버지를 이란의 왕위에 앉히는 것 이외에는 아무 생각도 하지 않는 순수한 쉬흐랍은 어차피 자신이 누구와 싸우는지 신경 쓰지도 않았다. 이렇게 해서 두 명의 숭고하고 위대한 전사 부자는 군대가 뒤에서 그들을 지켜보는 가운데 앞으로 뛰쳐나가 검을 빼 들었다.

페르도우시는 마스나비[20]에서 부자가 엎치락뒤치락하며 싸우는 모습, 싸움이 몇 날 며칠이고 계속되는 모습, 결국 아버지가 아들을 죽이는 모습을 장황하게 묘사한다. 이야기의 격렬함 혹은 감동적인 면보다는 내가 읽은 것을 이전에 내가 경험했다는 느낌이 나를 지치게 만들었다. 오래된 책의 페이지들을 넘길 때 이야기에 빠져들었고, 나는 왼괴렌의 극단 천막을 떠올렸다. 쉬흐랍과 뤼스템의 감동적인 이야기를 읽을 때면 마치 나의 옛 추억을 다시 경험하는 느낌이었다.

20 2행으로 대구를 이루는 시.

28

쉬흐랍과 뤼스템 이야기가 얼마나 친숙하고 오이디푸스 이야기와 비슷한지는 한 걸음 떨어져서 냉정하게 생각하면 바로 알 수 있다. 오이디푸스의 이야기와 쉬흐랍의 이야기 사이에는 놀랄 만큼 비슷한 점들이 있다. 하지만 차이점도 있다. 오이디푸스가 아버지를 죽이는 반면, 쉬흐랍은 아버지에게 죽는다. 하나는 부친 살해 이야기이고, 다른 하나는 자식 살해 이야기다.

그러나 이 커다란 차이점은 공통점을 더욱더 강조한다. 오이디푸스의 이야기에서도 그랬듯이 쉬흐랍 역시 아버지를 알지 못하고 한 번도 본 적이 없다는 것을 몇 번이고 독자들에게 상기시킨다. 독자는 만약 쉬흐랍이 자신이 죽이려는 사람이 아버지인 것을 모르면 무고하다고 생각한다. 하지만 이 죽음의 순간은 도무지 오지 않는다.

오이디푸스의 살인 사건 조사가 도무지 끝이 나지 않는 것처럼 아버지와 아들의 싸움은 끝없이 지속된다. 첫날 뤼스템과 아들 쉬흐랍은 먼저 짧은 창으로 서로를 공격하고, 창들이 서로의 갑옷 위에서 동강이 나자 장검을 빼 들고 결투를 계속한다. 아버지와 아들의 검들이 부딪치며 튀는 불꽃들을 양쪽 군대의 군인들이 지켜보고 있다.

그러다 그들의 손에 들린 검마저 부러지고 두 사람은 철퇴를 꺼내 든다. 철퇴의 강한 타격으로 방패가 찌그러지고, 지친 말들은 속력을 내지 못하고 굼뜨게 움직인다. 왼괴렌에서 본 빨강 머리 여인의 극단에서는 이 결투의 마지막 장면만을 요약해 보여 주었다.

첫날 쉬흐랍은 아버지의 어깨에 철퇴를 내리쳐 부상을 입히는 데 성공하고, 둘째 날 싸움은 더 일찍 끝이 난다. 젊은 쉬흐랍이 아버지의 벨트를 거머쥐고 순식간에 땅에 쓰러뜨리며 몸 위로 올라타는 장면에서 나는 깜짝 놀랐다. 쉬흐랍이 청록색 단검을 꺼내 아버지의 목을 막 베려고 할 때 뤼스템은 숨을 헐떡이며 젊은 전사를 꼬드긴다.

아버지 뤼스템은 아들 쉬흐랍에게 말한다. “단번에 죽이지 말고 나를 땅에 두 번 쓰러뜨려라, 그래야만 날 정당하게 죽이는 셈이 될 것이다. 우리 전통은 이러하다. 이 전통을 따르면 사람들은 널 진정 용감한 사람으로 여길 것이다."

쉬흐랍은 마음의 소리에 귀를 기울이며 늙은 전사를 놓아준다. 그날 저녁 친구들은 쉬흐랍에게 그가 잘못된 행동을 했으며 어떤 적도 가벼이 여기면 안 된다고 말했지만, 젊고 힘센 전사는 그 말들을 그다지 염두에 두지 않는다.

셋째 날 결투가 시작되자마자 갑자기 뤼스템이 아들을 땅에 눕힌다. 내가 한 명의 독자로서 대체 무슨 일이 일어나는 거야 하고 말하기도 전에 뤼스템은 잽싸게 쉬흐랍의 몸에 검을 꽂아 아들을 죽인다. 나는 오래전 왼괴렌의 극단 천막에서처럼 순간 경악하며 충격에 휩싸였다.

오이디푸스 역시 어느 갈림길에서, 이렇게 전혀 예상치 않은 속도로, 얼토당토않은 순간적인 분노에 휩싸여 전혀 알지 못하는 아버지를 죽였다. 그 순간 오이디푸스도 뤼스템도 제정신이 아닌 것만 같았다. 아버지들이 아들들의, 아들들이 아버지들의 목숨을 손쉽게 거두도록 하기 위해, 그리고 그럼으로써 '그'의 위대한 질서가 지속될 수 있도록 신이 순간적으로 아버지들과 아들들의 이성을 앗아 간 것만 같았다.

이성을 잃었기 때문에 아버지를 죽인 오이디푸스와 아들을 죽인 뤼스템이 무고하다고 말할 수 있을까? 고대 그리스 관객들은 소포클레스의 연극을 관람할 때 오래전에 마흐무트 우스타가 나에게 말했듯이 오이디푸스의 죄악은 아버지를 죽인 것이 아니라 신이 그를 위해 정한 운명에서 도망치려 한 것이라고 생각했다. 같은 식으로 해석하면 뤼스템의 죄악 역시 아들을 죽인 것이 아니라 하룻밤의 정사로 아들이 생겼고, 이 아들에게 아버지 역할을 하지 못했다는 것이다.

오이디푸스는 죄책감에서 자신을 장님으로 만들어 벌을 주었을 수도 있다. 고대 그리스 관객들은 그가 신이 부여한 운명에 맞섰기 때문에 벌을 받았다고 생각하며 안도했다. 똑같은 논리로 생각하면 아들을 죽인 뤼스템도 벌을 받아야 했다. 하지만 동양 이야기의 결말에서 아버지는 벌을 받지 않고 우리 독자들의 마음을 아프게 할 뿐이다. 그 누구도 동양인 아버지를 벌하지 않을 것인가?

나는 때로 한밤중에 아내 곁에서 잠을 깨어 이러한 것들을 생각했다. 반쯤 열린 창문 사이로 새어 든 거리의 네온 불빛이 아이쉐의 아름다운 이마와 의미심장한 입술을 비추면 아이는 없지만 아내와 얼마나 행복한지를 생각했다. 나는 침대에서 일어나 창밖을 바라보았고, 내가 왜 계속 이런 생각을 하는지 스스로에게 물었다. 이스탄불은 비가 오거나 눈이 왔고, 우리가 사는 이 오래된 건물의 홈통이 슬프게 웅웅거렸고, 어두운 거리에서 푸른색 램프가 깜박이며 경찰차가 다급하게 지나갔다. 당시는 터키에서 유럽 연합 가입 지지자들이 민족주의자와 이슬람주의자들과 충돌하던 시기였다. 이들은 서로에 맞서 터키 국기를 전쟁 도구로 사용했고, 이스탄불의 많은 곳에, 군대 주둔지에, 도시의 높은 지대에 커다란 터키 국기들이 물결치고 있었다.

어떤 밤에는 도시 위를 지나가는 비행기의 소음이 내게 마흐무트 우스타를 연상시켰다. 모든 도시가 잠들었기 때문에 머리 위에서 구름들 사이로 우회하는 비행기가 내게 특별한 신호를 보내는 것처럼 느껴졌다. 이른 아침에 그 비행기를 타고 있었더라면 내 눈은 마흐무트 우스타의 우물을 찾았을 테지만 아마도 발견하지 못했을 것이다. 왜냐하면 이스탄불이 확장을 거듭해 왼괴렌을 삼켜 버렸고, 마흐무트 우스타와 그의 우물은 도시의 숲 어딘가에서 사라지고 말았다. 나는 내게 죄가 있는지 아닌지를 알고 불안에서 벗어나기 위해서는 왼괴렌에 가야 한다고 거듭 생각했다. 하지만 그 대신에 『왕서』와 『오이디푸스 왕』을 다시 읽고 뤼스템과 쉬흐랍을 오이디푸스와 다른 이야기들과 비교하는 것으로 충분하다며 내 자신을 억눌렀다.

29

그 시절 나는 평범하게 흐르는 삶을 사는 아버지와 아들을 만날 때면 오이디푸스와 뤼스템과 비교해 보는 습관이 생겼다. 내가 직장에서 나와 집을 향해 멍하니 걸어갈 때 조수에게 고래고래 고함을 지르며 야단치는 간이음식점 주인은 절대 뤼스템이 될 수 없었다. 하지만 순간 초록색 눈의 분노에 찬 조수가 고기 자르는 긴 되네르 칼을 집어 들고 주인을 죽이고 싶어 하는 마음이 들었다는 것을 감지할 수 있었다. 아이쉐의 가장 가까운 친구네 집에 아들의 생일을 축하하러 갈 때 나는 너그럽지 못하고 거친 아버지는 사실 미련한 뤼스템이 될 후보가 아닐까 생각하기도 했다.

한때 살인 스캔들과 살인 사건 소식에 주력하는 신문들을 좋아했는데 이는 오이디푸스와 뤼스템을 연상시키는 이야기들이 자주 기사화되었기 때문이었다. 당시에 이스탄불에서는 두 가지 이야기가 독자들에게 아주 인기가 좋았고, 타블로이드 신문들에 자주 게재되곤 했다. 하나는 아들이 멀리 군대나 교도소 등에 있는 동안 아버지가 젊고 아름다운 며느리와 동침하고, 나중에 사실을 알게 된 아들이 아버지를 죽이는 것이었다. 자주 일어나고, 그 종류가 수없이 많은 두 번째 유의 살인은 성에 굶주린 아들이 욕정에 타오른 순간 강제로 자신의 어머니와 동침하는 것이었다. 이들 중 몇몇은 자신을 저지하거나 벌을 주려고 하는 아버지를 죽이기도 했다. 사회에서 가장 증오하는 아들들은 이들이었다. 하지만 아버지를 죽여서가 아니라 강제로 어머니와 동침했다는 것 때문에 증오했고, 그 이름조차 거론하고 싶어 하지 않았다. 아버지를 죽인 아들들 중 일부는 후레자식을 없애 유명해지고 싶어 하는 교도소 고참, 건달, 청부 살인업자들에 의해 살해당했다. 누구도, 심지어 정부, 교도소 당국, 신문 기자, 심지어 사회도 이것에 반대하지 않았다.

마흐무트 우스타와 함께 우물을 판 지 이십 년이 더 지나 오이디푸스와 쉬흐랍에 대한 나의 관심을 아내인 아이쉐와 공유하기 시작했다. 그녀에게 마흐무트 우스타에 대해 한 번도 언급한 적이 없었지만 아이쉐는 소포클레스의 연극과 페르도우시가 서술한 전설에 대한 나의 관심을 생기지 않는 우리 아들과 관련된 어떤 상상, 어떤 놀이로서 좋아했고, 들뜬 나의 모습에 동참했다. 때로는 우리끼리 사람들을 뤼스템형 혹은 오이디푸스형으로 분류했다. 호의적이고 정이 많은 사람인데도 불구하고 아들에게 두려움을 불러일으키는 아버지들은 뤼스템이라고 말하곤 했지만 물론 뤼스템은 아들을 두고 떠난 사람이었다. 아버지에게 분노를 표출하고 반항하는 아들들은 어쩌면 오이디푸스일 수 있지만 그렇다면 버림받은 쉬흐랍은 누구란 말인가? 때로 상상 속 우리 아들이 오이디푸스 혹은 뤼스템 콤플렉스를 가진 사람이 되지 않으려면 우리가 무엇을 해야 하는지 이야기를 나누기도 했다. 친구들을 방문했을 때 그들의 아이들을 보고 나중에 그들에 대해 우리끼리 논쟁하는 것을 좋아했다. 억압적인 아버지와 반항적인 아이, 의기소침한 아이와 관대한 아버지 같은 단순한 생각들이었다. 우리는 아이가 없는 우리의 아픔을 더욱 심오한 무엇인가로 전환시킴으로써 부부 사이를 더욱 돈독하게 만들었다.

내가 일하는 회사가 시 당국이나 집권당과 사이가 좋기 때문에 건축 계획, 그러니까 층 높이를 바꾸고, 새로 길이 나는 곳에 토지를 구매하고, 공동 주택 건축을 위한 신용을 쉽게 얻을 수 있었다. 나는 우리가 부도덕한 짓을 한다고 생각하지 않았다. 하지만 정권을 잡은 정당의 지도자들과 잘 지내고, 그들의 촌스러운 문화 행사와 재단 활동, 정당 대표가 연설하는 의식에 참석하며 일을 꾸려 나가는 아들이 있다는 것을 알면 아버지는 나에게 뭐라고 할까 궁금하기도 했다. 나는 아버지가 자취를 감추었기 때문에 오랫동안 그에게 화가 나 있었다. 그러나 지금은 불평하지 않는다. 왜냐하면 아버지는 내가 하는 일을 좋아하지 않으리라는 것을 알기 때문이다.

우리는 강하고 결단력 있는 아버지가 우리에게 무엇은 하고 무엇은 하지 말아야 하는지 말해 주기를 바란다. 왜 그럴까? 우리가 무엇을 하고 무엇을 하지 말아야 하는지와 관련해 무엇이 도덕적이며 옳고 무엇이 죄악이며 그르다는 결정을 내리기 어렵기 때문일까? 아니면 우리가 죄인이 아니라는 것을 항상 확인해야 하기 때문일까? 우리는 항상 아버지를 필요로 하는 것일까, 아니면 머릿속이 혼란스럽거나 우리 세계가 허물어졌을 때, 우리 영혼이 번민에 찼을 때만 아버지를 원하는 것일까?

30

마흔 살 이후에는 나도 아버지처럼 밤에 잠을 잘 이루지 못했다. 매일 한밤중에 일어나면 일이나 해야지 하는 마음에 작업실로 가 사무실에서 가져온 서류, 건축 재료 카탈로그, 계약서를 자세히 읽었다. 하지만 이러한 자료들은 내 마음을 더 암담하게 만들었고, 결국에는 정신이 더 말똥말똥해졌다. 『왕서』나 『오이디푸스 왕』을 옛날이야기를 읽듯이 다시 읽을 때마다 내 영혼이 돈과 숫자들에 대한 생각을 몰아내고 잠을 더 잘 잘 수 있다는 것을 이렇게 해서 발견하게 되었다. 이 주제들이 사실은 죄책감에 관한 것임에도 불구하고 많은 세월이 흐른 후 이 이야기들을 거듭해서 읽자 죄책감이 가라앉았다.

같은 텍스트를 기도문처럼 다시 읽는 것은 좋았다. 하지만 시간이 흐름에 따라 내가 읽은 것들 중 일부에만 관심을 가질 수 있었다는 것을 발견했다. 하나는 그리스 혹은 서양에서, 다른 하나는 이란 혹은 동양에서 그토록 중요시되는 이 두 편의 이야기를 거듭해서 읽었는데 사실은 주인공들이 말하는 고민들이나 도덕적이고 인간적인 문제들 중 아주 일부만을 눈앞에 떠올릴 수 있었다. 오이디푸스와 어머니인 이오카스테의 동침이 좋은 사례다. 나는 이것을 전혀 눈앞에 그려 볼 수 없었고, 단지 생각으로만 '커다란 죄'라고 생각하며 지나갔다. 그러니까 이 문제를 상상 속에서 그림을 그리며 생각할 수가 없었다.

또 다른 사례는 오이디푸스와 쉬흐랍을 서로 그렇게나 형제처럼 닮게 만든 것은 아버지의 부재와 아버지를 찾는 안타까움이다. 나는 사실 쉬흐랍뿐만 아니라 오이디푸스가 아버지들로부터 얼마나 멀리 떨어져 있는지에 관하여 많이 생각하지 않았다. 어쩌면 내가 나의 아버지를 원한다는 것을 내 자신에게 숨기고 싶었기 때문이라고 생각했다. 아버지가 마치 뤼스템이 쉬흐랍에게 그랬던 것처럼 나를 두고 감옥으로, 나중에는 다른 삶으로 가 버리자 아버지를 대신할 새로운 아버지들을 찾았고, 그들의 충고에 귀를 기울였다. 나는 여전히 마흐무트 우스타를 자주 생각한다. 이성의 한구석에서 갈수록 작아지는 어떤 사람이 세상의 한끝에서 다른 끝을 향해 우물을 파고 있었고, 때로 다른 옷을 입고 내 꿈속에 들어와 이야기를 해 주었다.

절망적으로 아버지를 찾는 것은 전혀 예상치도 않은 결과를 가져온다는 것을 어느 어두운 가을 저녁 톱카프 궁전 도서관장인 피크리예 부인이 궁전의 커다란 정원에 있는 압뒬메지트[21] 별장에서 대화를 나눌 때 내게 말해 주었다. 내가 뤼스템과 쉬흐랍 이야기에 관심이 있다는 것을 안 데니즈 서점의 고객인 문학 교수 하심 호자가 피크리예 부인에게 나에 대해 언급했고, 그녀는 "그에게 그림이 담긴 오래된 아름다운 『왕서』들을 보여 줄 테니 오라고 하세요."라고 말했다고 한다.(이스탄불에는 여전히 좋은 사람들이 많다.)

관리자들이 절대 전시하지 않고 일반인들에게 공개하지 않지만 톱카프 궁전 도서관에 소장 중인 그림 장식이 있는 이란 필사본 컬렉션은 세계에서 가장 좋은 작품들이다. 15세기와 16세기에 제작된 것들은 테헤란의 골레스탄 궁정 미술관만큼이나 많다. 컬렉션의 핵심은 야우즈 술탄 셀림[22]이 1514년 반 호수 남쪽의 찰디란에서 샤 이스마일[23]을 패배시킨 후 타브리즈를 약탈하여 이스탄불로 가져온 책들이다. 샤

21 1823~1861. 오스만 제국의 31대 술탄.

22 1470~1520. 오스만 제국의 9대 술탄.

23 1487~1524. 사파비 왕조를 세웠으며 이 왕조의 첫 번째 왕이다.

이스마일의 보고(寶庫)에는 이전에 패배시킨 백양조와 우즈베크 샤이바니 칸의 보고에서 빼앗은 그림 장식이 들어간 놀랄 만큼 멋진 『왕서』들이 있었다. 이후 200년 동안 사파비 왕조와 오스만 제국은 여러 차례 전쟁을 했고, 타브리즈는 이 두 제국에 의해 번갈아 가며 열 차례에 걸쳐 주인이 바뀌었다. 전쟁이 끝난 후 사파비 왕조가 오스만 제국에 평화 사절을 보낼 때 자신들이 그 아름다움에 자부심을 갖던 것들을 그림으로 그려 넣은 화려한 필사본 『왕서』들을 선물하는 것을 좋아해 그 책들은 곧 톱카프의 보고에 쌓이기 시작했다.

피크리예 부인은 400년 혹은 500년이 된 『왕서』들의 가장 아름다운 페이지들을 관대하게 내게 펼쳐 보였고, 우리는 뤼스템이 쉬흐랍을 죽인 후 피투성이 아들의 시신 앞에서 가슴을 치며 통곡하는 모습을 그린 그림들을 주의 깊게 살펴보았다. 나는 무엇보다 왼괴렌의 극단 천막에서 느꼈던 극심한 회한에 휩싸였다. 그것은 아들을 죽인 아버지의 회한이었다. 자신도 모르게 아주 귀중한 아름다움을 훼손하는 순간 느끼는 죄책감과 부끄러움! 가장 훌륭한 그림들에서는 아버지의 눈빛에서 마지막 몇 초를 되돌리고 싶을 때 느끼는 절망도 읽을 수 있었다.

그날 피크리예 부인은 내게 많은 그림들을 보여 주었다. 날이 어두워질 때 그녀가 물었다. "와 주셔서 고마워요. 우린 여기에서 언제나 외롭거든요. 이 옛이야기들에 누구도 관심을 갖지 않아요. 당신이 뤼스템과 쉬흐랍에 이렇게 관심을 가져 주니 정말 좋군요. 이 이야기에 대해 어떻게 생각하나요?"

"아버지가 아들을 죽이고 후회하는 것이 마음에 와 닿습니다. 아주 오래전에 이와 비슷한 것을 이스탄불 밖의 어떤 천막 극장에서 본 적이 있습니다."

피크리예 부인은 물었다. "아버지하고 사이가 좋지 않나요?" 내가 대답하지 않자 그녀는 말을 돌렸다. "우리 터키인들은 『왕서』를 방치하고 말았어요. 이제 우리는 전사 주인공이 나오고 뤼스템 같은 사람이 등장하는 옛이야기들을 읽고 희열을 느끼는 세상에 살지 않지요. 페르도우시의 책은 잊혔지만 『왕서』에 나오는 이야기들은 아니에요. 그것들은 살아 있지요. 옷을 갈아입은 채 여전히 우리들 사이에서 돌아다니고 있으니까요."

"무슨 말씀이신지?"

"요전 날 밤에 조수와 함께 채널 7에서 방영하는 이브라힘 타틀르세스[24]의 영화를 봤지요. 『왕서』에 나오는 에르데쉬르와 시녀 귈나르의 사랑 이야기를 각색한 거였어요. 내 조수 투으바와 나는 아름다운 이스탄불의 옛 모습을 보고 떠올리기

24 터키의 가수이자 영화배우.

위해서, 그리고 『왕서』와 다른 책들에 나오는 옛이야기들을 분석하기 위해서 옛날 예쉴참[25] 영화를 본답니다. 이스탄불이 정말 많이 변했지요, 그렇지요, 젬 선생님? 하지만 그래도 우리 눈은 여전히 옛 거리들과 광장들을 알아보지요. 『왕서』에서 발췌한 이야기들도 그렇지요. 얼마 전에 본 영화도 모두 현대를 배경으로 하지만 우리는 휘스레브와 쉬린에서 빌려 왔다는 것을 일일이 다 밝혀 냈어요. 내 생각에 이 책들은 잊혔어도 이야기들은 계속 회자되어 오늘날까지 왔답니다. 우리는 예쉴참 멜로드라마들을 보면서 과거의 이야기들을 떠올립니다. 어쩌면 당신처럼 『왕서』를 다시금 읽고 읽어 터키와 이란 영화에 소재로 쓰는 사람들도 있겠지요. 파키스탄, 인도, 중앙아시아도 이런 이야기들을 아주 좋아하고 우리 예쉴참에서처럼 계속 영화를 만들지요."

나는 피크리예 부인에게 내가 시나리오 작가가 아니라 지질학 엔지니어이며, 이 옛이야기들에 대한 나의 관심은 이란에 갔었기 때문이라고 설명했다. 그녀는 오늘날 이란 정부가 뤼스템이 아들 쉬흐랍 때문에 슬퍼하며 우는 그림을 되찾기 위해 발벗고 나섰다는 것을 들은 적이 있을까? 그들은 그 그림을 뉴욕 메트로폴리탄 박물관에서 이란으로 가져오는 사람

25 과거에 영화사들이 밀집해 있던 이스탄불의 지역 이름.

에게 많은 보수를 제시했고, 몇몇 유능한 중개인을 고용했다.

"젬 선생님, 이슬람 서적 수집가들의 이 가십들을 하심 교수님한테 들었나요? 선생님이 언급한 세계적으로 유명한 책은 여기 우리 톱카프 궁전에 있었어요. 술탄들이 톱카프를 두고 떠나자 도난을 당해 서양으로 넘어갔지요. 먼저 로스차일드의 손에 들어갔고, 나중에 미국에 팔렸다고 합니다. 불행한 영웅처럼 이 책도 모든 삶을 타국에 유배되어 다른 사람의 수중에서 보냈고, 그래서 끊임없이 민족주의와 정치에 이용되었답니다."

"예컨대?"

"『왕서』에서 자주 콧방귀를 뀌며 투란 혹은 룸이라고 칭하면서 적의에 가득 차 언급하는 사람들이 우리 터키인들이라고 생각해 본 적 있으세요? 우리의 보고가 『왕서』들로 가득 차 있는데 말이지요."

나는 미소를 지으며 말했다. "『왕서』가 집필되던 1000년 동안 터키인들은 아직 아시아에서 벗어나 그 지역으로 가지 않았는데요."

"선생님은 많은 소위 교수들보다 더 지식도 있고 호기심도 많지만 아직 아마추어시군요." 하며 피크리예 부인은 정중하게 불편한 심기를 내비쳤다. 그리고 다른 많은 책과 그림들을 보여 주며 이야기들을 해 주었다.

아마추어란 말은 내게 상처가 되지 않았다. 하지만 내가 했던 조사의 감정적인 면을 떠올리게 했다. 이 모든 그림에는 아들과 남편의 싸움을 바라보는 여인들이, 피투성이가 되어 아버지의 품 안에 안긴 아들의 시체를 보고 우는 여인들이 있었다. 그 여인들을 볼 때 나는 때로 그들의 머리칼을 내 상상 속에서 빨간색으로 — 어린 시절 색칠 공책에 했던 것처럼 — 칠했다. 나의 우스타와 우물을 파던 시절에 했던 경험들의 무게가 이십 년이 지난 지금도 가벼워지지 않았고, 그나마 남아 있는 불안도 작가가 되고 싶은 나의 욕구로 대체되었으며, 사업을 하면서 느끼지 못한 어떤 심오한 감정을 내게 안겨 주었다.

오로지 나에게 많은 지식을 전하기 위해 자신의 직장으로 초대하고 박물관에서 많은 시간을 할애해 준 경험 많은 피크리예 부인에게 몇 번이고 고맙다는 말을 했다. 우리는 가을 저녁 늦은 시간까지 앉아 있었다. 주위에 관광객들은 없었다. 박물관은 관람객 입장 불가였다. 나중에 톱카프 궁전의 포르티코[26] 아래를 걷고 노란 밤나무와 플라타너스 잎들로 뒤덮인 그늘진 마당을 지날 때 내가 느낀 것은 어쩌면 내 마음속에서 털어낼 수 없었던 죄책감을 덜어 주는 것과 같다는, 심지어 어

26 대형 건물 입구에 기둥을 받쳐 만든 현관 지붕.

쩌면 그것을 한 엔지니어의 문학적 취미로, 그러니까 역사적 감성으로 바꾸어 놓는다는 생각이 들었다.

당대의 정치에 전혀 관심이 없는 피크리예 부인이 역사 이래 가장 멋진 필사본인 『왕서』의 운명을 민족주의 정치와 관련시켜 설명한 것은 이전에 전혀 생각하지 못했던 오이디푸스와 쉬흐랍의 공통점을 내게 상기시켰다. 정치적 유배와 고국으로부터의 강제 격리. 아버지는 감정적인 면에서 항상 이 주제에 관심을 가졌다. 군사 쿠데타 이후 같은 정치 조직에 있던 일련의 친구들은 앞으로 자신들이 겪을 일들을 즉시 알아채고 독일로 도망쳤다. 아버지와 같은 일련의 사람들은 도망치지 못했거나 자신들이 도망칠 만큼 죄를 짓지 않았다고 느꼈거나 잡히지 않을 거라고 생각했기 때문에 결국 경찰에 붙잡혔고 고문을 당했다.

오이디푸스와 쉬흐랍은 잃어버린 아버지를 찾고자 했을 때 사실상 자신들이 속한 도시와 땅에서 멀어졌고, 자신들이 머물렀던 곳에서 조국의 적들에게 쉽게 이용당해 결국 배반자가 되고 만다. 이 두 이야기에서 민족적 정서는 부각되지 않고 가족, 왕, 아버지, 왕조에 대한 의리가 민족에 대한 의리보다 더 중요하기 때문에 이러한 딜레마는 전혀 강조되지 않는다. 하지만 아버지를 찾을 때 오이디푸스 왕자뿐만 아니라 쉬흐랍도 조국의 적들에게 협력한다.

31

내가 마흔 살, 아내가 서른여덟 살이 되자 아내는 아이를 갖고자 하는 우리의 꿈이 실현되지 않으리라는 것을 받아들이기 시작했고, 나도 곧 아내의 뒤를 따랐다. 국내 의사들의 몰이해에 부딪히고, 미국계와 독일계 병원에서 많은 시간과 시련이 요구되는 시술을 시도한 후에 포기했다고 말할 수 있겠다.

피로와 절망은 우리를 서로에게 더 가까이 이끌어 이것이 우리로서는 가장 커다란 수확이었다. 우리는 서로에게 더 좋은 친구가 되었다. 그러면서 다른 가족들을 멀리하고, 더 지적인 사람이 되게끔 해 주었다. 아이쉐는 가정주부가 되어 많은 아이를 낳은 친구들이 자신을 가엾게 여기는 것에, 가끔은 이들의 의도된 잔인함에 지쳐 버렸다. 이제는 그들과 만나지 않왔다. 그녀는 한동안 직장을 찾았다. 나중에 우리 회사가 관심을 갖지 않았던 소규모 건축 일을 할 회사를 설립하자고 결정했을 때 그녀에게 이 일을 맡으라고 말했다. 그녀가 엔지니어들을 관리하고 십장들과 대화하는 법을 빨리 배울 것이라고 생각했다. 어차피 모든 것은 내가 뒤에서 관리할 참이었다. 새로 설립한 회사에 쉬흐랍이라는 이름을 붙였다. 이 회사는 이제 우리의 아들이었다.

우리는 신혼여행을 떠나는 행복한 부부처럼 비행기로 계속 여행을 다녔다. 비행기가 이스탄불에서 이륙한 후 아내의 무릎 위로 몸을 기울여 창밖을 내다보며 왼괴렌이 어디인지 찾아보려고 했다.(아이쉐는 내가 아래를 내다보는 것을 항상 사랑스럽게 생각했다.) 이 여행의 초반기에 나는 지난날 우리가 시간을 보냈던 왼괴렌의 평지가 건물들과 공장들로 뒤덮인 것을 보고는 어쩐 일인지 마음이 편해졌다.

초여름에 우리는 바다가 내다보이는 귀뮈쉬수유의 비싼 방 네 칸짜리 집으로 이사했다. 여행지에서 가장 비싼 호텔에 묵었고, 여기저기 돌아다녔으며, 미술관에 들어가 그림들을 보았고, 가끔 런던이나 비엔나에 있는 산부인과 전문의에게 우리가 준비한 서류들을 꺼내 보여 주었다. 이 방문들은 처음에 우리에게 어느 정도 희망을 주었지만 나중에는 매번 더 심한 마음의 상처를 입는 것으로 끝이 났다.

한번은 한 외교관의 백으로 더블린의 체스터 비티 도서관에서, 한번은 그다음 해 피크리예 부인의 추천으로 대영 박물관 도서관에서 『왕서』에 실린 그림들을 감상하는 행복을 맛보았다. 이 그림들은 전시되는 일이 아주 드물어 관람객들은 보기가 쉽지 않았다. 초안들과 그림들을 볼 때 빨강 머리 여인과 청소년 시기의 힘든 기억들로 내 마음에 후회가 일곤 했다. 한편 지식이 풍부하고 대단히 친절한 젊은 조수들, 그들이 가끔씩 끼는 하얀 장갑, 나무와 먼지 냄새가 나고 레몬색 불빛으로 밝힌 방들은 우리가 책장들에서 보고 있던 것들이 얼마나 오래되고, 얼마나 인간적이고, 얼마나 섬세한지를 우리에게 상기시켰다.

사실 우리는 이 특별한 방문에서 이슬람 회화, 『왕서』의 이야기들, 동양과 서양 같은 과감한 주제들을 깊이 있게 느끼지 못했다. 옛 필사본에 담긴 세밀화들은 우리에게 과거에는 존재했지만 사라져 버린 삶의 무상함을, 어차피 모두 잊히고 말았다는 것을, 몇 가지 사실을 알았다고 해서 삶과 역사의 의미를 파악했다고 생각하는 것이 얼마나 헛된 자부심인지를 가르쳐 주었다. 그림자가 드리워진 도서관 복도에서 거대한 유럽 도시의 거리로 나왔을 때 우리는 그 그림들을 감상한 덕분에 우리 자신이 더욱 깊이 있는 사람처럼 느껴졌다.

나는 아버지 세대의 지식 있는 다른 모든 터키인들처럼 서양의 상점, 영화관, 박물관 등을 헤매는 이러한 여행에서 우리의 모든 삶에 깊은 영향을 미치고 의미를 부여하는 어떤 사상이나 어떤 물건, 혹은 어떤 그림을 찾고자 했다. 일리야 레핀[27]의 「이반 뇌제와 죽어 가는 아들」이라고 알려진 유화도 그랬다. 모스크바의 트레티야코프 미술관에서 아이쉐와 함께 경이로워하며 보았던 유화에서 뤼스템 같은 아버지가 아들을 죽이고는 피투성이 시체를 품에 안고 울고 있었다. 그림은 마치 뤼스템이 쉬흐랍을 죽이는 장면을 보여 주는 가장 멋진 이란 세밀화들에서 영감을 얻은 작품처럼 보였고, 르네상스 이후 원근법과 명암법도 아는 이란 화가가 그린 것 같았다. 통치자인 아버지가 분노에 사로잡힌 순간에 아들을 죽이고, 이제 피투성이가 된 아들의 시체를 안고 있는 모습, 왕자인 아들이 아버지의 품에 자신을 내맡기듯 누워 있는 모습, 공포와 후회로 가득 찬 아버지의 표정이 똑같았다. 아들을 죽인 사람은 아인슈타인이 그에 대한 영화(「폭군 이반」)를 만들고 스탈린이 사랑했던 러시아의 설립자이자 잔인하고 폭압적인 황제 이반이었다. 그림에서 뿜어져 나오는 무자비함과 회한, 그림의 단순함과 하나의 주제에 천착한 성실함은 내게 묘하게도 국가의 잔인한 권력을 생각하게 했다.

27 1844~1930. 러시아 화가.

그날 저녁 이 익숙할 뿐만 아니라 좌절감을 안겨 주는 국가에 대한 두려움을 별 하나 없는 모스크바의 어두운 밤하늘을 바라볼 때도 느꼈다. 폭군 이반에게서는 회한과 함께 아들에 대한 지극한 사랑과 연민도 느껴졌다. 이 상반되는 정신 상태는 나의 관심을 끌었던 아버지의 말, 그러니까 재능 있고 비판적인 예술가들과 시인들에 대해 정부 고위급 인사들이 자주 반복했던 끔찍한 말을 상기시켰다.

"먼저 시인을 교수형에 처하고는 나중에 교수대 밑에서 우는 격이지."

한때 오스만 제국 술탄들은 왕위에 오르자마자 모든 왕자들을 죽였던 것을(그런 후에는 형제들을 위해 하나같이 슬퍼했던 것도) 이 '국가를 위한 어쩔 수 없는 잔인함'이라는 논리로 정당화했다. 나는 아버지와 함께 이 주제들을 이야기하고 싶었지만, 아버지를 그리워하면서도 나를 비난할지 모른다고 생각해 아버지를 찾지 않고 머뭇거렸다.

우리는 아이가 없는 아픔을 잊고, 또 무슨 핑계처럼 스스로 반복해 말했듯이 "오이디푸스의 그림을 보려고" 유럽 박물관으로 여행을 떠났다. 하지만 소포클레스의 연극을 다룬 한두 편의 역사적이고 학술적인 그림 이외에 다른 것은 찾지 못했다. 앵그르가 그린 「오이디푸스와 스핑크스」가 루브르 박물관에 있었지만 감동을 주는 힘은 약했다. 나에게 남긴 유일한 흔적이라면 동굴 입구를 통해 뒤편에 희미한 언덕처럼 보이는 테베가 그 도시의 실제 모습인지를 궁금해한 정도였다.

파리의 귀스타브 모로 미술관에서 앵그르로부터 사십 년 뒤에 그려진 또 다른 그림 「오이디푸스와 스핑크스」를 보았다. 이 그림에서 귀스타브 모로는 오이디푸스의 죄나 죄악이 아니라 승리, 그러니까 스핑크스의 '고르디아스의 매듭'을 푸는 장면을 묘사하고 있었다. 뉴욕 메트로폴리탄 미술관에서 이 그림의 복제품을 보았다. 잠시 후 마흔 걸음을 걸어가 이슬람 예술 전시실에서 뤼스템이 아들 쉬흐랍을 죽이는 장면을 보자 우리는 혼란스러워졌다. 메트로폴리탄의 어둑한 이슬람 예술 전시실은 텅 비어 있었고, 우리는 오랫동안 잊힌 어떤 곳에 초대받은 느낌이었다. 모로의 그림은 이야기를 몰라도 즐겼지만, 『왕서』를 표현한 그림은 이야기를 알기 때문에 우리에게 감동을 주었다. 말하자면 그림에서 느끼는 심미적인 즐거움은 한정적이었다.

더욱 흥미로운 부분은 회화 문화와 전통이 더 광대하고 풍부한 유럽에서 오이디푸스 하면 떠오르는 부친 살해나 어머니와의 동침 같은 중요한 장면들이 전혀 그려지지 않았다는 것이다. 유럽 화가들은 이 장면들을 말로 표현하고 그 의미를 이해할 수 있었다. 하지만 그것들을 마음속에 그려 보거나 캔버스에 표현하지 못했다. 이러한 이유로 오로지 오이디푸스가 고르디아스의 매듭을 푸는 순간을 그렸을 뿐이다. 그에 비해 그림이 아주 소량 제작되었고, 사실상 대부분 금지되었던 이슬람 국가에서는 뤼스템이 아들 쉬흐랍을 죽이는 장면을 흥분에 가득 차 무수히 그려 냈다.

소설가이자 화가인 이탈리아 영화감독 피에르 파올로 파솔리니가 「오이디푸스 왕」이라는 영화로 이러한 불문율을 깨트렸다. 나는 이스탄불에 있는 이탈리아 영사관의 지원으로 진행된 파솔리니 영화 주간에 「오이디푸스 왕」을 충격에 사로잡혀 관람했다. 영화에서 오이디푸스를 연기하는 젊은 배우는 자신보다 나이가 많지만 아주 아름다운 어머니 안나 마그나니를 안고, 키스를 하고, 사랑을 나눈다. 이스탄불 출신의 영화 애호가들과 지식인들로 가득 찬 카사 디탈리아(Casa D'Italia)의 나무로 된 객석은 어머니와 아들이 사랑을 나누는 순간에 깊은 정적에 빠져들었다.

파솔리니의 영화는 모로코에서 붉은빛이 도는 땅, 환영 같은 붉은빛의 오래된 성이 있는 그곳의 풍경을 배경으로 촬영되었다.

나는 말했다. "이 빨간 영화를 한 번 더 보고 싶어. 혹시 DVD나 비디오를 구할 수 있을까?"

아내가 말했다. "그 아름답고 멋진 안나 마그나니의 머리카락도 빨강색이었어."

32

독자들이 아이쉐와 내가 하루 종일 예술 영화를 보고 오래된 필사본과 그림에만 몰두한다고 상상하는 것은 잘못이다. 아이쉐는 매일 아침 나와 함께 집에서 나가 놀랄 만큼 급성장한 우리의 건축 회사 쉬흐랍을 경영했다. 나는 저녁 무렵 회사에서 일찍 나와 니샨타시에 있는, 갈수록 직원이 느는 쉬흐랍 사무실에 들렀다. 우리 부부는 엔지니어들과 늦은 시간까지 일하고 식당에서 저녁을 먹고서야 귀가했다.

파솔리니의 영화 「오이디푸스 왕」을 관람하고 일 년이 지난 2011년 말에 나는 다니던 회사를 그만두고 모든 시간을 쉬흐랍에 투자했다. 이번에는 나의 사업을 위해 하루 종일 이스탄불에 있는 건축 공사장들을 점검하고, 삼순 출신 운전사가 모는 쉬흐랍 회사 차가 교통 체증으로 느릿느릿 기어가는 동안 휴대 전화로 일과 관련해 통화를 했다. 내가 통화하는 공급자들, 공사장 책임자들, 부동산업자들도 대부분 나처럼 도시의 다른 지역에서 또 다른 교통지옥에 갇혀 있었다. 혹은 설상가상으로 알려지지 않았지만 벌써부터 인도가 사람들로 붐비는 도시의 새로운 지역에서 교통 체증 속에 꼼짝 못하기도 했다. 건축 규정이나 재무와 관련해 논쟁을 하면서도 운전사나 길을 지나가는 사람들을 불러 세우고는 그곳이 어디인지를 물었던 것이다. 모두들 건물을 지었고, 살 만한 능력이 되면 샀고, 그래서 도시는 걷잡을 수 없는 속도로 확장되고 있었다.

인도를 따라 걷는 가난한 사람들, 젊은이들, 상인들, 배차 관리원들에게 눈길이 머물 때면 이제 나는 부유한 중년 남자이며, 더 중요하게는 이 상황에 익숙해졌다고 생각했다. 그런 후 내 스스로에게 물었다. "아내와의 우정, 쉬흐랍과 오이디푸스 이야기에 대한 아마추어적인 관심 이외에 내 삶에서 다른 멋진 것이 있나?" 아버지를 생각하고, 아내에게 전화를 하고, 붐비는 도시에서 행복하다고 믿으려 했다. 아이가 없는 것은 나에게 슬픔과 겸손을 가르쳐 주었다. 때로는 혹 아이가 있었더라면 지금 그 애가 스무 살쯤 되었을 거라고 생각했다.

처음에는 우리가 번 돈으로 비싼 옷, 장신구, 오스만 제국 시대 골동품, 육필로 작성한 왕실 칙령, 아름다운 카펫, 이탈리아에서 수입된 가구를 샀다. 하지만 화려한 소비는 우리 둘을 행복하게 해 주지 않았다. 오히려 소비 후에는 그저 우리 자신이 얄팍하고 가식적으로 느껴졌다. 게다가 우리가 산 것들을 친구들에게 보여 주고 싶었는데 바로 그 친구들을 내가 정확히 같은 이유로 혐오하고 있었다. 이는 아버지로부터 받은 좌익주의의 영향이었을 것이다. 우리는 재산이 급격하게 늘어났지만 여전히 평범한 르노 메간을 몰았다.

우리는 가진 돈의 대부분을 신규 건설 사업이나 유망한 지역의 오래된 건물들에 투자했다. 특히 도시 밖 공터들을 구매할 때는 아이가 없는 아픔을 제국에 새로운 나라들을 더하며 잊으려고 하는 술탄처럼 느껴졌다. 이스탄불처럼 쉬흐랍도 놀랄 만한 속도로 성장하고 있었다.

우리는 차가 어떤 길의 어디에 있는지를 보여 주는 내비게이션을 장착했다. 루트를 보여 주는 화면을 보며 이스탄불의 전혀 모르는 새로운 마을, 저 멀리 섬들이 보이는 언덕으로 갔고, 도시가 빠르게 확장되는 것에 감동을 받았다. 어떤 사람들처럼 옛 도시가 파괴되고 사라지는 것을 계속 불평하기보다 이 새로운 지역을 일종의 행복이자 사업 기회로 받아들였다. 아이쉐는 매일 사무실에서 관보에 실린 법원의 결정과 경매 공고를 확인하고, 《휘리예트》의 부동산 지면과 다른 사이트들을 추적했다.

어느 날 아이쉐가 아주 적당하다고 여긴 경매 한 건을 내 앞에 내놓았다. 내가 찾아보기도 전에 그녀는 화면을 확대하며 구글 지도에서 그곳을 보여 주었다. 왼괴렌이라는 단어를 읽고 내 심장박동이 빨라졌다. 하지만 노련한 살인자처럼 냉정을 유지했다. 화면에 나타난 화살을 손에 있던 마우스로 끌어 내 인생에서 가장 중요한 마을을 조용히 주시했다.

왼괴렌이라는 이름은 역 광장 위에 붙어 있었다. 주위에 있는 거리들을 가늠했지만 아주 몇몇 장소만을 겨우 알아보았다. 구글 지도는 삼십 년 전 왼괴렌 사람들이 쓰던 이름('식당 거리')이 아니라 공식적인 명칭을 사용했기 때문이었다. 먼저 역, 그다음에 묘지를 찾았고, 우리의 평지가 있는 곳을 지도에서 추측했다. 하지만 거리의 이름들을 일일이 읽을 수는 없었다. 그렇다, 모든 곳이 거리로 바뀌었다.

"무라트가 말하길 이곳에 새로 길이 나고, 공동 주택을 짓기에 적합한 경치 좋은 장소가 있다네. 일요일 아침에 어머님에게 들르기 전에 한번 가서 볼까?"

무라트는 나를 테헤란에 데리고 갔던 같은 대학 친구다. 그 역시 부동산 붐이 일자 다른 일을 그만두고 건축업을 시작했는데, 집권당에 있는 보수 성향의 친구들 덕분에 우리보다 더 덩어리가 큰 일을 하고, 우리에게도 토지 가격이 올라갈 곳에 대한 정보를 주면서 우호적으로 대했다.

나는 아이쉐에게 말했다. "이 윈괴렌 마을에는 내가 어린 시절에 들었던 동화처럼 불운이 감도는 뭔가가 있는 것 같아……. 이곳에서는 일단 건축 일은 하지 말자고. 그곳에서 가장 좋은 경치는 분명 별들로 반짝이는 밤하늘일 거야."

33

그해 여름 이스탄불은 가뭄이었다. 봄에 비가 오지 않아 댐에 물이 별로 고이지 않았고, 낡은 배수관은 여느 때와 비교해 절반 정도의 물을 도시에 공급하기 시작했다. 어떤 마을에서는 어머니와 아버지들이 내 어린 시절에 그랬듯이 한밤중에 목욕을 하고 욕조에 새 물을 채울 준비를 마치고는 물이 들어올 수도관에 귀를 대고 기다렸다. 어떤 마을에 언제 어느 정도 물을 공급할지에 관해 정치 논쟁이나 싸움이 벌어지기도 했다.

여름이 끝날 무렵 천둥, 번개, 폭풍이 난무하는 날이 이어져 이스탄불의 몇몇 지역들이 홍수로 잠겼다. 폭풍우가 몰아치는 날들이 지나가고 아버지가 우리를 저녁 식사에 초대했다. 새 부인이 아이쉐에게 인터넷으로 카드를 보내왔다. 나는 궁금했다. '아버지는 이 정도도 쓸 수 없는 상황인 거야?'

아버지는 사르예르 뒤편, 흑해가 내다보이는 언덕에 새로 지은 공동 주택들 중 하나에 살고 있었다. 그곳까지는 자동차로 두 시간이 걸렸다. 멀리 흑해를 바라보는 작은 월셋집은 벌써부터 전쟁을 겪은 듯 낡아 보였다. 집 안은 내가 어린 시절부터 기억하고 있던 아버지의 사십 년 된 물건들로 가득했다. 빗물 때문에 천장이 얼룩투성이였다. 의례적인 인사말들, 부자연스러운 농담들, 마음을 사려는 듯한 대화가 오가고 나자 아버지의 늙고 지치고 곤궁한 모습이 보여 마음 아팠다.

어린 시절에 그의 모든 것을 선망했고, 조금 더 많이 보고 싶어 했고, 함께 지내고 싶어 했으며, 나를 품에 안고 장난쳤으면 하고 안달했던 대상은 이제 반짝이는 빛을 잃어버렸고, 행동이 느려졌고, 등이 굽었고, 심지어 삶에 맞서 패배를 인정한 듯한 모습이었다. 한때 옷을 잘 입고 바람둥이였던 남자는 지금 외모를 꾸미는 것이나 건강에 신경을 쓰지 않았다. 그는 이러한 상황을 "좌익주의자들은 외양이 아니라 본질에 신경 쓴단다." 같은 농담으로, 스스로도 별로 믿지 않을 말로 꾸며 댔다.

하지만 토끼 같은 이를 하고 달콤하게 웃는 가슴이 커다란 아내와 계속해서 시시덕거리며 활발한 성생활을 암시하는 듯한 농담도 했다. 얼마 지나지 않아 아이쉐도 그들의 농담에 동참했고 사랑, 결혼, 젊음에 관해 우리가 경험한 것들, 영화, 추억에 대해 이야기를 나누었다. 나는 아버지 앞에서 이런 주제에 동참하고 싶지 않아 서가 옆에서 라크 잔을 손에 들고 어린 시절부터 기억하던 아버지의 옛 좌익 관련 서적들의 제목들을 읽으며 식탁에서 오가는 대화에 귀를 기울였다. 아버지의 부인이 올여름 한동안 물 때문에 고충을 겪었다는 말을 하자 마흐무트 우스타가 떠올랐다.

나는 말했다. "여기 사르예르 언덕에 옛 방식으로 우물을 파면 되지요. 도르래를 사용하고 나무 거푸집을 이용해 콘크리트를 부으면 돼요."

아버지가 물었다. "넌 그런 것들을 어떻게 아니?"

"1986년, 아버지가 우리를 떠난 이듬해 여름에 학원비를 벌려고 한 달간 기술자와 함께 우물을 팠어요. 아이쉐에게도 이것은 말한 적 없지요."

"왜? 노동자 생활을 했다는 것이 부끄러웠니?"라고 아버지는 말했다.

한때 내가 우물 파는 사람과 함께 노동을 했다는 것을 아버지에게 말한 것이 기뻤다. 하지만 사실 아버지는 우리 부부가 부자인 것을 좋아했다. 나의 잘못은 흥분한 나머지 우물을 파던 시절 이후 오이디푸스 왕과 쉬흐랍과 뤼스템의 이야기,

내가 호기심을 갖는 것들, 읽은 책들, 아이쉐와 함께 방문한 유럽의 박물관들을 아버지에게 설명하면서 내가 문화와 사회 역사 문제에 얼마나 조예가 깊은지를 증명하려고 들었다는 것이다.

"그 주제를 가장 잘 설명한 사람은 비트포겔[28]이지."라고 아버지는 잘라 말했다. "그 사람 책이 거기 어디 있었는데. 누가 읽겠어, 그 사람을 이제. 잊히고 말았어……. 이스탄불에 사는 늙은 좌익주의자의 책장에 프랑스어 번역본이 있다는 것을 알면 뭐라고들 할까?"

내가 혼자 자주 생각했던('아버지가 알면 뭐라고 할까?') 것과 똑같은 질문으로 아버지가 그를 정의 내리자 이 작가의 책이 궁금해졌다. 나는 오래된 서가의 먼지 앉은 책들을 눈으로 훑었다.

라크를 한 잔 더 마셨다. 여자들은 자기들끼리 이야기를 나누었고, 아버지는 식탁 가장자리에 조용히 앉아 있었다.

"아버지, 아버지 시절의 정치 그룹들 중…… 마오쩌둥주의 혁명가들은 어떤 그룹이었어요?"

"그 그룹에 속한 사람을 많이 알지."

그러고는 "여자들도 많았지."라고 술에 취해 덧붙였다. 마

28 1896~1988. 독일의 기호학자이자 비교사회학자.

치 옆 반에 여자애들이 많다고 말하는 고등학생처럼.

"어떤 여자들요?"

아버지의 부인은 남편이 과거에 바람둥이였다는 것을 자랑스러워하는 듯 물었다.

내 자신에게조차 노련하게 감추었지만 나는 오랜 세월 동안 남몰래 의혹을 품었다. 아버지가 정치에 관여했던 시기에 '교훈을 주는 전설 극단'을 알았고, 혁명주의 연극 무대에서 빨강 머리 여인을 보았을 가능성이 충분히 있었다. 아버지는 내가 처음으로 동침했던 여자에 대해 어떻게 생각할까?

그러나 그즈음 아버지는 술이 깨기 시작했고, 내게 정치적인 삶을 감추던 시기처럼 어딘가 거리감을 두는 듯한 조심스러운 표정이 얼굴에 나타났다. 단둘이 남게 되자 아주 진지한 표정으로 내게 어머니에 대해 물었다. 어머니에게 게브제에 집을 사 주었으며, 두 주에 한 번 일요일마다 자동차를 타고 아이쉐와 함께 어머니를 방문하며, 어머니가 이스탄불로 이사 오고 싶어 하지 않는다고 말했다. "네 엄마가 행복하다니 아주 기쁘구나!"라고 말하며 아버지는 더 이상 그 문제를 거론하지 않았다.

내가 과음을 했기 때문에 돌아오는 길에 아이쉐가 운전을 했다. 그녀는 아들의 잘못을 다정하지만 대놓고 힐책하는 어머니처럼 물었다. "나한테 우물 파는 사람의 조수 일을 했다는 것을 왜 감췄는데?" 자동차가 한밤중에 벨그라드 숲과 그곳의 댐을 지나갈 때 나는 매미 울음소리가 들리고 백리향 냄새가 풍기는 시원한 공기를 만끽하며 앞좌석에서 잠이 들고 말았다.

내 무릎에는 비트포겔이 쓴 『동양의 전제주의』라는 유행이 지나간 책이 놓여 있었다. 하지만 집에 도착했을 때 나는 책은 제쳐 두고 컴퓨터를 들여다보았다. 구글 지도에서 왼괴렌을 찾고는 위쪽부터 조용히 살폈다. 역 광장에 있는 제과점과 은행, 이스탄불 가는 길에 있는 주유소의 광고를 보았다. 그 지점들을 일일이 다 기억하려 애를 썼고, 빨강 머리 여인을 뒤따라 걸어가던 나의 모습을 눈앞에 떠올렸다.

왼괴렌에서 만났을 때 빨강 머리 여인이 나에게 자신의 나이를 사실대로 이야기한 거라면 이제 예순 살이 되었을 것이다. 아버지의 새 부인도 그 나이 또래였다. 사실 오늘 흑해가 내다보이는 작은 아파트에서 아버지가 빨강 머리 여인과 살고 있다고 쉽게 상상할 수도 있었다.

나는 그녀가 어디에서 무엇을 하는지 조사하는 것을 내 자신에게 금지했기 때문에 우리가 만난 이후 삼십 년 동안 빨강 머리 여인의 행방을 알지 못했다. 가끔 텔레비전 광고에서 빨강 머리 여인 세대, 그중에도 민중 극단에서 은퇴한 여자 배우가 세제, 신용 카드 혹은 은퇴자 신용 대출을 이용하는 아주 행복한 어머니, 심지어 최근에는 할머니 역할을 하는 것을 보면 그녀는 어디에 있을까 내 스스로에게 묻곤 했다. 파티흐 술탄, 휘렘, 하렘이 나오는 연속극에서 술탄의 젊은 새 애첩에게 하렘에서 음모를 꾸미고 항상 술탄의 총애를 받을 술수를 가르치는 큰 키에 도톰한 입술을 가진 여자가 그녀일까, 혹시 내 인생의 첫 여자를 내가 알아보지 못하는 것인가 하고 때로 라크를 마신 뿌연 정신으로 눈을 가늘게 뜨고 화면에 몰입했다. 외국 드라마에서 여성 등장인물들의 터키어 더빙을 하는 성우들 중 한 명이 그녀라고 생각하기도 했다. 그래서 삼십 년 전 어느 날 저녁 왼괴렌의 노란 천막에서 그녀가 분노에 차 쏟아 냈던 마지막 독백과 역 광장을 함께 거닐 때 집중하여 들었던 목소리를 떠올리려고 애쓰곤 했다.

어느 날 한밤중에 과로와 빠르게 확장되는 사업으로 인한 긴장 때문에 잠에서 깼을 때 나는 쉬흐랍의 부동산 사업을 담당하는 경험 많은 엔지니어가 이메일로 보내온 왼괴렌의 부동산 매물 광고를 놀라서 바라보았다. 마흐무트 우스타와 우물을 팠던 땅 근처에 오래된 창고와 작업장이 매물로 나와 있었다. 그 광고는 삼십 년 된 쓸모없는 과거의 건물을 없애고 새로 그 땅에 지을 수 있는 신식 건물에 관한 내용이었다. 나는 자고 있는 아이쉐에게 묻지도 않은 채 쉬흐랍에서 일하는 직원에게 그 땅에 관심이 있다고 썼다.

34

아이쉐와 함께 칼 비트포겔의 『동양의 전제주의』를 호기심을 가지고 읽으면서 처음에는 아버지가 왜 이 책을 우리에게 추천했는지 이해가 안 되었다. 책에는 아버지들과 아들들에 대한 어떤 것도 없었다. 아버지는 이 두꺼운 책을 다 읽지 않았고, 아시아 사회를 다룬 중요한 좌익 서적이라며 잠시 뒤적이다 잊어버린 게 분명했다. 내가 오이디푸스와 쉬흐랍에 대해 언급할 때 왜 이 책을 떠올렸을까?

1957년 내전이 극에 달했던 시기에 출간된 이 책에는 가뭄과 홍수에 대해 많은 것이 쓰여 있었다. 비트포겔은 중국처럼 지형이 험난한 아시아 국가에서 농사를 짓기 위해 필요한 물을 수로, 댐, 도로, 운하로 공급하려면 아주 거대한 권력 기관과 조직이 필요하다는 것을 장황하게 설명했다. 그리고 이러한 조직 구조는 순전히 권위적인 정권하에서만 성립 가능하며, 그 통치자들은 저항이나 모반을 용납하지 않는다고 주장했다. 이러한 이유로 그들은 관료 집단과 하렘을 독립적인 사고를 지닌 사람들로 채우기보다 절대적으로 복종하는 노예나 추종자 무리에 둘러싸여 있는 것을 좋아했다고, 모든 시스템은 이렇게 작동했다고 책의 말미에서 설명하고 있었다.

아내가 물었다. "자신의 아내들과 각료들을 이런 식으로 대하는 왕들은 결국에 자신의 아들들마저 죽이지. 별로 놀랍지도 않네, 뭐. 우리도 이런 사람들을 익히 잘 알고 있으니까. 하지만 궁정 화가들은 왜 이러한 순간들을 들떠서 흥분하며 그리지?"

"왜냐하면 왕이 울고 있으니까. 그림에서 보이는 것은 회한과 고통뿐이야……. 하지만 진짜 목적은 술탄의 절대적인 힘을 강조하는 것이지. 어차피 이 그림들을 그리라고 돈을 주는 사람들도 그들이야. 가련하고 아둔한 쉬흐랍 유의 사람들이 아니라."

"쉬흐랍이 아둔하다고 했는데, 그렇다면 오이디푸스는 영리해?"

머지않아 비트포겔의 책에 대한 관심은 빛이 바랬다. 하지만 아버지가 추천한 이 책 덕분에 문명의 본질과 그것이 부친 살해와 자식 살해라는 개념에 접근하는 방식 사이의 연관성을 생각하게 되었다.

그 겨울 나는 왼괴렌에 있는 땅을 사기로 결정했다. 이스탄불의 인구가 넘실넘실 넘쳐 그곳까지 확산되고 있었다. 더군다나 조만간 흑해 쪽에 건설될 제3보스포루스 대교로 이어지는 도로와 램프웨이들이 이 지역에 새 생명을 불어넣을 거라고 요전에 무라트가 말해 준 적이 있다. 옛날이야기, 불운, 기억 같은 핑계를 끄집어내기보다 쉬흐랍의 성장을 고심해야 할 시기였다.

사업에 전력을 다했던 그 시기에 쉬흐랍의 미래를 생각하면서 이 모든 것들을 넘겨줄 아이가 없는 것에 애석해하곤 했다. 아들이 있더라도 내가 그랬듯이 제 아버지처럼 살지 않고 전혀 다른 길을 걸었을 수도 있다. 하지만 적어도 그 아이가 나의 아들임에는 변함이 없다! 어쩌면 작가가 될 수도 있을 것이다. 이러한 문제를 생각하니 오이디푸스와 쉬흐랍 이야기는 그다지 중요하지 않아 보였다.

어느 날 저녁 무렵 아버지의 부인이 아이쉐의 휴대 전화로 전화를 걸어 갑자기 아버지의 몸 상태가 좋지 않다고 말했다. 우리는 즉시 자동차에 올랐지만 사무실에서 나가 정확히 세 시간 십오 분 후에야 아버지 집에 도착했다. 창문들에 불빛이 하나도 없는 것을 보고 놀랐고, 심지어 화가 났다. 아버지의 부인이 울면서 문을 열었을 때 처음에는 그들이 다투었다고 생각했다. 그러나 집에 들어서자마자 아버지가 이미 죽었다는 것을 알았다. 누군가 불을 켰고, 보고 싶지 않았던 것을 보며 어떤 회한에 사로잡혔다. 아버지는 우리가 마지막으로 왔을 때 즐거운 이야기를 나누었던 긴 소파에 누워 있었다.

언제 돌아가셨을까? 우리가 길에서 꼼짝도 못 할 때 돌아가셨다면 그건 나의 잘못 같았다. 하지만 어쩌면 전화가 걸려왔을 때 이미 돌아가셨는지도 모른다. 나는 아버지를 쳐다볼 수가 없었고, 탐정처럼 이 질문을 여러 차례 반복했지만 울고 있는 아버지의 부인에게서는 원하는 대답을 들을 수 없었다.

일단 그날 밤 아버지의 집에서 지내야 한다는 것을 인지하고 냉장고에서 찾은 클럽 라크를 마시기 시작했다. 의사가 와서 어차피 우리가 아는 사망이라는 결론을 종이 위에 썼고, 그때 사망 원인이 심부전이라는 것을 알게 되었다. 그가 종이에 쓴 것을 읽을 때, 그리고 이후 우리 셋이 아버지를 침실에 있는 깨끗한 침대로 옮겨 눕힐 때 눈물이 나올 것만 같았다. 어쩌면 울었을 수도 있다. 하지만 아버지의 부인이 어찌나 큰 소리로 통곡을 하던지 내가 훌쩍거리는 소리는 들리지도 않았다.

자정이 훨씬 지나 내 아내는 소파에, 아버지의 부인은 또 다른 침대에 누워 곯아떨어졌고 나는 아버지를 눕힌 침대로 가 그의 곁에 누었다. 가련한 아버지의 머리카락, 뺨, 팔, 구겨진 셔츠, 그리고 그의 냄새 모든 것이 여전히 나의 어린 시절 기억과 똑같았다.

아버지의 목, 피부에 눈길이 멈추었다. 내가 일곱 살 때 한 번은 어머니, 나, 아버지 이렇게 셋이 헤이벨리섬 해변에 간 적이 있다. 내게 수영을 가르치고 싶었던 것이다. 어머니가 나의 배를 받치며 물속에 놓았고, 나는 세 걸음 정도 떨어져 서 있는 아버지를 향해 안간힘을 다해 헤엄쳤다. 내가 앞에 도착했을 때 아버지는 조금 더 헤엄을 치고 빨리 배우게 하려고 한 발자국 뒷걸음을 쳤고, 나는 조금 더 헤엄을 쳐야 했다. 고함을 질렀다. "아빠, 가지 마세요!" 내가 소리를 지르고 당황한 것을 본 아버지는 미소를 지으며 강한 팔로 나를 고양이처럼 잡아채 물에서 꺼내 바다에서조차 아주 특별한 향기(값싼 비누와 비스킷 냄새)가 나는 목과 가슴에, 지금 내가 바라보고 있는 그의 목 바로 그 부분에 내 머리를 기대게 했다. 그런 다음 미간을 찌푸리며 말했다.

"얘야, 그렇게 두려워할 것 없단다. 봐, 내가 여기 있잖니, 알겠어?"

"네, 알았어요."

나는 그의 품에 안겨 있다는 안도감과 행복감으로 숨을 가쁘게 몰아쉬며 대답했다.

35

아버지를 페리쾨이 묘지에 묻었다. 아버지의 무덤 앞에는 세 부류의 문상객들이 있었다. 앞줄에는 눈물을 머금은 아버지의 부인과 우리를 포함한 멀거나 가까운 친척들, 그 뒤에는 아버지보다 나를 위해 온 건축업자와 엔지니어와 사업가들, 그리고 마지막으로 두세 명씩 무리를 지어 서서 담배를 피우며 예배 시간을 기다리는 옛 정치 동지들.

장례식에 대해 더 이야기하고 싶지만 엄밀히 말하자면 우리의 주제와 관련이 없기 때문에 세부적인 내용은 더 이상 언급하지 않으려고 한다. 페리쾨이 묘지에 있던 무리들이 흩어질 때 몸집이 크고 사람 좋아 보이는 남자가 나를 힘껏 껴안으며 말했다.

"자네는 나를 모르겠지만 난 자네를 오랜 세월 동안 알고 있었다네."

누구인지 알아보지 못하는 나를 보고 그가 "실례했네." 하며 자신의 명함을 내 호주머니에 넣었다.

두 주가 지나 일상생활로 돌아온 후에야 그 명함을 보게 되었다. 그 시절에 나를 알았고 지금은 '명함, 초대장, 광고 인쇄' 일을 하는 스르 시야호을루가 누구일까 궁금해하며, 내가 열여섯 살 때 왼괴렌에서 여름을 보내는 동안 만났던 모든 사람들의 이름과 얼굴을 기억해 내려고 애를 썼다. 우물 파는 일을 돕던 또 다른 조수 알리의 얼굴이 계속해서 눈앞에 떠올랐다. 빨강 머리 여인과 마흐무트 우스타 다음으로 가장 많이 궁금했던 사람은 바로 그였다.

스르 씨가 도저히 기억나지 않아 그가 제작한 명함에 적힌 주소로 이메일을 보냈다. 스르 씨에게 옛 왼괴렌 사람들의 근황을 묻고, 또 땅에 대한 정보를 얻어야지 하고 생각했다. 뿐만 아니라 많은 세월이 흐른 후 사건이 일어난 장소에 건축업자 신분으로 돌아가는 것이 아무 일도 없는 것처럼 행동하는 가장 좋은 방법이 아니겠는가?

열흘 후에 니샨타시에 있는 사라이 무할레비[29] 가게에서

29 우유와 쌀가루로 만든 단 푸딩.

이루어진 그와의 만남은 아주 짧았고, 그만큼 충격적이었다. 우리는 의례적인 잡담은 전혀 나누지 않았다. 이것이 나의 잘못일 수도 있다. 나는 우리 만남의 매 순간 그에게 묻기만 하면 내가 늘 알고 싶어 했던 모든 것을 알게 될 거라고 느꼈으며, 또한 동시에 그렇게 하는 것이 두렵기도 하다는 것을 감지했다.

스르 씨는 장례식에서 보았을 때보다 더 몸집이 크고 뚱뚱했다. 왼괴렌에서 지내는 한 달 동안 여러 명을 만났지만 여전히 그가 떠오르지 않았다. 하지만 그다지 답답해할 필요 없었던 것이 옛날에 나를 알고는 있었지만 직접 대면한 것은 아버지의 장례식에서가 처음이라고 그가 말했기 때문이다.

그는 아버지를 개인적으로 알았고, 아버지를 무척 존경했다. 그래서 장례식에 참석하여 그에 대한 마음을 표현한 것에 무척 만족해했다. 장례식에서 나를 보자마자 알아보았노라고, 내가 아버지를 빼다 박은 듯 꼭 닮았기 때문이라고 했다. 내가 아버지처럼 잘생기고, 얼굴도 훤하고, 호의적인 사람이라고 했다. 아버지는 애국자이며, 헌신적인 사람이며, 나라를 위해 자신을 바쳤다고도 했다. 아버지는 좋은 의도를 가지고 이 모든 일을 했고, 그 대가로 고문을 당했지만 절대 실토하지 않았으며, 수감 생활을 하고도 다른 사람들처럼 사상을 바꾸지 않았다고 했다. 안타깝게도 아버지의 친구들이 아버지를 비방해 상처를 주었다고 말했다.

"어떤 유의 비방인가요, 스르 씨?"

"젬 씨, 옛 정치 가십들, 마음을 상하게 할 헛소리들로 당신의 소중한 시간을 빼앗고 싶지 않습니다. 부탁이 하나 있습니다. 당신 회사인 쉬흐랍이 나의 변변찮은 땅에 관심을 보이고 있습니다. 그런데 부동산업자와 당신네 엔지니어들이 나를 속이려고 듭니다. 당신은 부당한 것을 참지 못하는 아버지의 아들이니 아셔야 한다고 생각했습니다."

그는 현 시세보다 낮은 가격을 제시받았다고 했다. 그 땅에 대해 권리가 있다고 주장하는 공동 소유자들이 나타났기 때문이었다. 하지만 그 땅은 오롯이 자기 소유라고 했다.

"스르 씨, 당신 땅이 있는 정확한 위치를 알려 주시겠어요, 어디에 등록되어 있습니까?"

"등기 사본을 가져왔습니다. 알게 되시겠지만, 권리가 있다고 하는 공동 소유자들의 주장을 믿지 마십시오."

나는 그가 내민 등기를 받아 들고 땅의 위치를 가늠하면서 멍한 기분에 휩싸여 말했다. "스르 씨, 아주 옛날에 저도 왼괴렌에 머문 적이 있습니다. 그곳을 조금은 알지요."

"물론 알지요, 젬 씨. 1986년 여름에 내 친구들의 천막 극장에도 오셨다고 들었습니다. 그달에 투르가이 씨와 아내는 뒷골목이 보이는 집에 머물렀고, 투르가이 씨의 부모는 역 광장이 보이는 위층서 지냈지요."

그는 바로 내가 빨강 머리 여인과 사랑을 나누었던 집의 주인인 간판장이였다! 내가 찾아갔을 때 그의 부인이 문을 열어 주며 연극배우들이 떠났다고 말했다. 왜 나는 전혀 짐작하지 못했을까?

"당신은 마흐무트 우스타와 마을 밖 고원에서 우물을 파고 있었지요."

그리고 그는 등기부를 가리키며 말했다.

"나의 이 작은 땅은 그 우물 바로 앞쪽에 있답니다. 마흐무트 우스타가 고맙게도 수맥을 찾자 얼마 지나지 않아 공장주들이 서로 그 땅을 차지하려고 했지요. 나는 간판 가게에서 돈을 많이 벌지 못했습니다……. 아내와 함께 여기저기서 돈을 긁어모아 이 년쯤 후에 거기에 땅을 샀어요. 지금 이 땅은 우리 가족이 가진 전부입니다."

오랜 세월 동안 사실은 내 마음 한구석으로, 어쩌면 온 마음으로 알고는 있었지만 믿지 못했던 것, 그러니까 마흐무트 우스타에게 아무 일도 없었으며, 더욱이 계속 우물을 파서 수맥을 찾았다는 것을 알게 되었다. 내가 알게 된 사실들을 소화하기 위해 무할레비 가게에서 급하게 무언가를 먹은 학생들, 쇼핑 나온 여자들, 넥타이를 맨 남자들을 멍하니 바라보았다. 하지만 나의 생각은 과거로 돌아가 있었다.

삼십 년 동안 나는 왜 내가 마흐무트 우스타를 사고로 죽였을 수도 있다고 믿었던 것일까?

그건 아마도 『오이디푸스 왕』을 읽고 그 이야기를 믿었기 때문이었다. 나는 이렇게 생각하고 싶었다. 옛이야기의 힘을 믿는 것도 마흐무트 우스타에게서 배웠다. 지금도 나는 여전히 오이디푸스처럼 나의 지난 죄를 조사하고 있었다.

"스르 씨, 어떻게 마흐무트 우스타를 알고 계시죠?"

내가 이스탄불로 돌아온 후 마흐무트 우스타가 물을 찾았을 때 하이리 씨는 그에게 많은 선물과 새로운 일거리들을 주었다. 우물을 파는 동안 위에서 양동이가 떨어져 어깨를 다쳤기 때문에 사람들은 그를 굉장히 존경했다. 하이리 씨는 마흐무트 우스타에게 우물 두 개를 더 의뢰했고, 그 우물들을 지하에서 터널로 서로 연결하여 물 저장고들을 만들었다. 나중에 다른 공장들과 섬유 염색 작업장들도 물 저장 시스템을 주문했고 땅파기, 거푸집, 콘크리트 치는 일까지 마흐무트 우스타에게 의뢰했다. 우물 파는 시절이 끝나고는 어차피 어깨도 못 쓰게 되었기 때문에 왼괴렌에 정착했다.

"마흐무트 우스타는 언제 돌아가셨나요?"

"오 년이 넘었지요."

마흐무트 우스타는 비탈길 옆 묘지에 묻혔다. 왼괴렌에 있는 그의 조수들, 다른 우물 파는 명수들, 공장주들이 모두 장례식 예배에 참석했다.

"나는 마흐무트 우스타를 친아버지처럼 좋아했답니다."

나는 눈을 크게 뜨며 말했다.

나를 바라보는 스르 씨의 시선에서 내가 마흐무트 우스타에게 나쁜 짓을 저질렀고, 사실은 마흐무트 우스타가 나로 인해 마음의 상처를 입었으며, 그가 원망을 품은 채 죽었다는 것을 스르 씨가 안다는 사실을 눈치챘다. 하지만 지금은 나의 도움이 필요하기 때문에 이 사건을 확대시키고 싶어 하지 않는 것도 느껴졌다. 스르 씨는 내가 삼십 년 전에 우스타를 죽였다고 생각하며 당황하여 어찌할 바를 몰라 그를 우물 바닥에 남겨 놓고 도망쳤다는 구체적인 사실을 알까?

마흐무트 우스타는 어떻게 우물에서 나왔을까? 이 질문을, 그리고 빨강 머리 여인과 관련된 모든 것을 묻고 싶은 마음이 굴뚝같았지만 나는 입을 다물었다.

스르 씨는 무언가 좋은 말을 하고자 하는 마음에서 말했다. "마흐무트 우스타는 당신에 대해 가장 공부를 많이 한 조수였다고 했지요."

어쩌면 마흐무트 우스타는 이 말에 "공부한 사람을 두려워해야 해." 같은 말을 덧붙이지 않았을까. 이 말이 옳기도 했다. 그의 어깨를 불구로 만든 것은 나의 잘못이었다.

스르 씨는 내가 난생처음으로 어떤 여자와 그의 집에서 잤다는 것은 몰랐다. 나는 정말 묻고 싶은 것을 묻지 않고 말을 돌리고 돌려 그에게서 다음과 같은 정보를 얻을 수 있었다. 스르 씨와 그의 아내는 역 광장이 내다보이는 그 건물에서 이사했다. 창문이 커다란 끔찍한 아파트는 철거되었고, 그 자리에 쇼핑센터가 들어섰다. 요즘은 지역의 모든 젊은이들이 그곳으로 모여든다. 내가 땅 문제를 확인하기 위해 왼괴렌을 방문하면 먼저 그곳을 보여 주겠다고, 나에게 저녁 식사를 대접하겠다고 했다. 정치 운동을 그만두었지만 옛 친구들과 등을 지지는 않았다. 가끔 《혁명가 나라》라는 신문을 사는데 도가 지나쳐서 이제 옛날처럼 읽지는 않았다.

그는 말했다. "미국 제국주의를 물고 늘어지느니 건축 분야에서 행해지는 부당함과 속임수들을 쓰면 더 좋을 것 같습니다."

그의 이 마지막 말에 어떤 위협이 숨어 있을까?

"스르 씨, 내가 우리 사람들에게 말하겠습니다, 그들은 부당한 것에 눈감지 않습니다. 그런데 나도 당신에게 부탁이 있습니다. 내 아버지에게 가해진 비방이 무엇인지 말씀해 주시겠습니까?"

아버지 같은 경우는 보기 드물다고 했다. 당시 터키는 후진국이었다. 선의를 지닌 과격한 마르크스주의자들, 특히 아나톨리아에서 온 사람들은 굉장히 '봉건적'이었다. 그들은 조직 안에서의 남녀 관계, 공공연한 추문, 연애를 좋아하지 않았다. 조직 책임자들도 질투나 싸움의 원인이 되는 이런 것들을 금지했다. 따라서 혁명가 그룹에서 아버지의 연애는 좋게 받아들여지지 않았다.

"여자가 아주 예뻤지요. 하지만 '혁명가 나라'의 가장 높은 지위에 있는 사람도 그 여자에게 눈독을 들였답니다."

이러한 이유로 사건은 통제가 불가능한 상태에 이르렀고, 아버지는 그 그룹에서 나와 다른 그룹에 합류했다. 그 고위급 인물이 여자와 결혼을 했는데, 결국 남자는 헌병의 총에 맞아 죽고, 그 그룹을 떠나지 않았던 여자는 남자의 동생과 결혼했다. 사실 아버지와 그 무모했던 여자의 사랑은 좌절되었지만 오히려 다행이었다. 왜냐하면 아버지는 나중에 정신을 차리고 운동권 밖에 있는 여자와 결혼했고, 그래서 내가 태어났기 때문이다. 이제 아버지도 이 세상 사람이 아니니 이 옛날이야기가 나에게 상처가 되지 않기를 바란다고 했다.

"다 지난 일인걸요, 스르 씨, 마음 쓰실 필요 없습니다. 그건 그저 옛날이야기니까요."

"젬 씨, 그런데 사실 당신도 아는 사람들입니다."

"누구를 말입니까?"

"그 여자가 나중에 결혼한 동생이 투르가이입니다. 우리 집에서 머물렀던 그 연극배우 여자가 당신 아버지의 애인이었지요."

"뭐라고요?"

"빨강 머리의 궐지한이란 여자요. 음, 당시에는 밝은 갈색이었어요. 그녀가 작고한 아버님의 젊은 애인이었답니다."

"그래요? 그들은 요즘 무얼 하는데요?"

"떠나 버렸지요……. 그로부터 이 년은 더 여름에 천막을 치고 군인들을 상대로 공연을 올렸지만 그 뒤로는 오지 않았지요. 나도 운동권에서 떨어져 나왔답니다. 일단 아이들이 생기면 포기하고 옮겨 가는 사람들처럼요……. 제 아들은 회계사입니다, 제 일도 봐주고 있지요. 윈괴렌에 살던 토박이들 중 일부는 저처럼 아직도 그곳에 살고 있습니다. 당신이 방문해 주면 기쁠 겁니다."

나는 헤어질 때까지 더 이상 빨강 머리 여인에 대해 묻지 않았다. 스르 씨는 내게 상처를 주지 않기 위해 이야기를 조금 좋게 꾸며서 그 사건이 있기 육칠 년 전으로, 그러니까 아버지와 어머니가 만나 결혼하기 전으로 이끌고 갔다. 하지만 내가 일고여덟 살이었을 때 아버지는 이 년 동안 사라진 적이 있다. 아버지가 부재중일 때 어머니는 아버지를 그다지 존경하지 않고 분노에 차 있었다. 아버지의 부재가 정치와 관련되었다는 것을 알았지만, 그 사건에 무슨 비밀스러운 부분이 있어 보였다. 당시에 우연히 들은 수군거림과 어머니의 분노로 짐작하건대 그것은 정부가 아니라 아버지의 정치적 동지들을 향하고 있었다.

스르 씨와 함께 무할레비 가게를 나오면서 나는 새로 알게 된 사실들로 제정신이 아니었다. 내가 충격받은 사실을 간판 가게 주인이 알아채지 못하도록 애를 쓰느라 피로가 몰려왔다. 아버지가 없고 아들이 없는 유령처럼 한동안 거리를 걸었다.

36

그날 저녁 우리가 사고 싶을지 모르는 어떤 땅을 조사하다가 윈괴렌의 옛이야기들을 이야기해 준 사람을 만났다고 아이쉐에게 말했다. 나는 후회나 죄책감보다 기만당한 느낌, 애 취급을 받은 굴욕감이 들었다. 아버지가 살아 있다면 뭐라고 하실까? 아버지와 아들이 칠팔 년 사이를 두고 같은 여자와 잤다는 것을 알면 무슨 생각을 하실까? 나는 이러한 것들을 그다지 깊이 생각하지는 않았다. 아내에게 털어놓고 싶었다. 하지만 내가 알게 된 것에 얼마나 충격을 받았는지 알리고 싶지 않았다. 나는 빨강 머리 여인이 두려웠다.

궁금증이 나의 영혼을 갉아먹고 있었지만 앞으로 내가 알게 될 것들 때문에 움츠러들기도 했다. 좋은 사람이 되려고 많은 노력을 했기 때문에 나는 여전히 바닥을 알 수 없는 회한으로 마음이 암담했다. 아무 잘못도 저지르지 않았는데 무언가에 대해 비난을 받는 공포는 꿈에서나 경험하는 두려움의 일종이다. 이러한 느낌을 아주 자주 받았다.

건설 회사 쉬흐랍은 꾸준히 성장해, 더 이상 우리가 모든 일을 다 처리할 수 없게 되었다. 토지 구입과 매매는 이제 아이쉐의 사촌을 앉혀 놓은 부서가 맡았다. 우리도 무라트처럼 "베이코즈 뒤편에 땅을 많이 사 놓고 아직 가 보지도 못했다니까!"라고 말하기 시작했다. "실레 너머에 뭐가 있는지 모르지만 쉬흐랍은 그 지역에도 많은 땅을 샀어." 같은 말을 친구들에게 하는 것이 우리를 행복하게 해 주었다. 왜냐하면 쉬흐랍은 우리 아들이었기 때문이다. 쉬흐랍은 다른 아들들보다 더 빨리 성장했고, 같은 일에 종사하는 회사들보다 더 성공했고, 영리한 결정들을 내려 관심의 대상이 되었다.

때로 나는 순진하게 내 인생의 의미를 내 자신에게 묻고는 울적해지기도 했다. 우리 아이가 없고, 내가 사라지면 이 모든 것이 주인 없이 남겨지기 때문일까? 울적해질수록 아이쉐와의 우정에 의지했다. 그녀에 대한 나의 충실함이 강하고 영리한 여자와 가까이 있고 싶은 나의 필요에서 기인한다는 것을 아이쉐는 직감했다. 내가 그녀를 절대 배신하지 않으리라는 것을 알았다. 그녀에게 감추는 정신적으로 은밀한 삶, 바람,

비밀이 있을 거라고는 믿지 않았다. 쉬흐랍의 사무실에서 서로를 한 시간 이상 보지 못하면 휴대 전화로 전화를 걸어 "어디 있어?" 하고 물었다. 이 친밀감이 부여하는 자신감과 암암리에 느끼는 일종의 자만심은 2013년 초 쉬흐랍에 큰 피해를 안기는 실수의 원인이 되었다.

다른 건설 회사들은 고층 건물들이 들어찬 공동 주택 단지를 짓기 위해 건축법 변경을 이용하고, 자신들이 건축한 집들을 팔기 위해 신문과 텔레비전에 광고를 내면서 우리처럼 빠르게 성장했다. 우리도 유혹에 넘어가 번드르르한 광고 회사들 중 한 군데와 계약을 맺었다.

건설 회사 광고에는 종종 건축업자들이 직접 등장해 그들이 지은 건물들을 광고했다. 고층 건물들을 신용할 만한 회사들이 건축한다는 것을 보여 주기 위해 행해지던 관행이었다. 그러니까 흰 수염에 넥타이를 맨 건축업자가 등장하는데, 그것은 당신들이 살 건물을 지은 건축업자가 지진이 나면 금세 무너질 값싼 자재를 사용해 당신들을 속일 사람이 아니라는 믿음을 주기 위해서였다!

광고업자들에 의하면 늙은 건축업자와 비교했을 때 아이쉐와 나는 젊고, 지식인이며, 현대적인 사람들이었다. 우리 부부가 함께 광고에 등장하면 쉬흐랍이 촌스러운 건축 회사들과 변별되고, 더 앞서 나갈 수 있을 거라고 했다. 우리는 광고에 출현하고 싶지 않다고 말했지만 나중에는 '현대적'인 '쉬흐랍'이라는 말에 현혹되었다.

촬영할 때부터 벌써 우리가 무언가 잘못하고 있다는 것을 감지하기 시작했다. 우리는 우리가 경험하지 못한 인위적이고 화려하고 부유한 유럽 스타일의 삶을 지나치게 과장해서 흉내 냈다. 광고가 신문, 광고판, 텔레비전에 등장하자마자 아주 성공적인 결과를 얻었지만 동시에 우리가 추측했던 것처럼 가까운 지인들로부터 창피를 당했다. 쉬흐랍이 건설한 이스탄불의 각기 다른 지역(카와즉, 카르탈, 윈괴렌)에 있는 세 개 단지의 아직 완공되지 않은 비교적 높은 가격의 아파트들이 빠르게 팔려 나갔고, 이 시기에 우리는 광고에서 입었던 옷과 가식적인 태도에 대해 친구들로부터 조롱 섞인 말들을 듣기 시작했다. 호의적인 친구들은 "너희들이 이렇게까지 나서는 것이 옳을까?"라는 말로 우리에게 경고했다. 오스만 제국, 러시아, 이란, 중국의 부자들은 인정사정없는 정부를 두려워하기 때문에 부유함을 과시하지 않는다.

이렇게 해서 한동안 집에서 나가지 않고 텔레비전을 꺼 놓은 채 광고의 악몽이 잊히기를 기다렸다. 한동안은 쉬흐랍이 우리 아들이 아니라 우리가 그의 노예인 것처럼 느껴졌다.

그동안 광고와 우리에게 관련된 일련의 조롱 섞인 편지들이 쉬흐랍에 전달되었다. 일주일에 열 통 정도 되었고, 나는 그중 대부분을 읽지 않고 곧장 버렸다. 하지만 한 통은 주머니에 넣어 보관했다.

젬 씨,

나는 당신을 존경할 수 있길 바랍니다. 당신은 내 아버지입니다.

쉬흐랍이 윈괴렌에서 잘못된 길로 가고 있습니다.

아들로서 당신에게 경고하고 싶습니다.

이 주소로 답장을 보내면 모든 것을 설명하겠습니다.

당신의 아들을 두려워 마십시오.

엔베르

글 맨 아래에 이메일 주소가 있었다. 나는 이 사람이 스르 씨처럼 약간의 가십과 위협으로 회사에서 무엇인가를 뜯어내려는 윈괴렌 사람들 중 한 명이라고 생각했다. 인정하건대 나에게 "당신은 내 아버지입니다."라고 한 것은 마음에 들었다. 그런데 "잘못된 길로 가고 있다."라는 게 무슨 뜻인지 궁금하여 쉬흐랍의 변호사인 네자티 씨에게 의논했다.

"삼십 년쯤 전, 윈괴렌이 아직 작고 군부대가 있는 외딴 마을이었을 때 사장님이 그곳에서 우물 파는 명수의 조수로 일했던 것을 다들 알고 있습니다. 평판이 자자한 그 광고 캠페인 이후 소문은 전설이 되었습니다. 윈괴렌 사람들은 텔레비전에서 부인과 현대적인 포즈를 취하고 있는 건축업자 사장이 옛날에 자신들 사이에서 살았다는 것을, 우물 파는 곳에서 막일을 했다는 것을 알고 기분이 좋아졌지요. 다만 그런 자긍심이 땅을 팔 때 불합리한 가격을 제시하도록 조장하고, 첫 흥정을 할 때까지만 해도 품고 있던 호감이 증오로 바뀐 겁니다. 광고에 나오는 사장님의 모습이 어느 정도는 이 증오심을 부채질했지요. 사장님이 속물, 심지어 불신자로 비치기도 하지만, 또 모든 사람이 다 좋아했던 마흐무트 우스타와 사장님 사이에 오래전에 무언가 아주 안 좋은 일이 있었다는 소문이 말썽을 일으킨 것이지요. 왼괴렌에서 물을 발견한 사람으로서 마흐무트 우스타는 거의 성인에 가까운 추앙을 받습니다! 그곳에 가셔서 이 오해를 바로잡아 주셔야 합니다. 그곳에서 삼십 년 전 여름 내내 우스타와 수맥을 찾으려고 얼마나 애를 썼는지 오늘날의 왼괴렌 사람들에게 설명하면 사장님이 자신들과 같은 사람이라는 것을 즉시 깨달을 테고, 그러면 쉬흐랍을 상대로 더 이상 불필요한 말썽은 없을 겁니다."

37

하지만 나는 도무지 왼괴렌에 간다는 결정을 내리지 못했다. 오이디푸스와 쉬흐랍의 이야기를 오랜 세월 동안 읽고 논쟁을 한 탓에 내 마음이 두려움으로 차 있어서일 것이다.

오 주 후에 네자티 씨가 나와 단둘이 만나고 싶다는 바람을 전해 왔다.

"젬 사장님, 사장님의 아들이라고 주장하는 사람이 있습니다."

"누가요?"

"엔베르. 사장님에게 편지를 쓴 사람."

"실제 인물인가요?"

"네. 스물여섯 살입니다. 그의 어머니와 사장님이 1986년에 왼괴렌에서 동침했다고 주장합니다."

이스탄불 하늘에 잿빛 구름이 낮게 드리워져 있었다. 우리는 니샨타시의 왈리코나으 대로 끝에 있는 비즈니스 센터 겸 쇼핑몰 건물 꼭대기 세 개 층을 차지한 쉬흐랍 본부의 내 사무실에 앉아 있었다.

네자티 씨는 내가 아무 말도 하지 않는 것을 보고 말을 이어 나갔다.

"당시 사장님은 열여섯 살이었습니다. 그 사건 이후에 거의 삼십 년이 지났지요. 이러한 상황이면 옛날에는 판사들이 소송을 건 어머니나 아이의 말을 들어 보지도 않았습니다. 모든 사람들이 아는 바처럼 최근까지 친부 확인 소송 제기에서 우리 법은 기간을 엄격히 제한했습니다. 아이가 태어난 후 일 년…… 그때 못했으면 아이가 열여덟 살이 된 후 일 년……. 이 아이는 열여덟 살이 된 지 팔 년이 지났습니다."

"아이 말이 사실이면요?"

"저희가 조사한 바에 따르면, 아이를 임신했을 때 연극배우인 어머니는 다른 연극배우와 결혼한 상태였습니다. 터키 법은 가정을 보호하고 아버지의 권위와 부권을 보호하기 위해 누가 뭐라고 하든지 결혼한 여성의 아이는 자동으로 그 남편의 자녀로 올립니다. 어차피 다른 방법은 불가능하니까요. '나는 남편과 결혼한 상태에서 다른 남자와 관계를 가졌어요,

아이의 아버지는 내 남편이 아니라 그 남자예요.' 여자가 이렇게 말하면 어떻게 될지 상상해 보십시오. 남편이나 남편의 가족이 당장 여자를 죽이지 않는다면 옛 법에 따라 간통죄로 구속되고 맙니다."

"법이 바뀌지 않았습니까?"

"법보다 먼저 의학이 달라졌습니다, 젬 사장님. 이제는 성실하고 의욕적인 판사가 아버지와 자식을 법정으로 불러 나란히 놓고 닮았는지 안 닮았는지 얼굴을 확인하거나, '당신은 저 아이의 엄마를 압니까. 사진이나 목격자가 있습니까?'라고 물을 필요가 없습니다. 아버지와 아들의 혈액을 채취한 후 DNA 검사를 통해 누가 누구의 아버지이며, 누가 누구의 아이인지를 정확히 알아내지요. 옛날에는 이런 것을 공동체의 근간에 다이너마이트를 터뜨리는 짓이라고 보고 받아들이지 못했지요."

"아이의 아버지가 다른 사람이라는 것을 받아들이는 게 왜 공동체를 뒤흔들어 놓지요?"

"젬 사장님, 친부 소송을 맡은 경험 많은 변호사 친구로부터 들은 얘기가 절 안타깝게 만들었습니다. 가난한 처녀와 즐기면서 임신을 시키고, 법을 알기 때문에 여자에게 '오늘내일' 결혼할 거라며 시간을 질질 끌고, 자신이 임신시킨 여자를 오스만 제국 시절 파샤처럼 자기 밑에서 일하는 남자와 결혼시킨 남자들의 이야기였답니다. 대가족 속에서 삼촌의 젊은 부인을 임신시킨 조카들, 시골에서 와 어느 아파트에서 손님으로 머물다 간 이웃집 여자, 형의 부인, 심지어 친여동생을 임신시킨 사람들……. 가족의 명예를 지키기 위해, 수치가 드러나지 않도록, 피를 보지 않으려고 모든 것을 덮었다고 합니다. 하지만 이러한 것들은 잊히지 않지요……. 젬 사장님, 사장님은 1986년 열여섯 살이었을 때 이 아이의 어머니인 귈지한 부인과 동침했습니까?"

"딱 한 차례 그런 일이 있었습니다. 그렇지만 딱 한 번 잔 것으로 아이가 생겼다니 도저히 믿기지 않습니다."

"그들은 친부 소송을 위해 가차없고 무자비한 변호사를 선임했다고 합니다. 그는 절대 물러서지 않을 겁니다. 이 젊고 의욕 넘치는 변호사는 자신이 오랜 세월 동안 다른 사람을 아버지로 여기며 살았기 때문에 이 문제에 있어 옳다고 믿지 않는 소송은 절대 맡지 않는다고 합니다."

"누가 옳은지를 어떻게 알 수 있습니까? 귈지한 부인이 살아 있습니까?"

"네, 살아 있습니다."

"내가 열여섯 살이었을 때 그녀는 빨간색 머리카락을 가지고 있었습니다."

"여전히 그렇고, 여전히 아름답습니다. 남편인 투르가이 씨는 그녀와 헤어진 후 사망했다고 합니다. 그들의 결혼 생활은 좋지 않았지만, 그녀는 여전히 삶에 대한 의지로 충만하고 연극에 대한 꿈으로 가득 차 있습니다. 애 아빠에게 복수하겠다는 의도라기보다 어려운 환경에서 사는 아들에게 일종의 수입이 있었으면 하는 생각에 이런 주장을 내세운 게 분명합니다. DNA 검사와 일 년이라는 제한을 두었던 법이 더 이상 통용되지 않는다는 것도 알고 있을 겁니다."

"아이는 뭘 하고 살았답니까?"

"사장님 아들이라고 주장하는 엔베르는 잘 알려지지 않은 어떤 대학에서 공부했다고 합니다. 미혼이고요. 왼괴렌에 작은 회계사무소를 열었더군요. 민족주의 청년 조직에 가담했고요. 쿠르드인과 좌익주의자들을 혐오합니다. 자신의 아버지와 삶에 분노하고 있지요."

"아버지라고 하면 투르가이 씨를 말하는 겁니까?"

"네."

"네자티 씨, 만약 당신이 내 입장이라면 어떻게 하시겠습니까?"

"삼십 년 전에 무슨 일이 있었는지는 사장님이 더 잘 아십니다, 저는 사장님 입장이 될 수 없습니다, 젬 사장님. 하지만 그 여성분과 함께했다는 것을 기억하시는 만큼 가장 좋은 방법은 혈액 검사입니다. 소송에 들어가면 길게 끌지 말고 첫 재판에서 혈액 검사를 요청합시다. 그리고 선정적인 뉴스가 나가서 마음 상하지 않도록 미리 법원에 언론 보도 금지를 신청하지요."

"현재로서는 내 아내 아이쉐는 몰랐으면 합니다, 많이 속상할 테니. 먼저 엔베르 씨와 만나 법정 투쟁으로 가지 않고 좋게 해결하는 방법을 찾으면 어떨까요?"

"변호사가 말하길 의뢰인이 사장님과 만나고 싶어 하지 않는다고 합니다!"

순간 이 말에 내가 얼마나 마음에 상처를 입었는지 알고 놀랐고, 사실은 내가 '내 아들'을 궁금해한다는 것을 알았다.

그의 손과 팔, 얼굴, 행동이 나와 닮았을까? 그를 만나면 어떤 감정이 들까? 정말로 파시스트 성향의 민족주의자들과 어울리는 걸까? 왜 윈괴렌에 정착했을까? 빨강 머리 여인은 이 모든 것들에 대해 어떻게 생각할까?

38

두 달 후 나는 차파 대학 병원에 가서 혈액 검사를 했다. 병원이 작성한 법원 제출용 보고서를 미리 받아 본 네자티 씨가 전화로 그 결과를 내게 알려 주었다. 일주일 후 판사는 엔베르가 내 아들임이 판명되었으니 아들의 신분증에 아버지의 성명을 기입하라는[30] 판결을 내렸다. 첫 재판부터 혈액 채취, 판사의 결정, 호적에 올리는 단계에 이르기까지 나는 병원이나 법정에서 내 아들과 우연히 만날 수도 있을 거라고 은근히 바랐다. 서로를 처음 보았을 때 우리는 어떻게 반응할까?

변호사 네자티 씨에 의하면, 아들이 나를 보고 싶어 하지

30 터키에서는 자녀의 신분증에 부모의 이름을 기입한다.

않는 것은 좋은 신호였다. 이런 상황에서 나이가 어떻게 되었든지 간에 아들은 아버지에 대해 분노하게 마련이다. 호적에 오르자마자 아들과 그 어머니는 오랫동안 힘든 상황에서 살아온 데 대해 아버지에게 손해 배상을 청구할 권리가 생긴다. 두 사람 중 누구도 아직 그러지 않았다는 것은 좋은 소식이었다. 어쩌면 우리를 몰아세워 돈을 갈취하려는 의도는 없는 듯했다. 하지만 변호사는 내가 이 말을 지나치게 낙관적으로 받아들이는 것을 보고 나에게 경고했다. 모든 친부 소송은 결국 경제적인 이유 때문이다. 아버지가 중요한 인물이나 부자가 아니라 평범하고 가난한 사람인 아들이 소송을 건 경우는 경험상 한 명도 없었다. 쉬흐랍의 윈괴렌 투자 건을 검토한 네자티 씨는 그곳에서 사업 설명회를 여는 것이 좋겠다고 되풀이해 말했다.

그렇다면 먼저 이 소식을 아이쉐에게 알려야만 했다. 그래서 어느 날 저녁 나는 아내에게 말했다. "지나가는 말이 아니라 당신의 눈을 들여다보며 해야 할 중요한 이야기가 있어."

이 말에 지레 겁을 먹은 아이쉐는 "뭔데?" 하고 물었다. 나는 이 문제가 그 모든 세월 동안 우물 바닥에 방치한 마흐무트 우스타처럼 내 자신과 모든 사람에게 감출 수 있는 비밀이 아니라는 것을 알았다.

"나한테 아들이 하나 있대."

나는 저녁 식사를 하는 중에 라크 두 잔을 마시고 나서 불쑥 말해 버렸다. 그리고 모든 것을 아무것도 감추지 않고 있는 그대로 설명했다. 이 고백으로 내 어깨는 너무나 가벼워졌지만, 아이쉐가 그만큼 더 불안해했다.

아이쉐는 한동안 침묵을 지킨 후 말했다.

"물론 아이에 대해 책임이 있어, 당신은. 하지만 그 소식을 들은 난 불행해졌어. 그 애를 보고 싶어?"

이 질문에 내가 대답을 못 하는 것을 본 아내는 다른 질문들을 열거하기 시작했다. 빨강 머리 여인을 다시 만나고 싶은지, 아들과 친하게 지내고 싶은지, 자신이 그 아이와 친해지기를 원하는지 물었다. 우리가 평생을 오이디푸스 왕과 뤼스템과 쉬흐랍에 얽힌 이야기와 해석들을 조사한 것이 이러한 이유 때문일지도.

그날 밤 둘 다 완전히 취한 우리는 중대한 문제에 대해 생각해 보지 않을 수 없었다. 우리에게 다른 아이가 없고 터키 법에 유언장이라는 제도가 없으니, 내가 죽으면 쉬흐랍 지분 중 3분의 2가 자동으로 이 아들에게 가게 된다. 만약 아이쉐가 나보다 먼저 죽으면(우리가 나이 차이가 별로 많지 않아 그럴 가능성이 컸다.) 내가 죽은 후 쉬흐랍의 모든 것이 우리가 얼굴도 보지 못한 이 아이의 것이 된다.

다음 날 아침 아이쉐는 말했다. "지난밤 당신 아들이 살해

당하는 꿈을 꾸었어."

다른 날 저녁 우리가 상속법, 법정 대리인, 신탁 자금에 대해 이야기를 나누었을 때 그녀는 좀 더 솔직하게 말했다.

"부끄럽지만 말하겠어, 가끔 개를 죽이고 싶은 생각이 들어. 그 사생아의 이름이 쉬흐랍이었더라면 완벽했을 텐데."

나는 아내에게 말했다. "그런 끔찍한 말 하지 마. 아이는 죄가 없어. 게다가 이제 우리는 그 아이의 아버지가 누구인지도 확실히 알아."

내가 아이 편을 든다는 것을 보고 아내는 마음에 상처를 입어 한동안 아무 말도 하지 않았다. 내가 아들을 몰래 만나는지 알기 위해 떠보기도 했다. 나는 그녀를 안심시키며 말했다. "어차피 아이가 나를 만나고 싶어 하지 않아. 이상한 아이인 것 같아."

"당신은 그 아이가 어떻게 생겼는지 궁금해? 그 아이가 보고 싶어?"

나는 거짓말을 했다. "아니." 나는 이 문제에 대해 아내에게 거짓말을 해야 한다고 생각했다. 왜냐하면 내 아들에 대해 억누를 수 없는 어떤 호기심과 친근감을 느꼈기 때문이다.

석 달 후 어느 날 무라트가 아테네에서 전화를 했다. 그는 여러 해 전에 나를 테헤란으로 초대했을 때 내가 얼마나 즐거워했는지 상기시키면서 그랜드 브레타뉴 호텔에서 나를 기다리겠다고 덧붙였다. 이틀 후 우리가 아테네에서 만났을 때 그는 그리스 정부가 파산 위기에 몰렸다고 흥분하여 말했다. 2차 세계 대전 이후 내전 당시 영국인들이 사령부로 사용했던 호텔의 화려한 로비에서 아테네의 부동산 가격이 절반으로 떨어졌고, 여기 앉아 있는 사람들 절반이 건물을 싸게 사려는 독일인 사업가들이라고 했다. 그러고는 도시 중심에 있는 매물로 나온 건물들의 컬러 사진들을 보여 주기 시작했다.

이틀 동안 무라트와 그의 부동산 중개인과 함께 아테네에서 매물로 나온 건물들을 보러 돌아다녔다. 어느 날 오후 나는 택시를 잡아타고 친구와 함께 한 시간 거리에 있는 테베시로 갔다. 그곳에서 방치된 철로들, 담쟁이덩굴과 거미줄로 뒤덮인 낡은 객차들, 텅 빈 공장들, 격납고들을 보았다. 오이디푸스 왕이 살았던 도시는 마치 앵그르와 귀스타브 모로의 그림에서처럼 높은 언덕 위에 있었다. 커피를 마시면서 무라트는 돈이 필요하며, 자신이 왼괴렌에 사 두었던 땅을 나에게 팔고 싶다고 말했다.

모든 면에서 나보다 신속하고 세심하게 사고하는 이스탄불의 우리 회사 변호사들은 이것이 가능하며, 무라트 씨가 제시하는 가격이 높지 않다고 말했다. 이번 거래는 쉬흐랍을 위해 이윤이 남는 일이었다. 그러나 일을 시작하기 전에 그곳에서의 나의 옛 시절을 상기시키고 우리 회사의 호의와 내가 마흐무트 우스타를 얼마나 존경하는지를 증명하는 지역 모임을 진행하는 편이 좋을 듯했다.

아이쉐 모르게 나는 네자티 씨에게 왼괴렌에서 이 일을 진행하면 귈지한 부인과 엔베르 씨가 어떤 반응을 보일지 미리 조사하고, 필요한 경우에는 사립 탐정을 고용해 도움을 받으라고 말했다.

두 주 후에 네자티 씨가 모든 정보를 나에게 전해 주었다. 빨강 머리 여인과 아들은 서로 아주 가깝고 친하게 지낸다. 그런데 친부 소송 이후에 별로 만나지 않는다. 빨강 머리 귈지한 부인은 네자티 씨가 만나자고 했을 때 처음에는 거절했다가 나중에 "아무에게도 말하지 않는다면"이라는 조건을 내세웠는데 결국 만나는 것을 포기했다. 작고한 남편 투르가이가 이스탄불 부근인 바크르쾨이에 유산으로 남겨 준 집에서 살며 텔레비전 드라마 성우 일을 하면서 생계를 유지하고 있었다.

변호사 네자티 씨에 의하면, 내 아들 엔베르는 광고의 영향 때문만 아니라 자신의 아버지가 나라는 사실을 현재로서는 사람들이 알기를 바라지 않기 때문에 그 모임에 참석하지 않을 것이라고 했다. 내 아들 엔베르는 그다지 성공한 회계사는 아닐지 몰라도 왼괴렌에서 신임을 얻은 상인들의 회계와 세금 관련 업무를 도와주고 있었다. 어떤 사람들은 내 아들이 어머니에게 지나치게 연연해서 지금까지 결혼을 못 했다고 생각했고, 또 다른 사람들은 그 신경질적이고 까다로운 성미를 탓했다. 그는 연극에 대한 어머니의 열정을 따르는 젊은 친구들과 만나고 네자티 씨가 나에게 가져다준《초승달》,《샘》 같은 온건 보수주의 문예지에 시를 발표했다. 집에서 아이쉐 몰래 이 시들을 읽을 때 아버지는 종교 성향의 잡지에 시를 쓴 손자에 대해 어떻게 생각할까 혼자 생각해 보기도 했다.

같은 시기에 나는 윈괴렌에서 모임을 개최하라고 쉬흐랍의 마케팅 부서에 지시했다. 아이쉐에게 나는 이 모임에 참석하지 않을 거라고 말했다. 윈괴렌에 가는 것을 내가 두려워했을 뿐만 아니라 모임을 여는 것조차 원하지 않는 아이쉐의 마음을 상하게 하지 않기 위해서였다.

모임이 열리는 당일에 나는 앙카라 여행을 계획했다. 그런데 토요일 오후 무렵 회사에 가서는 갑작스러운 결정으로 앙카라 여행을 취소시켰다. 윈괴렌에 가는 쉬흐랍 직원들의 흥분한 모습이 나에게 영향을 미쳤다. 네자티 씨한테는 오후에 윈괴렌을 방문하는 쉬흐랍 팀에 내가 함께한다는 것을 아이쉐에게 숨겨 달라고 부탁했다. 나중에는 오랜 세월 동안 내 마음 한구석으로 상상해 왔듯이, 그러니까 윈괴렌에 기차를 타고 가고 싶다고 직원들에게 말했다. 사무실에서 나가는 길에 정부가 광산업자와 건축업자가 원하는 경우 허가해 주는 크륵칼레 권총과 소지 허가서를 챙겼다. 보름 전 쉬흐랍의 텅 빈 건설 현장에서 시멘트 자루 위에 놓인 빈 병들을 쏘며 크륵칼레를 시험해 보았다. 물론 나는 어떤 문제가 생길까 봐 두려워하고 있었다.

39

윈괴렌으로 향하는 기차가 성곽과 마르마라해, 100년 된 낡은 건물들, 새로 개장한 콘크리트 호텔들과 공원들, 식당들, 배들, 자동차들 사이를 흔들거리며 나아가는 동안 갈수록 복통이 심해졌다. 네자티 씨는 엔베르가 모임에 참석하지 않을 것이며, 윈괴렌에 없을 거라고 오후에 한 번 더 나에게 말했다. 하지만 나는 내 아들이 아버지를 보기 위해 어떻게든 기회를 보아 모습을 나타낼 것이라는 생각을 떨쳐 버릴 수 없었다. 마흐무트 우스타와 나의 죄를 대면하는 두려움은 사십 년 후 윈괴렌에서 나의 아들과 조우할 거라는 초조감으로 바뀌었다. 기차가 윈괴렌에 도착해 속력을 줄일 때 나는 우리가 과거에 함께 작업했던 그 고원을 무수한 콘크리트 건물들 때문에 식별할 수 없었다. 하지만 그곳에서 누군가를 만나야 할 것처럼 느껴졌다.

역을 나서자마자 과거의 윈괴렌이 사라져 버린 것을 보았다. 빨강 머리 여인이 몇 층에 사는지 확인하기 위해 창문을 살피던 아파트는 헐렸고, 그 자리에 햄버거를 먹고 맥주와 아이란을 마시는 젊은 무리들로 광장을 가득 채운 활기 넘치는 쇼핑센터가 들어섰다. 광장을 내다보는 건물들 1층에는 은행들, 케밥 식당들, 샌드위치 간이매점들이 문을 열었다. 나는 역 광장에서 한때 루멜리 찻집이 있던 곳, 마흐무트 우스타와 함께 앉았던 테이블이 있던 인도를 향해 나의 기억 속에서 자주 그랬던 것처럼 걸었다. 하지만 밤에 우리가 차를 마셨던 장소를 떠올리게 하는 어떤 것도 발견할 수 없었다. 한때 그곳에 살던 사람들은 옛날 건물들과 함께 사라지고, 토요일 오후를 즐기고 싶어 하는 시끄럽고 활기차고 호기심 많은 무리와 그들이 사는 새로운 아파트들이 그 자리를 차지한 것이다.

식당 거리를 지나는 동안 주말인데도 주위에는 군인 한 명, 그들을 통제하는 헌병 한 명 보이지 않았다. 대장간도, 마흐무트 우스타가 매일 저녁 담배를 샀던 가게도 그 자리에 없었다. 그런데 정원 딸린 이삼 층짜리 집들은 모두 헐리고, 그 자리에 서로 비슷한 오륙 층짜리 아파트들이 들어섰기 때문에 나의 추억이 깃든 거리가 맞는지조차 확신하기 어려웠다.

얼마 지나지 않아 내가 왼괴렌으로 되돌아온 것을 스스로 과대평가하고 있다는 결론을 내렸다. 내가 알던 마을은 이제 이스탄불 근교의 다른 곳들처럼 높은 건물들로 꽉 찬 지극히 평범한 지역이 되었던 것이다. 그래도 옛 사람들 중 몇 명은 알아보았다. 우호적인 미소로 나를 반기는 동료 조수 알리와 악수를 나누었다. 나는 스르 시야호을루에게 가 그 뚱뚱한 부부와 차를 마셨다. 네자티 씨와 쉬흐랍 임원들도 함께였다. 마흐무트 우스타와 가까웠다는 제과점 주인과 악수하라고 사람들이 어찌나 조르던지 우리 서로가 다 부끄러웠지만 그렇게 했다. 마흐무트 우스타가 안장되어 있는 묘지를 따라 비탈길을 걸어 올라갈 때 나는 땅과 아파트 일에 연관된 사람들을 제외하면 사실 왼괴렌에서 내가 잊힌 사람이고, 그다지 두려워할 것이 없다는 결론에 이르렀다.

삼십 년 전에 텅 빈 땅이었던 비탈길 꼭대기의 '우리 평지'는 육칠 층짜리 아파트들, 창고 건물들, 주유소들, 아래층에 식당, 케밥 가게, 슈퍼마켓이 꽉 들어찬 콘크리트 숲으로 변해 있었다. 우리가 밭을 가로질러 지름길로 이용하던 굽이진 길들은 고층 아파트들 때문에 보이지 않아 우리가 우물을 파던 곳이 어디인지 가늠하기가 힘들었다.

쉬흐랍의 부지런한 마케팅 팀은 뒷길을 통해 나를 사업 설명회 장소로 빌린 예식장으로 데려갔다. 넓은 홀의 창문을 통해 우리가 평지의 어디쯤에 있는지, 군부대와 멀리 보이는 푸른 산들은 어디쯤에 있는지 알아내려고 애를 썼다. 우리 우물은 군부대 방향에서 500미터 떨어진 어딘가에 있을 것이다. 나는 모든 것을 제쳐 두고 지금, 오로지 그곳에 가고 싶었다.

새 공항과 보스포루스 다리로 가는 간선 도로를 왼괴렌과 연결하는 4차선 아스팔트 도로가 옛 왼괴렌 기차역이 아닌 우리 우물 쪽으로 날 예정이었다. 그 결과 우리 평지에 있는 땅과 집들의 가격이 올랐다. 모임에 참석하는 사람들은 대부분 왼괴렌 사람들이 아니라 빠르게 발전하는 이 지역에서 집을 사려는 자동차를 소유하고 있는 신흥 부자들이었다. 쉬흐랍 팀들이 보여 주는 다양한 축소 모형들, 고층에서 내다보이는 풍경, 풀장, 어린이 놀이터의 크기에 그들이 얼마나 관심이 많은지 파악할 수 없을 만큼 나는 마음이 뒤숭숭했다. 그리고 우리 팀은 쉬흐랍이 베이코즈, 카르탈, 그리고 다른 지역에 새로 건설한 건물에 집을 산 사람들이 얼마나 행복한지 보여 주었으면 해서 부부를 이 모임에 초대했다. 그들이 소위 "쉬흐랍 라이프 스타일"이라는 것을 설명하자, 뒷줄에 앉아 있으면서 이 모임에 집이나 땅에 관심이 있다기보다는 그냥 재미로 온 사람들이 반응을 보이기 시작했다. 나는 조롱 섞인 한두 가지 질문을 들었다. 뒤에 있는 무리들은 어쩌면 조직에 속한 사람들일지도 몰랐다. 아마도 그들은 나를 부끄럽게 만들고, 심지어 무시하면서 쉬흐랍의 판매 노력을 훼방 놓으려는 것일 수도 있었다.

내가 이곳에 온다고 미리 연락하지 않았지만 옛 왼괴렌 사람들은 나를 기다리고 있었다. 나는 짧게 이야기를 했다. 나는 이스탄불의 이 아름다운 지역에 삼십 년 전 우스타와 함께 우물을 파기 위해 왔다고 말했다. 이곳에서 물을 찾아 이 모든 땅을 풍요롭게 하고 산업과 많은 사람들이 이곳에 정착하는 데 디딤돌이 된 마흐무트 우스타를 존경에 가득 찬 마음으로 언급했다. 여기 이 새로운 건물들의 축소 모형들은 삼십 년 전 문명을 향했던 움직임의 연장이라고 말했다.

그곳에 모인 사람들은 100명에서 120명 정도였다. 뒤에서 큰 소리로 말하며 웃는 청년들은 재미 삼아 왔으며, 나쁜 의도가 있다손 치더라도 이를 감추지 않았기 때문에 위험하지는 않다고 느꼈다. 나는 진짜 나쁜 의도를 가진 사람들은 군중 속에 조용히 있는 사람들 사이에서 나올 거라고 생각하며 목을 빼고 홀의 뒤쪽을 살폈다.

나보다 먼저 앞에 나와 말한 사람들에게도 그랬듯이, 내가 "질문 있습니까?"라고 묻기도 전에 질문들이 쏟아지기 시작했다. 지불 방식에 대한 질문에는 사업 담당자가 답변을 했다. 오늘 돈을 지불하면 언제 집을 양도받을 수 있느냐는 또 다른 부부의 질문에 같은 책임자가 답변을 하고 있을 때였다. 회의

장 중간쯤에서 원숙한 여성이 집요하게 손을 들고 있는 것을 보자 나의 심장이 빠르게 뛰었다.

어찌 된 일인지 나의 눈이 이미 인지한 것을 나의 이성은 뒤늦게 파악했다. 그곳에 앉아 있는 여성은 머리카락으로 보아 빨강 머리 여인이 확실했다. 우리는 눈이 마주쳤다. 그녀는 군중들 사이에 이는 소란 속에서 적대적이 아니라 우호적으로 보이려 애쓰면서 달콤하게 미소 지으며 집요하게 손을 들고 있었다. 나는 그녀에게 발언할 기회를 주었다.

"젬 씨, 우리는 쉬흐랍의 성공을 칭찬해 마지않습니다. 그리고 이 건물들 중 한 곳에 극장도 들어서기를 기대하고 있습니다."

그녀 주위에 앉은 몇몇 사람들이 박수를 쳤다. 하지만 빨강 머리 여인과 나에게 특별한 관심을 보이거나 그녀의 말에서 다른 의미 혹은 암시를 찾는 사람은 아무도 없었다.

질의응답 시간이 지나자 사람들이 축소 모형 쪽으로 갔고, 그들이 흩어질 즈음 우리는 서로에게 다가갔다.

삼십 년 만에 그녀를 처음 보게 되었다. 세월은 빨강 머리 여인에게 가혹하지 않았다. 시간은 얼굴에 나타난 아름답고 비밀스러운 표정, 코, 입, 특유의 도톰하고 둥근 입술을 더 확연히 돋보이게 만들었다. 그녀는 지치고 화난 모습이 아니라 편하고 쾌활했다. 최소한 그렇게 보이고 싶어 하는 것 같았다.

"이렇게 와서 당신을 놀라게 했네요, 젬 씨. 내 아들의 친구들 몇몇과 이곳에서 청년 극단을 준비 중이거든요……. 그들을 당신에게 소개하고 싶어요. 당신이 온다고 하지 않았지만 난 당신이 오늘 이곳에 올 거라고 확신했어요."

"엔베르는 여기 없나요?"

"없어요."

극단 단원들이라고 했던 젊은이들은 자기들끼리 한쪽 구석에 모여 있었다. 네자티 씨가 조심스럽게 나와 빨강 머리 여인을 좀 더 남들의 시선에 띄지 않는 곳으로 데려가 차를 가져다주고는 우리 둘만 남겨 두고 어디론가 사라졌다.

"젬 씨, 난 내 아들의 아버지가 당신인지 투르가이인지 오랫동안 확신하지 못했어요. 그다지 궁금하지도 않았고요. 마음속에 항상 의구심이 있기는 했지만요. 소송을 제기해도 무엇인가를 증명하지 못할 테고, 모든 사람을 괴롭게 만들고 당신과 내 자신에게 굴욕을 안겨 주었겠지요. 내가 그런 일이 일어나길 바라지 않았다는 것을 당신도 알 거라 생각해요."

나는 빨강 머리 여인의 모든 말을 한 마디도 흘리지 않고 귀담아들었지만, 한편으로 홀에 있는 사람들 중 우리에게 관심을 보이는 호기심 많은 사람이 있는지 지켜보았다. 지금 그녀가 내 앞에 있는 것이, 작은 손을 여전히 빠르게 움직이는 것이, 삼십 년 전 역 광장에서 나와 함께 걸을 때 입었던 긴 치마와 같은 군청색 옷을 입은 것이, 얼굴과 손톱을 잘 가꾼 것이, 그리고 그녀가 설명하는 모든 것이 나를 놀라게 했다.

"물론 아버지가 누구인지에 대한 나의 의구심을 두 사람에게 절대 내색하지 않았죠. 난 그와 결혼하기 전에 그의 형과 결혼했던 사람이기 때문에 투르가이는 어차피 나와 내 아들에게 인색했어요. 우리가 헤어지고 투르가이가 죽은 후에 생물학적 아버지가 사실은 당신처럼 아주 성공한 훌륭한 사람일 수도 있다고 설명하면서 소송을 제기하자고 엔베르를 설득하는 것은 굉장히 힘들었어요. 우리 아들 엔베르는 아직 인생에서 성공하지 못했지만 자존심 강하고 예민하고 창의적인 아이예요. 시를 쓰지요."

"네자티 씨가 말하더군요. 어떤 시들은 발표가 되었다고 해서 잡지들을 찾아 읽었습니다. 좋던데요. 하지만 그의 생각과 그 잡지들은 퍽 생소했습니다. 안타깝게도 젊은 시인의 사진은 실리지 않았더군요."

"아, 당신에게 우리 아들의 사진을 보낼게요, 물론. 그의 생각은 중요하지 않아요. 오늘은 일부러 종교 성향의 잡지에 보내고, 내일은 군인과 국기에 대해 시를 쓰지요……. 아주 완고하고 주관이 뚜렷하답니다. 하지만 다 허세 부리는 거예요. 그에게 길을 제시해 줄 강한 아버지가 필요해요."

무리들 중 몇몇이 우리 쪽으로 걸어오고 있었다. 빨강 머리 여인은 말했다. “오늘 그 아이를 이곳에 불렀지만 오지 않았어요. 내가 여기 이 젊은이들에게 연극에 대한 관심을 불어넣었지요. 일요일마다 만나 이스탄불에 연극을 보러 가요. 몇몇은 엔베르의 친구고요.”

더 많은 사람들이 우리에게 다가오자 빨강 머리 여인은 아파트에 대해 정보를 얻고자 하는 잠재 고객인 척하며 좀 더 정중한 분위기로 우아하게 차를 마셨다. 나는 자리에서 일어나 무리들 속에서 잠시 거닌 후 네자티 씨에게 다가갔다. 빨강 머리 여인과 연극을 좋아하는 젊은 손님들을 우리가 준비한 저녁 식사에 초대하라고 말했다.

“모든 것이 잘되었습니다. 이제 왼괴렌에서 쉬흐랍은 큰 문제가 없을 겁니다.”

네자티 씨는 무거운 짐을 벗어던졌다는 흥분으로 안도하며 말했다.

나는 “장담할 수 없어요. 여기는 더 이상 왼괴렌이 아닙니다, 이스탄불이지요.”라고 응수했다.

40

설명회에 이어 예식장에서 주류를 포함해 저녁 식사를 제공하는 것은 광고 제작자의 생각이었다. 음식은 식당 거리에서 여전히 영업을 하고 있는 쿠르툴루시 식당에 주문했다. 삼순 출신의 늙은 주인과 삼십 년 전 이야기를 나눌 때 우리가 빨강 머리 여인과 쿠르툴루시 식당에서 어느 날 저녁 같은 테이블에 앉았던 것도 기억이 났다. 나는 빨강 머리 여인이나 젊은 연극인들과 거리를 두고, 한시라도 빨리 자리에서 일어나 늦기 전에 이스탄불로 돌아갈 생각이었다. 다만 돌아가기 전에 마흐무트 우스타와 함께 팠던 우물을 보고 싶었다. 네자티 씨는 "쉬운 일"이라고 했다. 그런데 왼괴렌의 토박이들 중 한 명, 예를 들면 우물을 팔 때 함께 조수로 일한 알리에게 안내를 부탁하는 대신에 빨강 머리 여인에게 다가가는 것을 보고 나는 불안해졌다.

내 곁으로 온 빨강 머리 여인이 말했다. "세르하트는 연극을 좋아하는 젊은 친구들 중 가장 똑똑하고 가장 어른스럽답니다. 언젠가 왼괴렌에서 소포클레스를 무대에 올리는 꿈을 가지고 있지요."

나는 세르하트 씨에게 물었다. "우물이 있는 장소를 어떻게 알지요?"

연극을 좋아하는 세르하트 씨는 말했다. "물이 나온 후 그 우물은 유명해졌어요. 마흐무트 우스타는 어린 우리들에게 우물 파는 일과 관련된 이야기들과 옛날이야기들을 해 주기를 좋아했습니다."

"그 옛날이야기들을 아직 기억합니까?"

"대부분 기억합니다."

"내 옆에 와서 앉아요. 적당한 때 자리에서 일어나 우물을 보여 줄 수 있겠지요?"

"물론입니다……."

삼십 년 전 그날 밤에 그랬던 것처럼 내 앞에 클럽 라크와 약간의 흰 치즈와 안주들이 놓였고 테이블의 다른 쪽에는 빨강 머리 여인이 있었다. 삼십 년이라는 세월 속에서 나는 아버지처럼 라크를 좋아한다는 것을 알게 되었다. 내 옆에 앉은 젊은이의 빈 잔에 라크를 채우고, 단숨에 비우고, 빨강 머리 여인과 젊은 연극인들 말고 다른 데는 쳐다보지 않았다.

그러다 정중하고 라크를 좋아하는 세르하트 씨에게 그가 어린 시절에 마흐무트 우스타로부터 들은 이야기들 중 지금 어떤 것이 가장 기억에 남느냐고 물었다.

"아들인지 모르고 그를 죽인 전사 뤼스템의 이야기가 기억에 가장 많이 남아 있습니다."

감수성이 예민한 세르하트 씨가 대답했다.

마흐무트 우스타는 이 이야기를 어디서 들었을까? 그렇다, 나보다 먼저 노란 천막 극장에 갔었다. 하지만 짜깁기한 연극에서 줄거리를 파악하기는 힘들었을 것이다. 빨강 머리 여인이 이야기해 주었을 수도 있다. 어쩌면 태어날 때부터 알고 있었는지도 모른다.

"뤼스템의 이야기가 왜 기억에 남았을까요? 그를 두려워했나요?"

"마흐무트 우스타는 내 아버지가 아닙니다." 논리적인 세르하트 씨가 말했다. "내가 왜 두려워해야 하죠?"

"삼십년 전 어느 여름 마흐무트 우스타는 내게 아버지 같은 사람이었답니다. 아버지가 우릴 버렸거든요. 우물을 팔 때 나는 그 사람을 내 아버지로 생각했지요. 당신은 아버지와 사이가 어때요?"

세르하트 씨는 정면을 바라보며 말했다. “소원합니다.”

그는 어쩌면 빨강 머리 여인과 연극인 친구들 곁으로 돌아가고 싶은지도 모른다. 내가 혹시 이 조용한 젊은이의 사생활에 너무 간섭을 한 건 아닐까? 테이블에 앉아 있던 사람들은 술기운에 기분들이 좋았다. 홀은 술을 함께 마시는 동향 사람들과 경기가 끝난 후 술집을 찾은 남자들의 끝나지 않는 지껄임으로 가득 차 있었다.

“어떻게 마흐무트 우스타를 알게 되었나요?”

“그는 아이들을 모아 놓고 이야기를 해 주곤 했습니다. 나는 어느 날 우연히 그의 집에 갔지요. 사실 불구가 된 어깨를 처음 보았을 때는 무서웠습니다.”

“우물을 보고 난 다음에 마흐무트 우스타의 집도 보여 줄 수 있습니까?”

“물론이지요……. 몇 번 집을 옮겼어요, 어떤 집들은 헐렸고요. 어떤 집을 보여 드릴까요?”

“나는 마흐무트 우스타의 이야기가 무서웠습니다, 결국 그 이야기들은 언제나 사실로 드러났기 때문에…….” 하고 나는 말했다.

“사실로 드러났다는 게 무슨 말이지요?”

“그러니까 그가 이야기한 것들이 나중에 나의 실제 삶에서 일어났다는 거지요. 그리고 또 나는 마흐무트 우스타의 우물이 무서웠습니다. 너무나 무서워서 결국 어느 날 그를 놓고 가 버렸지요. 이 이야기를 알고 있나요?"

그는 내 눈을 보지 않고 대답했다. "알고 있습니다."

"어떻게 알지요?"

"궐지한 부인의 아들인 엔베르가 얘기해 줬습니다. 그는 여기에서 회계 일을 해요. 마흐무트 우스타는 사실 그에게 아버지 같은 사람이었습니다. 한때는 아주 친했지요."

젊은이의 얼굴에는 악의나 교활함을 드러내는 표정이 없었다. 그는 아무것도 모르는 듯했다. 나는 한동안 아무 말도 하지 않았다. 술과 담배 냄새가 나는 밤이 나의 심연을 사로잡는 느낌이었다.

시간이 흐른 후 나는 문득 물었다. "그 엔베르 씨라는 사람이 오늘 저녁 여기에 왔습니까?"

"뭐라고요?"

내가 뻔뻔하거나 터무니없는 말을 한 양 그는 나의 질문에 아연실색하며 쳐다보았다. 사실 설명회에서든 이 테이블에 앉아 있는 사람들 중에서 내 아들이었으면 하고 바란 사람은 아무도 없었다.

"엔베르는 여기 오지 않았습니다." 젊은이가 말했다. "당신에게 온다고 했습니까?"

나는 대답하지 않았지만 젊은이는 내 마음속의 동요를 감지한 것 같았다.

그는 말했다. "개는 여기 오지 않아요!"

"왜죠?"

이번에는 세르하트가 나의 질문에 대답하지 않았다.

41

나는 내 아들이 왜 이곳에 오지 않는지 곰곰히 생각해 보았다. 그러니까 아버지를 좋아하지 않는 것이다. 나는 그 아이에게 화가 났다. 하지만 나의 분노가 정당하지 않다는 것을 알았고, 내 아들을 보고 싶으면서도 내게 무슨 사고가 일어나기 전에 한시라도 빨리 욀괴렌을 떠나고 싶었다.

나는 말했다. "세르하트 씨, 많이 늦었는데 이제 가서 우리 우물을 좀 보여 주시죠."

"물론입니다."

"사람들의 이목은 끌지 맙시다. 당신이 먼저 나가요, 비탈길 앞에서 기다리시오. 오 분 후에 내가 그리로 가 당신을 찾을 테니."

그는 마지막으로 음식을 한 입 삼키고는 서둘러 나갔다. 빨강 머리 여인이 테이블의 다른 쪽 끝에 앉아서 나를 바라보고 있었다. 나는 라크를 몇 모금 더 마시고 흰 치즈 한 조각을 더 먹은 후에 밖으로 나가 어두운 비탈길 초입에서 세르하트를 만났다.

나의 안내자와 나의 그림자는 어둠과 추억 사이에서 말없이 걸었다. 그 비탈길이 우리 평지에서 어디쯤 되고, 우물 방향은 어디인지 가늠할 수가 없었다. 나는 그 이유를 흘러간 세월 속에 사방이 콘크리트 건물들, 벽들, 창고들로 뒤덮였기 때문이라고 해명하기보다는 내 머릿속이 라크 때문에 뿌옇게 된 탓으로 돌렸다. 내 머릿속이 뿌연 이유는 내 아들이 나를 보고 싶어 하지 않았기 때문이었다, 물론.

우리는 무색의 벽을 따라 걸어갔다. 네온 불빛을 받아 나무들이 분홍색으로 빛나는 콘크리트 정원과 창고 앞을 지났다. 문이 닫힌 이발소의 어두운 유리창에 비친 내 자신과 젊은 안내자의 그림자를 보고 키가 같다는 것을 알았다.

"엔베르 씨를 언제부터 알고 지냈나요?"

나는 연극을 좋아하는 나의 안내자 세르하트에게 이렇게 묻고 말았다.

"내 자신을 안 이래로 죽. 나는 계속 왼괴렌에 살았습니다."

"그는 어떤 사람이지요?"

"왜 묻죠?"

"그의 아버지인 투르가이 씨를 압니다. 그분이 삼십 년 전에 잠시 이곳에 머물렀거든요."

"엔베르의 문제는 그의 아버지가 아니라 아버지의 부재지요. 분노에 차 있고, 내성적이고, 좀 색다른 사람입니다."

영리한 세르하트가 말했다.

"나도 아버지의 부재로 인한 고통을 경험했답니다. 하지만 분노에 차 있거나 내성적이거나 다른 사람들과 다르지 않습니다."

나는 술기운에 지혜로운 사람이 된 듯 말했다.

"당신은 물론 다릅니다, 왜냐하면 부자니까요. 어쩌면 엔베르의 문제는 당신처럼 부자가 아니라는 것일 수도 있지요."

세르하트는 답변을 미리 준비한 듯 말했다.

나는 한동안 아무 말도 하지 않았다. 건방진 세르하트는 엔베르가 돈이 없고, 그래서 고민이 많다고 말하고 싶은 걸까? 아니면 엔베르는 당신처럼 오로지 돈 버는 것만 생각하는 사람들을 좋아하지 않고, 오늘 모임에도 바로 그런 이유로 오지 않았다고 말하고 싶은 걸까?

나는 두 번째 가능성에 무게를 두었고, 곧 우리가 우물을 파던 곳에 서서히 가까워지고 있다는 것을 평평해진 땅을 보고 알아챘다. 삼십 년 전의 쐐기풀과 잡초들을 인도 가장자리에서, 공터에서 다시 보게 되었다. 그 옛날처럼 목이 쭈글쭈글한 거북이를 다시 만나 잠시 시간과 삶에 대한 생각에 잠기고 싶었다. 거북이가 "봐, 삼십 년 동안 무슨 일이 있었는지! 너에게 삶은 온통 헛된 것이었어. 내게는 알아채지도 못할 만큼 눈 깜빡할 사이고."라고 말할 것만 같았다.

빨강 머리 여인은 우리 아들 엔베르에게 내 아버지, 그러니까 그의 할아버지가 정치적 신념 때문에 감옥살이를 했던 낭만적인 이상주의자라는 것을 말해 주었을까? 내 아들이 아버지를 할아버지보다 더 나쁘고 얄팍한 사람으로 상상할지 모른다는 가능성이 내 마음을 아프게 했다. 나를 이런 정신 상태로 몰아넣은 건방진 세르하트 씨에게도 화가 나던 차에 낯익은 길이 눈에 들어왔다.

"아, 여기가 우리 우물로 가기 전 마지막 굽이라오."

"아, 그래요?" 조심스러운 세르하트가 말했다. "정말 우연의 일치군요. 마흐무트 우스타가 한때 살았던 집이 바로 저기인데."

"어딥니까?"

그는 손의 희미한 윤곽으로 어둠 속에서 잘 보이지 않는 어떤 창고, 공장, 집 들을 가리켰다. 나는 한때 그 밑에서 낮잠을 자던 호두나무를 알아보았다. 삼십 년 동안 키가 자랐는데 지금은 어떤 공장의 담 안에 있었다. 가까이에서 옛 시절부터 남아 있던 집의 희미한 불빛이 보였다.

“마흐무트 우스타 가족은 이곳에서 살았어요. 엔베르와 그의 어머니 귈지한 부인이 명절에 들르곤 했지요. 나는 엔베르를 마흐무트 우스타의 정원에서 만났습니다.”

젊은이가 다시 엔베르 이야기로 말을 돌리자 의심이 들었지만 나는 삼십 년 전 텅 비고 척박했던 땅에 콘크리트와 벽을 쌓아 올렸다는, 이곳에 이렇게 많은 사람들과 동물들(갈색 개 한 마리가 위협적인 분위기로 다가와 우리의 냄새를 맡았다.)이 산다는 생각이 뇌리를 떠나지 않았다. 그 순간 나는 한시라도 빨리 새로운 현실을 받아들이려고 특별한 노력을 기울였다.

삼십 년 전 추억을 불러일으킬 어떤 돌이나 창문을 찾을 수 있을까, 익숙한 냄새를 깊이 들이마실 수 있을까?

“마흐무트 우스타는 『코란』에 나오는 왕자가 아버지를 우물 속에 방치해 죽게 만든 이야기를 이 집에서 우리에게 해 주었지요.”

집요한 세르하트가 말했다.

“『코란』에도 『왕서』에도 그런 이야기는 없는데.”

“어떻게 아십니까? 당신은 신실한 종교인입니까? 『코란』을 읽나요?”

내 아들 엔베르의 영향을 받은 젊은이가 내게 지나치게 공격적인 태도를 보여서 나는 아무 말도 하지 않았다. 이내 마음에 상처를 입어 여기 온 것이 안 좋은 생각이었다는 결론을 내렸다.

"난 마흐무트 우스타를 좋아했죠. 그해 여름 이곳에서 지내는 동안 그는 내게 아버지 같은 사람이었어요."

나의 안내자가 말했다. "원하시면 엔베르의 집을 보여 드릴 수 있습니다."

"가깝나요?"

세르하트가 옆 골목으로 들어가자 그의 뒤를 따라갔다. 현관에 불을 켜 놓지 않은 아파트들, 좌우로 아무렇게나 주차한 트럭과 미니버스들, 작은 응급 처치 병원과 약국, 주차장, 뚱한 얼굴을 한 경비원들이 줄담배를 피우는 창고 앞을 지나갈 때 이 모든 것이 우리의 평지에 어떻게 꽉꽉 들어찰 수 있었는지 그저 놀랄 따름이었다.

"여기가 엔베르네 집이에요. 2층, 왼쪽 창문이요."

심장이 몇 번 가볍고 이상야릇하게 뛰었다. 내 마음속에 내재되어 있는 아들에 대한 열망, 그와 친하게 지내고 싶은 바람을 제어할 수 없으리라는 것을 알았다.

"엔베르 씨네 불이 켜져 있네요. 가서 초인종을 한번 눌러 볼까요?"

나는 술에 취해 거침없이 말했다.

"불을 켜 놓았다고 집에 있다는 의미는 아니에요. 엔베르는 외로움을 선택했어요. 밤에 외출할 때도 불을 켜 놓지요,

도둑이나 나쁜 의도를 가진 사람들에게 집에 누군가 있다고 생각하도록 해 줄 뿐 아니라 귀가해서 자신이 얼마나 외로운지를 생각하지 않기 위해서예요."

사려 깊은 세르하트가 말했다.

"친구를 정말 아주 잘 아는군요. 엔베르가 문을 열었을 때 당신이 있는 것을 보아도 놀라지 않을 게 분명합니다."

"엔베르가 어떻게 나올지는 전혀 예측할 수 없지요."

이 말을 내 아들이 용감하다는 의미로 받아들여 자랑스러워해야 할까? 나는 문을 향해 걸어갔다.

"아니, 그런데 왜 외롭다는 건가요? 그를 그렇게나 사랑하는 어머니가 있고, 당신처럼 가까운 친구가 있는데……."

"그는 누구와도 가깝지 않습니다."

"아버지 없이 자라서인가요?"

"그럴 수도 있겠지요, 그런데 초인종을 누르기 전에 한 번 더 생각해 보시지요……." 하고 내 아들의 신중한 친구가 말했다. 하지만 나는 그의 말을 신경 쓰지 않고, 초인종들 위에 있는 각기 다른 서체와 크기로 쓴 이름들을 빠르게 읽어 나가다 순간 얼어붙고 말았다. 마치 마법에 걸린 것만 같았다.

6호: 엔베르 예니에르

(프리랜서 회계사)

나는 초인종을 세 번 눌렀다.

"한밤중에 찾아온 초대하지 않은 손님에게 엔베르의 문은 항상 열려 있지요. 집에 있으면 열 겁니다."

그러나 문은 열리지 않았다. 나는 내 아들이 집에 있으며, 내가 그를 보러 왔다는 것을 알면서도 일부러 열지 않는다고 생각했다. 교묘한 암시로 말을 쏘아 대는 세르하트에게도 화가 났다.

"엔베르를 왜 그렇게 만나고 싶어 하시죠?"

주제넘게 참견하고 비위에 거슬리는 세르하트가 물었다. 아마 그도 일련의 소문들을 들은 모양이다.

"이제 우물을 보여 줘요, 늦기 전에 집에 돌아가야 하니까."

나는 다른 날 아무에게도 들키지 않고 내 아들을 보기 위해 다시 이곳에 올 수도 있다고 속으로 생각했다.

"아버지 없이 자라면 세상에 중심부와 한계가 있다는 것을 이해하지 못하고 모든 것을 할 수 있다고 생각하지요." 세르하트가 말했다. "하지만 결국 무엇을 해야 할지 모르고, 그래서 삶에서 어떤 의미를, 어떤 중심을 찾으려 애쓰죠. 당신에게 아니다라고 말해 줄 누군가를 말이에요."

나는 그의 말에 대꾸를 하지 않았다. 나는 우리 우물에 가까워졌으며, 오랜 세월을 보낸 방황의 끝에 다다랐다는 것을 감지했다.

42

"바로 저기에 당신의 우물이 있습니다."

세르하트는 나를 뚫어지게 바라보며 말했다. 우리는 버려진 공장의 녹슨 철문 앞에 서 있었다.

"하이리 씨가 죽은 후 그 아들이 염색, 세탁, 섬유 공장을 방글라데시로 옮기면서 이곳은 생산을 완전히 멈췄습니다. 지난 오 년 동안 창고로 사용해 오고 있지만, 궁극적으로는 당신 같은 건축업자들과 함께 여길 허물고 고층 빌딩을 짓고 싶은 생각들이 있지요."

"나는 이곳에 새로운 건축 일을 하기 위해서가 아니라 추억 때문에 왔소."

세르하트가 경비 사무실로 다가갈 때 텅 빈 벽 위에 아침

섬유무역주식회사라고 쓴 아크릴 간판이 눈에 들어왔다. 나는 삼십 년 전 그곳이 어땠는지 기억하려고 애를 쓰며 주위를 둘러보았다. 이곳이 하이리 씨의 땅이라는 유일한 표시는 공장 벽들이 끝없이 이어지는 것, 또 열여섯 살 때 처음 느꼈던 것처럼 하늘이 평소보다 더 가깝다는 느낌뿐이었다.

나는 개 한 마리가 맹렬하게 짖는 소리를 들었다. 세르하트가 되돌아왔다.

"경비원이 내가 아는 사람인데 아무도 없네요. 개의 사슬을 풀어 놓지 않은 걸로 봐서 곧 올 겁니다."

"너무 지체하고 있네요, 우리가."

"저기 벽이 낮은 지점이 있습니다. 한번 보지요."

세르하트는 이렇게 말하고 천천히 어둠 속으로 사라졌다.

벽 너머가 완전히 어둡지는 않았다. 그래서 개가 집요하게 짖는데도 뒤쪽에 있는 지붕과 기둥에 비친 네온 불빛 덕분에 마음이 놓여 나는 우물을 보고 곧장 돌아가야지 하는 생각을 했다. 그런데 세르하트가 감감무소식이었다. 나의 젊은 안내자가 늦어서 안달이 나던 참에 호주머니에 있던 전화가 울렸다. 아이쉐였다.

"왼괴렌에 있다면서, 회사 사람들이 말해 줬어."

"응."

"나한테 거짓말을 했네, 젬, 상처를 줬어 나에게. 당신은 잘못하고 있는 거야."

"두려워할 거 없어. 다 잘되었어."

"두려워할 게 많지. 지금 어디야?"

"마흐무트 우스타와 함께 파던 우물에 안내인이 나를 데려다주었어."

"그 사람이 누군데?"

"여기 왼괴렌 사람이야. 조금 건방지긴 하지만 날 도와주고 있어."

"그 사람을 누가 당신한테 소개했어?"

"빨강 머리 여자."

순간 나는 술기운을 이기고 명료하게 사고할 수 있었다.

"그 사람이 지금 옆에 있어?"

아이쉐는 전화에 대고 거의 속삭이듯 물었다.

"누구, 빨강 머리 여자?"

"아니, 그 여자가 당신한테 소개한 젊은이가 옆에 있냐고?"

"옆에 없어, 벽을 넘을 방법을 찾으러 갔어. 빈 공장 안으로 나를 들여보내 줄 거야."

"젬, 당장 돌아와!"

"왜?"

"그 아이에게서 도망쳐. 숨으란 말야."

"무얼 그렇게 겁을 내는 거야?"

이렇게 말하기는 했지만 전화를 통해 느껴지는 두려움이 이미 나를 잠식하기 시작했다.

"우리가 오랜 세월 동안 어떤 이야기들을 읽었지? 물론 당신은 왼괴렌에 당신 아들을 보러 갔어. 그래서 나를 데려가지 않았고. 당신한테 그 안내자를 누가 소개했지? 빨강 머리 여자! 지금 그 젊은이가 누구인지 알겠어?"

"누구? 세르하트?"

"당신 아들 엔베르일 가능성이 커! 거기서 도망쳐, 젬!"

"진정해. 이곳 사람들은 다 괜찮아. 마흐무트 우스타에 대해서는 별말들을 하지 않아."

"내 말 잘 들어. 지금 그곳에서 정치적인 다툼을 핑계로 누군가 당신을 칼로 찌르면, 술 취했다는 핑계로 아무도 모르게 당신을 총으로 쏘면 어쩔 건데?"

"그럼 죽게 되겠지."

나는 웃으며 말했다.

"그렇게 되면 쉬흐랍이, 회사가, 통째로 빨강 머리 여자와 그 아들의 차지가 될 거야. 그리고 그런 이유로 그 사람들은 주저하지 않고 사람을 죽일 거야."

"유산 때문에 누가 나를 죽인다는 거야, 오늘 저녁? 내가 여기 오는 것은 아무도 몰랐어, 나조차."

"그 젊은이 옆에 있어?"

"아니라고 했잖아!"

"제발 애원할게. 일단 그 사람이 찾지 못할 만한 곳에 당장 몸을 숨겨."

나는 아내가 시키는 대로 했다. 길 건너편에 있는 가게의 어두운 입구 쪽으로 갔다.

"내 말을 들어 봐. 오이디푸스와 그의 아버지, 뤼스템과 쉬흐랍에 대한 우리 생각이 맞다면…… 게다가 그 젊은이가 당신 아들이라면 그 아이가 당신을 죽일 거야! 그 아이는 반항적인 서구 개인주의의 교과서적인 사례이지."

나는 미소를 지으며 말했다. "걱정하지 마. 그가 무언가를 시도한다면 나도 뤼스템처럼 아시아의 권위적인 아버지가 되어 이 무례한 자식보다 앞서 그를 죽일 거야."

아이쉐는 술에 취한 남편의 말을 진지하게 받아들이며 말했다. "물론 그런 짓은 절대 하지 마. 그 자리에서 절대 움직이지 마. 내가 지금 자동차를 타고 곧 갈 테니까."

어둠 속에서 숨 막힐 듯한 왼괴렌의 밤, 고대의 책들, 전설들, 그림들, 옛 문명의 빛이 얼마나 멀게 느껴지던지 나는 아내의 불안을 이해할 수 없었다. 하지만 한동안 그 자리에서 꿈쩍하지 않았고, 그러면서 나의 안내자인 세르하트로부터 아무런 소식이 없어 걱정이 되기 시작했다. 세르하트가 정말로 내 아들일 가능성이 있을까? 정적이 이어졌고, 나는 나를 이곳에 두고 잊어버린 젊은이에게 점점 화가 났다.

"젬 씨, 젬 씨."

드디어 벽의 반대편에서 나를 부르는 소리가 들려왔다.

나는 갑자기 긴장하며 아무 대답도 하지 않았다. 젊은이는 계속해서 나를 불렀다.

머지않아 젊은이가 사라졌던 곳에, 벽 저 멀리 반대편 끝에 모습을 드러냈다. 그는 서서히 내 쪽으로 다가오기 시작했다. 그렇다, 그는 나와 키가 같았고, 손과 팔을 흔들며 걷는 모습에는 나의 아버지를 연상시키는 무엇인가가 있었다. 그것이 나를 두렵게 했다.

나를 두고 간 곳에 도착하자 그가 두 번 더 나를 소리쳐 불렀다. "젬 씨!"

가까이서 다시 한번 그를 보고 싶었다. 내가 서 있는 곳에서는 그의 얼굴이 보이지 않았다. 많은 세월이 흐른 후 내 자식이라고 하는 어떤 젊은이가 두려워 몸을 숨기는 행동에는 어떤 꿈 같은 면이 있었다. 결국 나는 호주머니에 있는 권총을 믿고 밖으로 나가 그에게 갔다.

"어디에 계셨어요? 안으로 들어가려면 날 따라오세요."

그는 돌아서서 벽을 따라 걷기 시작했다. 길은 이제 꽤 어두워졌다. 젊은이가 나를 죽이기 위해 한적하고 어두운 곳으로 데리고 가는 것이라는 생각이 들었다. 그의 얼굴을 가까이

서 한 번 더 보았더라면 얼마나 좋았을까! 그의 발자국 소리를 따라 어둠 속을 향해 걸었다.

벽이 낮은 지점에 다다르자 세르하트가 순식간에 고양이처럼 펄쩍 뛰어 사라졌다. 잠시 후 나는 어둠 속에서 따스하고 촉촉한 손을 잡고(순간 내 아들의 손일 수도 있을까 생각했다.) 벽의 다른 편으로 건너갔다. 그렇다, 이곳은 우리의 그 평지였다. 텅 빈 공장의 경비견이 쇠사슬에 묶인 채 날뛰며 미친 듯이 짖어 댔다.

쇠사슬이 끊기면 권총으로 쏠 작정이었기 때문에 개를 신경 쓰지 않고 공장 건물들 사이를 걸었다. 하이리 씨와 새 축구화를 신었던 그의 아들은 우물에서 물이 나오자 염색과 세탁 작업장을 처음에 계획했던 것보다 더 크게 지었다. 간간이 보이는 몇몇 날림 건물들은 최근 십 년 동안 섬유 산업이 중국, 방글라데시, 그리고 극동 지역으로 옮겨 가기 전에 지었을 것이다. 대리석 계단이 있는 사무실처럼 이곳은 지금 방치되고 쓸모없는 오래된 재료들, 빈 상자들, 먼지 끼고 녹이 슨 것들을 보관하는 창고로 사용했다. 어떤 창고들은 폐허나 다름없는 상태였다.

우리의 우물은 하이리 씨가 방문할 때마다 어느 날엔가는 지을 거라고 했던 직원 식당 안에 있었다. 창들이 깨진 건물은 창고로조차 사용되지 않는 모양이었다. 벽의 다른 쪽에 있는 네온 전등의 희미한 불빛 아래에서 나의 안내자를 따라갔다. 거미줄, 녹슨 철판, 헐거워진 파이프, 형체를 알 수 없는 가구를 지나 우리 우물의 콘크리트 입구에 도착했다.

나의 안내자는 말했다. "이 자물쇠는 고장이 났습니다." 그러면서 몸을 굽혀 우물 뚜껑에 매달린 자물쇠를 잡고 만지작거렸다.

"당신은 여기를 아주 잘 아는 것처럼 보이는군요."

"엔베르 씨가 나를 자주 데리고 왔거든요."

"왜죠?"

"모르겠습니다."

그는 여전히 자물쇠를 만지작거리고 있었다.

"당신은 왜 오고 싶어 하셨나요?"

"난 마흐무트 우스타와 함께 일했던 것을 한 번도 잊은 적이 없어요."

"그분도 잊은 적이 없으셨죠, 믿으셔도 됩니다."

이 말은 내가 마흐무트 우스타를 불구로 만들었다는 암시였을까?

나의 젊은 안내자가 자물쇠를 더 덥적거리다 힘을 쓰려고 자리에서 일어섰을 때 불빛이 그의 얼굴을 비추었다. 나는 혹시 내 아들일까 하는 마음에 그의 얼굴을 자세히 바라보았다. 내 마음속에는 갈증으로 목말라하는, 피어날 준비를 마친 사랑이 있었다.

하지만 나는 실망을 맛보았다. 그렇다, 어쩌면 이 젊은이의 얼굴선과 표정은 키와 덩치처럼 나를 닮았다. 하지만 그의 성격, 옛날 사람들이 성품이라고 했던 것이 마음에 들지 않았다. 아이쉐가 틀렸다. 그는 내 아들일 수가 없었다.

영리한 나의 안내자도 어떤 이유로 내가 그를 좋아하지 않는다는 것을 즉시 알아챘다. 잠시 침묵이 흘렀다. 지금 그는 적의에 가득 찬 시선으로 나를 바라보고 있었다.

"내가 한번 보죠, 그 자물쇠를." 하면서 나는 무릎을 꿇고 희미한 어둠 속에서 자물쇠를 강제로 열려고 애를 썼다.

43

자물쇠를 열기 위해 무릎을 꿇는 행위는 나의 양심을 자극하는 죄책감을 덜어 주었다. 내가 이곳에 왜 왔던가? 그러다 자물쇠가 탁 열렸다.

나는 자리에서 일어나 고리에서 풀려나온 자물쇠를 젊은이에게 건넸다.

"뚜껑을 열어 보지요."

나는 집에 있는 비잔틴 시기 우물을 독일 관광객들에게 보여 주는 촌부와 이야기하듯 말했다. 나의 안내자에게 실망한 만큼이나 그의 거만한 모습에 감명을 받았다.

무척이나 애를 썼지만 철로 된 녹슨 뚜껑을 열지 못했다. 그가 낑낑대는 모습을 잠시 더 바라보다가 참다못해 나도 가

세했다. 둘이 함께 잡아당기자 우물 뚜껑이 비잔틴 시기 유물인 1000년 된 감옥의 문처럼 삐걱하며 열렸다.

멀리 있는 네온등의 희미한 불빛 아래 거미줄을 보았다. 다급하게 도망치는 반짝거리는 도마뱀의 모습이 눈에 들어왔다. 강한 곰팡이 냄새가 코를 찌르자 내 기억의 심연에서 '지저여행'이라는 단어가 떠올라 왔다.

우물 바닥은 얼마나 멀던지 보이지도 않았다. 하지만 곧 눈이 어둠에 익숙해졌다. 바닥에서 고인 물 혹은 진흙 무더기에 반사된 빛을 볼 수 있었다. 얼마나 먼지 움찔하며 뒤로 물러났다.

세르하트와 함께 우물 바닥을 조용히 경건한 마음으로 바라보았다. 우물 바닥의 심연은 두려움을 안겨 주는 데 그치지 않고, 이것을 삽과 괭이로 판 사람에게 경탄해 마지않는 마음을 가지게 만들었다. 삼십 년 전 아래에서 나를 꾸중하던 마흐무트 우스타의 환영이 눈앞에 어른거렸다.

나의 젊은 안내자는 말했다. "머리가 어지럽네요, 안으로 떨어질 수도 있겠어요. 너무 깊어서 사람을 끌어당기는 것 같아요."

나는 문득 친근감을 느껴 젊은이에게 마치 어떤 비밀을 속삭이듯 말했다.

"왜 그런지 모르겠지만 신이 떠오르네요. 마흐무트 우스타는 하루에 다섯 번 기도를 올리는 사람은 아니었지요. 하지만 나는 삼십 년 전 우물을 파 내려갈수록 아래로 향하는 것이 아니라 하늘로, 별들의 곁으로, 신과 천사들의 나라로 올라간다는 생각이 들었답니다."

건방진 세르하트가 말했다. "신은 어디에나 있습니다. 위뿐만 아니라 아래, 북쪽, 남쪽에도 있지요. 어디에나요."

"그래, 그렇지요."

"그렇다면 왜 '그'를 믿지 않나요?"

"누구를?"

"숭고한 신, 모든 것을 창조한 신을요."

"왜 내가 신을 믿지 않는다고 생각하지요?"

"그렇게 보이는데요."

우리는 말없이 서로를 바라보았다. 내 앞에 있는 젊은이의 분노에서 그가 정말로 나의 아들일 수도 있겠구나 하고 느꼈다. 내 아들이 강퍅하고 개성 있는 사람이라는 것이 기뻤다. 그렇지만 우물 앞이었기 때문에 그의 분노가 나를 향하고 있다는 것이 두려웠다.

"유럽 스타일의 터키 부자들은 세속주의에 대해 '신과 나의 관계가 너랑 무슨 상관이야.'라는 핑계를 대며 자신들을 방어하지요. 하지만 그들은 신에게 아무런 관심도 없고, 사실 세속주의를, 온갖 나쁜 짓을 현대성으로 포장해 마음에 위안을 얻으려는 것뿐이지요."

"왜 현대성을 문제 삼는 거요?"

그는 침착한 모습으로 말했다. "나는 누구와도, 무엇과도 문제가 없습니다! 나는 내 자신을 적의 생각, 우익주의자, 좌익주의자, 현대주의자 같은 상반되는 것들로 표현하지 않고 내 자신이 되고 싶었기 때문에 사람들과 섞이지 않고 시를 씁니다. 조금 전에 누군가 초인종을 눌렀어요, 난 시를 쓰고 있어서 문을 열지 않았고요."

나는 그가 무슨 말을 하는지 정확하게 이해하지 못했다. 하지만 책에서나 나올 법한 논쟁이 젊은이의 분노를 삭여 줄 것이라고 생각했다.

"당신 생각에 현대성은 나쁜 것인가요?"

나는 술에 취한 순진함으로 그에게 물었다.

"현대인은 도시의 숲에서 길을 잃은 사람입니다. 어떤 면에서 아버지가 없다는 의미지요. 하지만 아버지를 찾는 것도 사실은 쓸데없습니다. 현대적인 감각을 지닌 개인이라면 도시의 군중 속에서 아버지를 찾지 못할 겁니다. 찾는다면 이번에는 개인이 되지 못하는 거지요. 프랑스의 현대성의 선구자 장 자크 루소는 이것을 아주 잘 알았기 때문에 네 명의 자녀가 현대적이었으면 하는 바람에서 일부러 그들을 떠났고, 아버지 노릇을 하지 않았습니다. 루소는 자녀들을 궁금해하지 않왔고, 한 번도 찾지 않았지요. 당신도 내가 현대적인 사람이 되었으면 해서 떠났나요? 그렇다면 당신이 옳았네요."

"뭐라고요?"

"내 편지에 왜 답장하지 않았지?"

그는 내게 다가오면서 이렇게 물었다.

"무슨 편지?"

"내가 무슨 말을 하는지 아주 잘 알잖아."

"미안하지만 라크 때문에 기억이 안 나네요. 그쪽이 잘 기억하고 있는 것 같으니 말해요. 그리고 식사 자리로 돌아갑시다."

"당신 아들이라고 서명을 해서 보낸 편지에 왜 답장을 하지 않았지? 그 밑에 이메일 주소도 썼는데."

"무슨 편지에 사인을 했다는 건가요?"

"가식적으로 존댓말을 사용할 필요 없어. 당신는 내가 누구인지 벌써 알고 있으니까."

"이해할 수 없네요, 세르하트 씨."

"내 이름은 세르하트 따위가 아냐. 난 당신 아들인 엔베르라고."

우리는 한동안 아무 말도 하지 않았다. 공장 입구에 있는 개도 어찌 된 영문인지 짖지 않았다. 깊은 정적에 휩싸였고, 그것은 오래전에 아버지가 우리를 떠난 후 시간이 흘러 어떻게 그의 얼굴마저 잊어버렸는지를 떠올리게 했다. 그것은 방에 있는데 전기가 나가거나 순간적으로 장님이 되는 것과 비슷한 느낌이었다.

내가 그의 얼굴을 바라볼 때 엔베르는 나의 얼굴을 쳐다보면서 내가 무슨 생각을 하는지 읽으려고 했다. 내 마음속에 환멸이 서서히 자라나고 있었다. 터키 영화에서처럼 "아들아!" 하며 그를 안지 못하리라는 것은 이미 알고 있었다.

결국 나는 말했다. "그러니까 진짜 가식적인 사람은 너로구나. 내 아들 엔베르가 세르하트 행세를 할 필요가 뭐지!"

"내가 아버지를 마음에 들어 할까, 피가 통할까 보려고. 부성은 나한테 중요한 것이니까."

"너에게 있어 아버지가 뭔데?"

"어머니의 배 속에 잉태된 후 아들의 인생을 끝까지 보호하고 지켜 주는 강하고 정 있는 사람이야, 아버지란. 그는 세상의 시작이고 중심이지. 아버지가 있다고 믿으면 그를 보지 못해도 기분이 좋고, 그가 거기에 있다는 것을, 사랑하고 보호해 줄 준비가 되었다는 것을 알지. 나는 그런 아버지가 없었어."

"안타깝지만 나도 그런 아버지가 없었어." 나는 냉정하게 말했다. "하지만 있었더라면 그는 내가 그에게 복종하기를 기대하고, 그의 힘과 다정함으로 나의 개성을 짓밟았겠지!"

아버지가 이전에 이 문제를 생각했다는 것을 알고 엔베르는 눈을 크게 떴다. 내 말을 존중하며 관심을 기울여 듣는 것을 보니 기뻤다.

"내가 아버지에게 복종했더라면 행복했을까?" 나는 계속해서 소리 내어 중얼거렸다. "어쩌면 좋은 아들이 되었을지도 모르지, 그렇지만 진정한 나는 될 수 없었을 거야."

그가 나의 생각을 거칠게 잘랐다.

"그 개인주의에 대한 지나친 관심과 안달복달 때문에 유럽을 선망하는 우리 부자들은 개인은 고사하고 자기 자신조차 되지 못했다고. 유럽 스타일의 터키 부자들은 신을 믿지 않아, 왜냐하면 자신들이 무엇이나 되는 것처럼 생각하니까. 그들에게 개성은 아주 중요한 문제지. 대부분이 오로지 다른 사람과 같지 않다는 것을 증명하기 위해 신을 믿지 않는 쪽을 선택해. 심지어 신을 믿는다는 말조차 하지 않지. 하지만 믿음은 다른 모든 사람처럼 되는 거야. 종교는 겸손한 사람들의 천국이며 위로라고."

"동감이야."

"그러니까 본인은 신을 믿는다고 말하는 거군. 그건 서구화된 터키 부자에게 어려운 일이지."

"그래."

"정말로 『코란』을 읽고 신을 믿는다면 왜 마흐무트 우스타를 이 바닥이 보이지 않는 우물에 방치했지? 어떻게 방치할 수 있지? 믿는 사람들은 양심이 있는데."

"그걸 아주 많이 생각했어. 당시에 난 어렸어."

"무슨 말씀. 그 나이 때 여자랑 자고 임신을 시켰잖아."

나는 이 서슬 퍼런 응수에 놀라 중얼거렸다. "넌 모든 것을 아는구나."

"그래, 마흐무트 우스타가 내게 모든 것을 설명해 줬어." 엔베르는 적의에 가득 차 말했다. "당신이 거만해서, 당신이 그보다 더 특별한 사람이라고 생각해서 그를 우물 바닥에 방치한 거야. 당신 학교, 대학교, 인생이 그 가난한 사람의 인생보다 훨씬 더 중요했지."

"누구나 다 그렇게 생각해."

"어떤 사람들에게는 그렇게 않아!"

"네가 옳아."

나는 우물 입구에서 물러나며 말했다.

긴 침묵이 흘렀다. 개가 다시 짖기 시작했다.

아들이 물었다. "두려운가?"

"뭐가?"

"우물로 떨어질까 봐?"

"모르겠다. 식사 자리에 있는 사람들이 궁금해할 거야. 이제 돌아가자……. 이 무례한 행동은 나의 아들에게서 기대했던 것이 아니니다……."

"당신과 어떤 식으로 말을 해야 하나요, 사랑하는 아버지?" 그는 조롱하는 듯한 투로 말했다. "내가 순종적인 아들이면 유럽적인 개인이 될 수 없지요. 유럽적인 개인이면 이번에는 순종적인 아들이 될 수 없고요. 날 좀 도와주시지요."

"나의 아들이라면 성숙한 개인일 뿐만 아니라 아버지에게 자발적으로 순종했을 거야. 우리 인성의 힘은 오로지 우리의 자유가 아니라 역사, 그리고 기억에서도 유래하지. 나에게 이 우물은 실제 역사이자 실제 기억이야. 나를 여기까지 데리고 와 줘서 고맙구나, 엔베르. 이제 이 대화는 이걸로 끝내자."

"왜 돌아가고 싶어 하지? 두려운가?"

"두려워할 게 뭐 있다고!"

그는 내 눈을 들여다보며 말했다. "당신은 실수로 우물에 떨어지는 걸 걱정하는 게 아니야. 내가 당신을 붙잡아 아래로 던져 버릴까 싶어 두려워하고 있지."

나도 그의 눈을 쳐다보았다. 나는 말했다. "네 아버지에게 무엇 때문에 그런 짓을 하는데?"

그는 이유를 열거하기 시작했다.

"마흐무트 우스타의 복수를 위해. 나를 떠났기 때문에. 결혼한 내 엄마를 꼬드겼기 때문에. 아주 많은 세월이 흐른 뒤 아들의 편지에 답장조차 하지 않았기 때문에……. 당신이 원하는 것 같은 서구화된 사람이 되기 위해. 아, 그리고 물론 당신 재산을 물려받기 위해……."

그 목록이 길어 나는 두려웠다. 나는 그를, 나의 아들을 설득해 보려고 했다. 그를 조심스럽고 다정하게 타일렀다.

"그러면 너는 법정에 서야 하고, 감방에서 썩게 될 거야. 감옥에서 다음날 면회하러 올 어머니를 기다리며 남은 생을 보내게 되겠지. 부친 살해나 반정부 시위는 우리나라가 아니라 서구에서나 명예로운 일이지. 여기서는 네 어머니 말고 아무도 널 사랑하지 않아. 게다가 국가는 아버지를 죽인 아들을 유산 상속 대상에서 제외시키지."

나의 아들은 말했다. "누구도 이런 것들을 결과를 생각하며 행하지 않아. 결과를 생각한다면 자유로운 사람이 될 수 없어. 자유는 역사와 도덕을 잊는 거야. 니체를 읽어 보았나?"

나는 말을 하지 않기로 결심했다.

"어쨌든 지금 당장 당신 팔을 잡아 우물에 던지면…… 그런 다음 내 아버지가 사고로 떨어졌다고 하면 누구도 내 잘못을 증명하지 못한다고."

"네 말이 옳아."

나의 아들은 골똘히 생각하며 말했다. "당신한테 화가 났을 때는 당신을 장님으로 만들어 버리고 싶은 생각이 들어. 아버지라는 사람에게서 가장 견딜 수 없는 것은 그들이 항상 당신을 본다는 것이지."

"아버지의 관심은 소중한 무언가일 텐데."

"진짜 아버지라면 그렇겠지! 진짜 아버지는 공정해야 해. 당신은 진짜 아버지도 아냐. 진심으로 당신 눈을 멀게 하고 싶은 마음이 들어."

"왜 그러는데?"

"난 시인이야, 나의 일은 단어들을 가지고 노는 거지. 하지만 진짜 생각은 단어들로 표현할 수 없다는 것을, 오로지 그림으로만 가능하다는 것을 알아. 내 생각의 본질을 단어들로는 표현할 수 없지만 하나의 그림으로는 형상화할 수 있지. 지금 당신을 장님으로 만들면, 그때서야 내가 당신이 원한 것 같은 독립된 개인이 될 거야. 왜 그런지 알아? 왜냐하면 그래야만 마침내 내 자신이 된다는 의미고, 내 이야기를 쓰고 나의 전설을 말할 수 있으니까."

나를 향한 그의 적대적인 분위기와 건방진 태도가 내 마음에 상처를 주었다. 그를 껴안고 진짜 아버지처럼 그에게 입맞춤을 해야만 했다. 하지만 나는 실망과 회한에 사로잡혀 해서는 안 될 말을 하고 말았다.

"너도 진짜 아들이 아냐. 지나치게 분노하고, 지나치게 순종적이야."

"순종적이라고? 증명해 봐!"

그의 신경질적인 몸짓에 나는 움찔하며 한 걸음 뒤로 물러났다. 그가 더 가까이 다가왔다.

이때 나는 또 다른 실수를 했다. 재킷 호주머니에서 크록칼레 권총을 꺼내 농담 반 진담 반 안전장치를 풀어 보였다.

"아들아, 거기 멈춰 서라. 내가 이걸 사용할 수밖에 없는 상황을 만들지 마. 봐, 쏠지도 몰라."

"당신은 그걸 어떻게 사용하는지도 모르잖아."

그는 이렇게 말하고 크륵칼레 권총에 달려들었다.

우리는 희미한 어둠 속에서 우물 옆 곰팡이 냄새 나는 땅에 넘어졌고, 아버지와 아들은 몸싸움을 벌였다. 우리는 몇 차례 엎치락뒤치락했다. 그가 내 몸 위에 올라타서는 권총을 빼앗으려고 내 손을 우물 벽면에 치기 시작했다.

3부

빨강 머리 여인

삼십 년에서 삼십오 년 전, 그러니까 1980년대 초반에 공연을 올렸던 작은 지방 도시에서 어느 날 저녁 우리 극단 단원들 몇 명과 그 지역 정치 활동가 그룹이 술을 마시며 식사를 하고 있을 때, 긴 테이블의 다른쪽 끝에 나처럼 빨강 머리를 한 여자가 나타났습니다. 모든 사람들이 같은 테이블에 두 명의 빨강 머리 여자가 앉아 있다는 이 기막힌 우연에 대해 말하기 시작했지요. 빨강 머리 여자가 한자리에 있을 확률이 얼마나 되는지, 행운을 가져다줄지, 이것이 무슨 신호인지에 관하여 서로 질문들을 주고받던 차에 테이블의 저쪽 끝에 앉은 빨강 머리 여자가 말했답니다.

"내 머리카락은 타고난 빨강이에요."

머리카락이 빨간색이어서 미안하다는 사과와 함께 자랑스러워하는 의미도 포함된 것 같았습니다.

"봐요, 자연산 빨강 머리를 한 사람들이 다 그렇듯이 얼굴과 팔에 주근깨들이 있어요. 피부는 하얗고, 눈동자는 초록색이에요."

모든 사람들이 내가 어떻게 대답할지 궁금했는지 나를 쳐다보았습니다.

"당신 머리카락이 태어날 때부터 빨간색이라면 나는 내 결정이었어요."

나는 이렇게 항상 즉각적으로 응수를 하는 사람은 아닌데 이 문제는 예전부터 많이 생각해 왔지요.

"당신에게는 신이 주신 태생적인 운명이었던 것이 내게는 의도적인 선택이었답니다."

술자리에 있던 사람들이 나를 건방지다고 생각할 것 같아 이 문제를 더 이상 거론하지 않았습니다. 벌써부터 조롱하는 듯한 웃음소리들이 들려오기 시작했죠. 하지만 내가 대답하지 않았더라면 "그래요, 내 머리는 염색이에요." 하고 말하는 셈이고, 나의 침묵은 의기소침으로 받아들여졌겠죠. 나의 성격에 관하여 오해할 수도 있고, 내가 남들처럼 단순한 동경으로 흉내나 내는 사기꾼이라고 생각했을 겁니다.

나처럼 후천적으로 빨강 머리를 선택한 사람들에게 머리

색깔은 자아를 선택한다는 의미입니다. 나는 일단 한번 머리를 빨간색으로 염색한 후에는 남은 삶 동안 내 선택에 충실하기 위해 노력했습니다.

이십 대 중반에 나는 아직 옛날이야기와 전설들에서 교훈들을 끄집어내는 연극배우가 아니라 현대적인 오르타오유누[31] 배우이자 분노에 찬 행복한 좌익주의자였습니다. 그즈음 삼 년 동안 비밀스러운 관계를 유지했던, 나보다 열 살이 많은 잘생긴 혁명가 애인이 나를 떠났습니다. 우리가 함께 흥분하며 책을 읽을 때 얼마나 낭만적이고 행복했던지! 나는 그에게 화가 났지만 사실 그의 결정이 옳았다고 생각했습니다. 우리의 비밀스러운 사랑이 들통났고, 우리 조직에서 우리를 아는 모든 사람들이 우리의 사랑에 간섭하기 시작했으니까요. 우리 관계가 질투의 원인이 되고, 그 끝이 모두에게 좋지 않을 거라는 말들이 돌던 중에 1980년 또 한 번의 군사 쿠데타가 일어났습니다. 일부는 지하에 숨었고, 일부는 배를 타고 그리스로 가 그곳에서 독일로 도망쳐 정치적 유배를 떠났습니다. 어떤 사람들은 붙들려 가 고문을 당했답니다. 나보다 열 살 많은 나의 연인 아큰은 그해 집으로, 아내 곁으로, 아이한테로, 약국으로 돌아갔습니다. 나에게 늘 눈독을 들여 왔고, 항상 내 애인

31 관중들로 빙 둘러싸인 공간에서 어떤 사건에 대해 공연하는 옛 연극. 즉흥극의 일종이다.

을 비난해 나를 화나게 만들던 투르한이 나의 고통을 이해하고 나에게 아주 잘 대해 주었습니다. 이렇게 해서 '혁명가 나라'를 위해서도 좋을 거라고 생각해 그와 결혼했습니다.

하지만 남편은 내가 다른 남자를 사랑했다는 사실을 극복하지 못했습니다. 내 과거 때문에 자신이 젊은 조직원들 사이에서 권위가 서지 않는다고 생각했지요. 그렇다고 '나의 경박함'을 내세워 나를 비난하지는 않았습니다. 또한 그는 나의 유부남 연인이었던 아큰처럼 빨리 사랑에 빠지고 빨리 잊어버리는 스타일은 아니었습니다. 그래서 아무 일도 없었던 것처럼 살아갔지만 힘들었습니다. 악의 없는 말에도 그는 뜬금없이 사람들이 은근히 자신을 비웃고 비꼰다고 상상하기 시작했지요. 얼마 지나지 않아 '혁명가 나라' 동료들이 적극적으로 행동하지 않는다고 비난하며 무장 투쟁을 조직하기 위해 말라트야로 갔습니다. 그런데 그가 불러 모은 사람들이 어떻게 이 분열주의자를 고발했고, 어떻게 남편이 시냇가에서 헌병한테 포위당해 사살되었는지는 설명하지 않겠습니다.

이렇게 짧은 기간 안에 나의 삶에서 맞닥뜨린 두 번째 상실은 나를 정치와 더욱더 멀어지게 했습니다. 주지사로 은퇴한 아버지와 어머니 곁으로 돌아갈까 생각했지만 결정을 내리지 못하고 있었지요. 집에 돌아가는 것은 나의 패배이자 연극과의 결별을 의미하기 때문입니다. 나를 받아 줄 극단을 찾기는 더 힘들어질 거였습니다. 이제 정치를 위해서가 아니라 연극 그 자체를 위해 연극을 하고 싶었습니다.

그래서 조직에 남았고, 마치 오스만 제국 시절에 페르시아와 전쟁을 하러 갔다가 돌아오지 못한 기병들의 부인들처럼 결국 남편의 남동생과 결혼했답니다. 사실 투르가이와 결혼한 것은 내 생각이었고, 또 나는 민중 유랑 극단을 꾸리라며 그를 설득했습니다. 처음에 우리의 결혼 생활은 예상외로 행복했습니다. 두 명의 남자를 잃고 난 후 투르가이의 아이 같은 젊음은 그가 오래도록 곁에 있을 거라는 일종의 보증서 같았습니다. 겨울에는 이스탄불이나 앙카라 같은 대도시에서 지내며 연극 무대라고 할 수 없는 회의실에서 공연을 했고, 여름에는 친구들이 초대하는 마을, 휴양 도시, 군대 주둔지, 새로 생긴 제조소와 공장 지대 근처로 가 천막을 세우기 시작했습니다. 테이블에서 또 다른 빨강 머리 여자와 우연히 동석한 것은 우리가 이렇게 산 지 삼 년째 되는 해였습니다. 나는 이 일이 있기 일 년 전에 빨간색으로 머리를 염색했지요.

사실 길게 생각해서 내린 결정은 아니었습니다. 어느 날 바크르쾨이에 있는 중년의 마을 미용사에게 말했죠. "머리 색깔을 완전히 바꿀 거예요." 하지만 그때까지 생각해 둔 머리 색깔은 없었습니다.

"갈색 피부이니 노랑머리가 어울리겠어요."

"빨강으로 염색해 줘요. 그러면 좋을 것 같아."

나는 순간적인 충동으로 이렇게 말했답니다.

소방차와 오렌지 사이 어디쯤 되는 빨강색으로 염색을 했습니다. 눈에 돋보이고, 매력적이었지요. 그런데 투르가이를 비롯하여 주위 사람들 중 누구도 반대하는 목소리를 내지 않았습니다. 어쩌면 내가 연기할 작품을 준비하는 차원에서 그랬다고 생각할 수도 있었겠지요. 내가 빨강 머리를 한 이유를 연달아 불운한 사랑을 헤치고 나온 데서 찾는 사람들도 있었습니다. 그 시절 사람들은 '뭘 해도 용서가 돼.'라는 식의 관용을 나에게 보여 주었답니다.

그들의 반응으로 내가 한 행동이 어떤 의미인지 알게 되었습니다. 진짜와 모방은 터키인들이 아주 좋아하는 주제지요. 술자리에 있던 다른 빨강 머리 여자의 거만한 이의 제기를 들은 후, 나는 미장원에 염색을 맡기는 것을 그만두고 시장에서 내가 무게를 재고 산 헤나로 직접 머리를 염색하기 시작했습니다. 태생적으로 빨강 머리카락을 지닌 여자와 만난 이후에 내가 취한 행동은 이것이었습니다.

무대 위에서 나는 고등학교와 대학교에 다닐 시기의 감성적이고 진정 어린 젊은이들, 외로움을 느끼는 군인들에게 커다란 관심을 기울이고, 그들의 꿈과 동경을 향해 진심을 다해 내 자신을 열어 보였습니다. 그들은 색깔의 톤, 가짜와 진짜,

진실된 감정과 입찬소리를 성인 남자들보다 더 빨리 알아챕니다. 내 머리를 내 손으로 혼합한 헤나로 염색하지 않았더라면 어쩌면 젬의 눈이 나를 알아보지 못했을 겁니다.

그가 나를 알아보았기 때문에 나도 그를 알아보았습니다. 그가 자기 아버지를 아주 많이 닮았기 때문에 그를 바라보는 것이 좋았습니다. 나중에는 그가 나에게 매료되었다는 것을 알았고, 우리가 머물던 집의 창문을 바라보는 것도 보았습니다. 부끄러움을 많이 타는 그 아이의 모습에 내가 영향을 받았을 수도 있겠지요. 부끄러움을 모르는 남자는 나를 두렵게 하고, 이런 남자들은 우리나라 도처에 아주 많습니다. 부끄러움을 모르는 것은 전염성이 있어 때로 이 나라에서 숨이 막힐 것만 같습니다. 그들은 당신들도 뻔뻔해지기를 원하지요. 젬은 점잖고 부끄러움을 많이 탔습니다. 그가 누구인지는 연극을 관람하러 극장에 왔던 날 역 광장을 함께 걸으면서 해 준 이야기를 듣고 알게 되었습니다.

나는 놀랐지요. 하지만 어쩌면 머리 한편으로는 그가 누구인지 이미 알고 있었는지도 모릅니다. 우리가 삶에서 우연이라고 그냥 지나쳐 버린 것들이 사실은 어떤 의미가 있다는 것을 연극에서 배웠습니다. 내 아들뿐만 아니라 아들의 아버지가 작가가 되고 싶어 한 것은 단순한 우연이 아닙니다. 삼십 년이 지나 이곳 윈괴렌에서 내 아들의 아버지와 만난 것은 우연이 아닙니다. 내 아들이 자기 아버지처럼 아버지의 부재로 고통을 겪은 것도 우연이 아닙니다. 연극 무대에서 오랜 세월 동안 우는 연기를 한 후 내가 실제 삶에서 진심으로 우는 여자가 된 것은 우연이 아닙니다.

1980년 군사 쿠데타 이후 우리 민중 극단도 태도를 바꾸었습니다. 곤경에 처하지 않기 위해 좌파적인 성향을 어느 정도 완화시켰지요. 더 많은 사람들을 우리 천막으로 이끌기 위해 마스나비, 옛 신비주의 이야기, 동화의 짧은 독백들과 『휘스레브와 쉬린』, 『케렘과 아슬르』 같은 친숙한 이야기의 감동적인 장면과 대화들을 가져왔습니다. 하지만 가장 큰 성공을 거둔 것은 예쉴참에서 멜로드라마를 쓰는 시나리오 작가인 옛 친구가 "항상 사랑받고, 먹히지."라며 추천해 뤼스템과 쉬흐랍 이야기를 각색한 눈물 흘리는 여인의 독백이었습니다.

텔레비전에 나오는 광고들을 흉내 내고 조롱하는 무대가 끝난 후 나는 벨리 댄스를 추었습니다. 뻔뻔한 남자들은 나의 짧은 치마와 긴 다리에 감탄하며 용기를 내어 부도덕한 말들을 내뱉고, 때로는 그 즉시 나와 사랑에 빠지거나 성적인 환상에 휩싸였지요. 하지만 무대에서 내가 쉬흐랍의 어머니 타흐미네가 되어 남편이 아들을 죽이는 장면을 보고 비명을 지를 때면 모두가, 심지어 "벗어, 벗어." 하며 고함치던 가장 파렴치한 사람들조차 두려움을 자아내는 깊은 정적에 빠져들었습니다.

나는 처음에 가느다랗게 흐느끼다가 나중에는 목을 놓아 울었습니다. 울 때 나는 관객들에게 미친 나의 힘을 느끼고 내 평생을 연기에 바치는 것에 행복해하곤 했습니다. 무대에서 옆이 터진 빨간색 긴 옷을 입고, 옛 스타일 장신구를 달고, 허리에는 두꺼운 군 탄띠를, 손목에는 고풍스러운 팔찌를 찬 채 고통스러운 어머니의 마음으로 울고 있을 때 의자에 앉아 있는 남자들의 마음이 떨리고, 눈이 촉촉해지고, 죄책감에 사로잡히는 것을 보았답니다. 몸싸움이 시작될 때부터 아들을 편드는 것을 보고 시골에 사는 젊고 분노에 찬 관객들 대부분이 힘세고 위압적인 뤼스템이 아니라 아들 쉬흐랍에게 감정 이입을 한다는 것을 알았습니다. 사실은 자신들의 죽음에 눈물을 흘리는 것이었습니다. 하지만 그들이 울려면 먼저 빨강 머리를 한 어머니가 무대에서 주체할 수 없는 비탄을 쏟아 내야 했습니다.

이 모든 극심한 고통의 감정에 시달리면서도 나의 많은 팬들은 나의 입술, 목, 가슴, 다리, 그리고 물론 빨강 머리에 눈길이 멈추었고, 철학적인 고통과 성적인 욕구가 옛이야기에서처럼 서로 어우러져 뒤섞였습니다. 내가 목을 조아리는 것으로, 나의 몸이 내디딘 모든 발걸음과 눈길로 관객들의 정신과 마음뿐만 아니라 젊디젊은 관능을 사로잡는 데 성공한 것을 목격한 멋진 순간들이 있었습니다. 하지만 그다지 많이 경험하지는 못했습니다. 이따금 그들 중 하나가 큰 소리로 울었고, 그 흐느낌은 다른 사람에게 전염되었습니다. 그러다 누군가 박수를 치기 시작하면 내 말들은 묻혀 버렸고, 그들 사이에 싸움이 벌어지기도 했지요. 몇 번인가 천막에 있던 관객들이 모두 광란에 휩싸인 것을 보았습니다. 엉엉 우는 사람들과 은밀히 우는 사람들, 박수를 치는 사람들과 욕을 퍼붓고 자리에서 일어나 고함을 치는 사람들과 조용히 앉아 관람하는 사람들이 서로 으르렁거리며 싸웠습니다. 나는 이러한 흥분과 열광을 대부분 좋아하고 열망했지만 관객들이 행사하는 폭력은 두려웠습니다.

우리는 타흐미네가 우는 장면과 균형을 이룰 다른 무대를 모색하기 시작했습니다. 예언자 아브라함이 신에 대한 복종을 증명하기 위해 아들의 목을 자를 때 나는 멀리서 조용히 우는 역할뿐만 아니라 손에 장난감 양을 들고 온 천사 역할을 하기도 했습니다. 하지만 이 이야기에는 여자의 역할이 없어 나는 관객들에게 큰 감명을 주지 못했답니다. 그래서 나의 독백을 위해 오이디푸스의 어머니인 이오카스테의 말을 다시 썼지요……. 아들이 실수로 아버지를 죽이는 이야기는 커다란 흥분을 불러일으키지 못했지만 적어도 지적인 면에서 관심을 얻었습니다. 어쩌면 이 정도로 충분합니다. 아들이 빨강 머리 어머니와 동침한 이야기를 하지 않았더라면 얼마나 좋았을까요? 오늘에서야 나는 이것이 불운을 초래했다고 말할 수 있을 것 같습니다. 이 부분에 대해 투르가이는 나에게 경고를 한 적이 있지요. 그러나 그에게도, 내가 리허설을 할 때 차를 가져다주며 "누님, 이게 어떻게 되는 거예요?" 하고 묻는 사람에게도, "이거 마음에 안 들어!"라며 비꼬았던 유수프 감독에게도 귀 기울이지 않았답니다.

1986년 귀털 마을에서 열린 공연 첫날, 관중들은 내가 빨강 머리를 하고 오이디푸스의 어머니 이오카스테 역할을 하며 자신도 모른 채 아들과 동침했다는 것을 말하며 진심을 다해 우는 연기를 보고 나를 위협했습니다. 다음 날에는 한밤중에 극단 천막이 불타오르기 시작한 것을 겨우 도착해 진화했답니다. 한 달 후 삼순의 해안에 있던 양철 마을 근처에 세웠던 천막은 오이디푸스의 어머니가 독백을 한 다음 날 아침 아이들에게 돌멩이 세례를 받았습니다. 에르주룸에서 분노에 찬 민족주의자 청년들이 '그리스 연극'을 비난하고 위협하는데 질려서 나는 호텔 밖으로 나가지 않았습니다. 극단 천막은 용감하고 정직한 경찰들이 지켰습니다. 어쩌면 시골은 솔직한 예술을 받아들일 준비가 아직 안 되었을 수도 있다고 생각했지요. 그런데 커피와 라크 냄새가 나는 앙카라 진보주의 애국 재단의 작은 무대에서 우리는 세 번도 공연하기 전에 "국민의 감성과 정서에 위배된다."라는 이유로 연극을 중단해야 했답니다. 남자들이 "네 어미를"로 시작되는 욕을 가장 많이 쓰는 나라에서 검사의 판결이 부당하다고는 생각하지 않았습니다.

내가 이십 대 중반에 내 아들의 할아버지인 아큰과 사랑에 빠졌을 때 이 문제에 대해 그와 논쟁을 한 적이 있습니다. 나의 연인은 남자들이 중학교, 고등학교, 군대 시절에 내가 전혀 모르는 욕들을 배운다는 것을 기억해 내고는 부끄럽고 놀란 모습이었습니다. 그리고 미소를 지으며 얼마나 '끔찍한지' 말했고, '여성 억압'에 대한 일반적인 문제들을 꺼내며 노동 계급 천국에 다다르면 이 모든 쓰레기 같은 일들은 끝이 날 거라고 했지요. 남자들이 혁명을 준비하는 동안 나는 인내하며 지지해 주기만 하면 되었습니다. 하지만 내가 터키 좌익주의 남자들과 여자들 사이의 불평등 문제에 대해 언급할 거라고는 생각하지 마시기 바랍니다. 나의 마지막 독백은 단지 분노에 가득 찬 것이 아니라 시적이며 우아한 것이었습니다. 내 아들의 책에 이러한 분위기가 잘 표현되어 있어 사람들이 무대에서 나를 보았을 때처럼 독자들도 이런 감정을 느꼈으면 합니다. 엔베르에게 그 아이의 아버지와 할아버지부터 시작해 우리가 경험한 것들을 책으로 쓰라고 아이디어를 준 사람은 납니다.

사실 아이가 어릴 때 그 아이의 내면에 있는 선함과 인성을 잊지 않도록, 남자들의 추한 면들을 배우지 못하도록 학교에 보내지 않고 내가 집에서 가르칠까 생각했습니다. 그런데 투르가이는 나의 생각을 진지하게 여기지 않았습니다. 내 아들이 바크르쾨이에 있는 초등학교에 입학할 무렵 투르가이와 나는 연극을 그만두고 당시 급격히 유행했던 외국 드라마의 성우 일을 했습니다. 왼괴렌에 돌아간 것은 스르 시야호을루 때문이었죠. 좌익주의와 사회주의의 흥분은 사라졌지만 옛 친구들과 여전히 연락을 하며 지냈습니다. 사실 많은 세월이 흐른 후 왼괴렌에서 우리를 다시 만나게 해 준 사람이 스르였지요.

내 아들 엔베르는 우물 파는 사람인 마흐무트 우스타의 이야기를 아주 좋아했답니다. 우리는 뒷마당에 멋진 우물이 있는 그 집을 함께 방문하곤 했지요. 마흐무트 우스타가 이 지역에서 첫 수맥을 찾은 후 건축 붐이 일어 그는 우물 파는 일로 부자가 되었고, 초기에 샀던 땅 가격이 급상승해 편하게 살았습니다. 왼괴렌 사람들은 남편이 독일로 간 후 돌아오지 않은 아이 한 명 딸린 아름다운 과부와 결혼하도록 주선해 주었답니다. 마흐무트 우스타는 이 아이를 친아버지처럼 아주 잘 키워 주었습니다. 엔베르와 이 살리흐라는 아이는 좋은 친구 사이였지요. 나는 살리흐가 연극에 관심을 가지도록 무척 공을 들였지만 성공하지는 못했답니다. 하지만 나의 젊은 연극 단원 대부분을 엔베르의 친구들과 왼괴렌 출신의 청년들 중에서 뽑았습니다. 엔베르 덕분에 나도 왼괴렌에서 보내는 시간이 더 많아졌습니다. 연극에 대한 열정은 전염되지요. 이 아이들 대부분이 마흐무트 우스타의 집을 자주 찾았답니다. 마흐무트 우스타는 인동덩굴 향이 나는 자신의 정원에도 우물을 팠고, 정원에서 노는 아이들이 안으로 떨어지지 않도록 철 뚜껑을 만들어 자물쇠를 달았습니다. 그래도 나는 2층에 있는 뒤쪽 발코니로 나가 뒷마당에서 노는 아이들을 보며 "우물에 가까이들 가지 마라!" 하고 소리치곤 했답니다. 옛날이야기와 전설에서 들은 것들이 결국은 실제 삶에서도 일어나기 때문이지요. 전설들을 많이 읽고 믿는 만큼이나 당신들에게도 그것은 현실로 나타납니다. 어차피 당신들이 들었던 이야기를 장차 경험하게 되기 때문에 그것을 전설이라고 하는 것이지요.

마흐무트 우스타를 우물에서 꺼낼 때 핵심적인 역할을 한 사람이 납니다. 그 전날 저녁에 나의 고등학생 연인은 클럽 라크를 한 잔 더 마시고, 나와 서투르게 사랑을 나누고, 나를 임신시킨 후(우리 둘 다 이런 일이 생기리라고는 추호도 생각하지 못했습니다.) 나에게 모든 것을(그의 표현입니다.) 설명해 주었습니다. 우스타가 그를 너무 밀어붙인다고, 이제 집으로, 어머니 곁으로 돌아가고 싶다고, 우물에서 물이 나올 거라고 믿지 않는다고, 이제는 우물이 아니라 나 때문에 왼괴렌에 머물고 있다고 말했답니다.

그래서 다음 날 12시쯤 역 광장에서 손에 가방을 들고 다급하게 기차를 향해 뛰어가는 그를 보자 혼란스러웠습니다. 천막에 와서 내 공연을 구경한 남자들이 종종 나와 사랑에 빠지는 데(아무리 잠깐이라고는 할지라도) 그치지 않고 지독한 질투심에 사로잡혔지요.

나는 아마도 젬을 다시는 보지 못할 거라고 생각하며 슬퍼하고 있었습니다. 그 아이는 자기 아버지에 대해 거의 언급하지 않았지요. 어쩌면 처음부터 무엇인가를 감지했기 때문일 수도 있습니다! 우리는 그다음 기차를 탈 참이었는데, 나는 젬이 왜 갑자기 죄인처럼 다급하게 뛰어 왼괴렌을 떠났는지 이해할 수가 없었답니다. 역은 손에 바구니를 들고 장 보러 나온 시골 사람들과 아이들로 바글거렸습니다. 마흐무트 우스타는 그 아이보다 하루 먼저 천막에 와 정중하고 조용하게 연극을 관람했습니다. 투르가이가 조수 알리의 도움을 받아 그를 찾아서 극장으로 데리고 왔지요. 우리 연극인들은 알리가 더 이상 그의 조수 일을 하지 않으며, 우물 파기를 의뢰한 사장이 돈 지급을 중단했다는 것도 알았습니다. 우리는 걱정스러워하며 투르가이를 위쪽 평지로 보냈고, 그러다 기차를 놓쳤습니다. 옛날이야기에 나오는 패거리들처럼 우리는 모두 함께 몰려가 우물을 들여다보았습니다. 그 후에 알리를 우물 아래로 내려보냈고, 그가 반쯤 정신을 잃은 마흐무트 우스타를 데리고 올라왔습니다.

사람들은 우스타를 병원으로 데리고 갔지요. 마흐무트 우스타가 부러진 쇄골이 제대로 붙기도 전에 우물을 파기 시작했다는 것을 나중에야 들었습니다. 누구를 조수로 썼으며 누가 그를 도와줬는지 세세한 것은 알 수 없었습니다. 우리 극단도 왼괴렌을 떠났으니까요. 그곳에서 고등학생과 장난에 취해 하룻밤을 보냈고, 사실은 내가 그의 아버지를 사랑했지만 그 사랑도 이제 사라졌다는 것을 잊고 싶었습니다. 나는 남자들의 거만함과 연약함을, 그들의 혈관을 흐르는 자의식을 서른다섯 살이 되기 전에 이미 알았습니다. 그들이 아버지도 아들도 죽일 수 있다는 것을 알고 있었지요. 아버지들이 아들들을 죽이든 아들들이 아버지들을 죽이든 남자들은 영웅이 되고 나에게 남겨진 일은 우는 것뿐이었습니다. 어쩌면 내가 아는 것들을 모두 잊고 어딘가에서 새로운 삶을 시작해야 한다고 생각한 것 같습니다.

엔베르의 아버지가 젬일 수도 있다는 것을 투르가이가 아니라 나조차 거의 의심하지 않았습니다. 처음에는 날짜 계산 때문에 한두 번 머릿속을 스쳐 지나갔지만 그때뿐이었습니다. 하지만 엔베르가 성장할수록 눈썹과 눈, 특히 코가 투르가이를 전혀 닮지 않았다는 것이 확연해졌고, 나는 고등학생 연인이 내 아들의 아버지일지 모른다고 생각하기 시작했답니다. 투르가이는 이러한 생각을 얼마나 했을까요?

엔베르와 투르가이는 사이가 나빴습니다. 투르가이는 우리 아들을 볼 때마다 내가 사실은 형의 연인이었고, 더군다나 그의 형이 한때 생각했던 것처럼 유부남과 사랑에 빠져 형인 투르한을 배신했다고 생각했지요. 나한테 대놓고 말하지 않았지만 나는 느끼고 있었습니다. 나의 빨강 머리를 보면서 — 역시 대놓고 얘기하지는 않았지만 — 짜증을 냈답니다. 나의 머리색이 그에게 내 과거를 떠올리게 했기 때문에!

나는 프랑스어와 영어로 쓴 희곡과 소설의 번역본을 구해 보여 주며 빨강 머리 여자가 서양에서는 분노하고 호전적이고 까칠한 여자를 가리킨다는 부분을 읽어 주었습니다. 그는 신경도 쓰지 않았지요. 한 여성 잡지에 어떤 유럽 신문에서 그대로 발췌한 「남성들이 보는 여성」이라는 글이 있었습니다. 아름다운 빨강 머리 여자 그림 아래에 "비밀스럽고 분노하는 유형"이라고 쓰여 있었습니다. 그녀의 입술과 분위기가 나와 비슷했습니다. 나는 그 그림을 조심스럽게 오려 벽에 붙여 놓았답니다. 하지만 남편은 그 그림에 관심을 보이지 않았습니다. 남편은 좌익주의자이자 세계주의자인 척했지만 이와는 정반대로 지나치게 터키인 같았습니다. 그에 따르면 이 나라에서 빨강 머리는 이러저러한 이유로 많은 남성들과 잠자리를 한 여자라는 겁니다. 머리 색깔을 일부러 빨간색으로 염색한다면 이러한 정체성을 알고 선택했다는 의미였습니다. 나의 경우는 내가 연극배우라는 사실이 그것을 일종의 연극적인 장면으로 바꾸어 나의 죄를 경감시킨다고 했습니다.

이렇게 해서 성우로 일하던 시절에 투르가이와 서서히 소원해지기 시작했습니다. 투르가이의 아버지가 물려준 바크르쾨이에 있는 아파트에서 살았지만 엔베르는 아버지를 별로 보지 못했습니다. 투르가이는 광고 일을 하면서 추가로 다른 일들을 하느라 바빴고, 집에 늦게 돌아왔으며, 때로는 아예 들어오지 않았습니다. 나는 저녁 식사를 하러 가끔 집에 오거나 아주 늦게 오거나 오지 않는 아버지를 기다리며 아이를 기르는 것이 어떤지를 잘 압니다.

그래서 나와 엔베르는 서로 아주 가까워졌습니다. 그의 색다른 모습들, 예민한 영혼과 감성의 발달 과정을 가까이서 보게 되었습니다. 그 아이의 두려움, 침묵, 겁먹은 모습을 그대로 보았고 그의 분노, 외로움, 절망도 느꼈지요. 나는 벨벳처럼 부드러운 아들의 팔, 다리, 목을 만지는 것을 좋아했고, 어깨, 귀, 고추가 커다래지는 것을 기쁘게 지켜보았고, 지능, 이성, 그리고 터무니없는 행동들이 급성장하는 것을 보며 자부심을 느꼈답니다.

어떤 날은 그 아이가 원하는 아주 좋은 친구가 되어 하루 종일 얘기를 하고, 농담을 하고, 집에서 숨바꼭질을 하고, 퍼즐을 풀고, 함께 시장에 갔습니다. 때로 우리에게 슬픔과 외로움이 드리우면 그곳에 있는 우리 처지가 답답해 둘 다 세계의 거대함을 두려워하며 우리만의 세계로 물러나곤 했지요. 그러면서 누군가를 이해하고, 다른 사람과 가까워지고, 그의 영혼과 공감하는 것이 얼마나 어려운지도 이해하게 되었습니다. 그가 바로 나의 아들 엔베르, 내 인생에서 가장 사랑하는 사람이었는데도 말이지요. 나는 그의 손을 잡고 거리, 집, 그림, 공원, 바다, 배 들을, 모든 세상을 보여 주었답니다. 바크르쾨이와 윈괴렌에서 그 아이가 친구들과 거리에 나가 놀기를, 또 넘어지고 일어나면서 자신을 지키는 법을 배우기를 바랐고, 서로 "네 에미를"이라고 하는 그 도둑놈들과 상종하지 않기를, 천막 극장에서 부도덕한 짓을 하는 남자들처럼 되지 않기를 진심으로 바랐습니다.

엔베르는 또래 아이들에 비하면 거의 밖에 나가 놀지 않았습니다. 그런데 학업 성적이 우수하지 않고 반에서 일등을 못해 나를 낙담하게 만들었지요. 때로 이러한 것에 왜 그렇게 속상해하는지 내 자신에게 묻곤 했답니다. 결국 나는 아들이 사회적으로 성공하거나 많은 돈을 버는 대신 심오한 인성, 옳은 것을 모색하는 면모를 갖추고 행복한 사람이 되었으면 하고 바랐습니다. 하지만 내 아들은 행복할 뿐만 아니라 영웅이 되어야만 합니다! 나는 아들에 대해 많은 환상을 꿈꾸었습니다. 절대로 사소한 것에 연연하는 사람이 되지 않기를 바랐습니다. 아이가 어려서 분홍빛 입을 열고 충혈된 눈으로 하염없이 울 때 나는 기도하듯 말했습니다. "나의 사랑하는 엔베르가 살아가면서 절대 울지 않기를 바랍니다."

아이의 아름다운 눈을 들여다보며 그가 특별한 보석을 지닌 색다른 사람이라고 말해 주었답니다. 함께 동화, 옛날이야기, 시를 읽었습니다. 텔레비전에서 어린이 연극과 만화 영화를 함께 보곤 했습니다. 나는 그 아이가 할아버지보다, 아버지보다 더 심오하고 감성적인 사람이라는 것을 알았습니다. 그 아이에게 넌 언젠가 희곡 작가가 될 거라고 말해 주었습니다. 그는 글을 쓰는 것은 좋아했지만 연극은 전혀 받아들이지 않았습니다.

그의 아버지나 그의 할아버지에게서 전혀 보지 못했던 과민하고 쉽게 화내는 성격은 초등학교 이후에 나타나기 시작했습니다. 나를 닮아서일 수도 있다는 생각에 그의 분노를 너그럽게 대했지요. 더없이 행복한 아이였습니다. 아기였을 때 따뜻한 물에 넣고 씻기며 가녀리고 아름다운 몸을 따뜻한 물로 헹구고, 나뭇가지같이 가느다란 팔, 멜론처럼 사랑스러운 뒤통수, 콩알만 한 고추, 딸기 같은 젖꼭지를 정성스럽게 비누질하면 나의 엔베르는 굉장히 행복해했답니다. 그 아이가 열 살이 될 때까지 우리는 쉽게 따스해지지 않는 욕실에서 함께 목욕을 했습니다. 나중에는 혼자 목욕하는 법, 눈을 뜨지 않고 얼굴, 머리, 다리에 비누질하는 법을 가르쳐 주었지요.

내 아들은 이것을 전혀 좋아하지 않았습니다. 나이를 먹을수록 강도가 높아지고 길어지는 분노의 파도가 생긴 게 이때부터라고 생각했습니다. 투르가이가 집에 전혀 들르지 않던 고등학교 시절의 슬픔이, 지극히 평범한 대학에 들어가자 그 아이를 깊이 사랑했음에도 감추지 못했던 나의 실망이 그의 마음을 다치게 했습니다. 그 시절에 그는 나와 논쟁하고, 내가 하는 말과 정반대로 말하는 것에 희열을 느끼기 시작했습니다. 내가 그가 읽는 만화 잡지를 보고 콧방귀를 뀌고, 그가 보고 있는 텔레비전 채널을 바꾸면 분노에 차 말하곤 했답니다. "엄마가 뭘 알아!" 머리를 교도소에서 도망친 사람처럼 짧게 잘랐을 때, 종교인처럼 턱수염을 길렀을 때, 미친 사람처럼 사흘을 면도하지 않고 돌아다닐 때 내가 걱정하는 것을 보고는 좋아하며 시비를 걸려고 들었습니다. 때로는 서로 고함을 질렀지요. 그러면 문을 꽝 닫고 집을 나가곤 했습니다.

대학생 때는 어린 시절 친구들을 만나러 더 자주 왼괴렌에 가기 시작했습니다. 그곳에서 마흐무트 우스타의 집을 들락

거리며 실업자에 이상주의자인 청년들과 어울렸답니다. 한 때 우리 집에서 가까운 욀리에펜디 경마장에 가서 노름을 했지만 나에게 전혀 돈을 요구하지 않았고, 곧 부끄러워하며 그만두었지요. 부르두르에서 군 복무를 하는 동안에는 외출을 나와 나에게 전화를 해서는 외롭다며 울곤 했답니다. 이스탄불에 왔을 때 그의 짧은 머리, 햇볕에 그을리고 앵두나무 가지처럼 가늘어진 목을 보자 내 눈은 슬픔과 사랑으로 눈물이 그렁그렁했지요. 그러다 전혀 예기치 않은 순간 우리 사이에 다시 다툼이 일어나고, 서로 토라지고, 며칠 동안 한 마디도 하지 않았답니다. 아들이 앙갚음하듯이 집에 늦게 오거나 심지어 집에 들어오지 않으면 나는 뜬눈으로 밤을 새우곤 했습니다. 내 아들이 변덕스러운 여자애에게, 화를 잘 내고 남에게 상처를 주는 여자에게 빠졌을까 두려움에 휩싸이곤 했습니다. 하지만 아무리 우리가 다투고 토라졌다 하더라도, 우리의 무거운 침묵과 신랄한 비평에도 예기치 않은 순간에 우리는 서로를 온 힘을 다해 껴안고 화해하며 입을 맞추었습니다. 그럴 때면 아들이 내게서 멀어지는 것을 견딜 수 없고, 그 아이를 보지 않고는 살 수 없다는 것을 알았습니다.

어차피 우리는 그의 아버지와(혹은 아버지라고 생각했던 사람과) 충분히 소원해진 상태였기 때문에 투르가이와 공식적으로 헤어지고, 결국 그가 세상을 등졌을 때에도 엔베르는 충격을 받지 않았습니다. 분노 폭발, 이유 없는 격분, 갈수록 줄어드는 말수와 비판적인 태도를 보며 그 이유를 아버지 없이 자란 데다 아이가 감성적인 탓으로 돌렸지만, 사실 진짜 이유는 돈이 없기 때문이라고도 생각했습니다. 그래서 신문 광고에서 젬의 사진과 그가 벌인 건축 사업을 보았을 때, 같은 신문에서 터키 법정에서도 서양 의학의 발전 덕분에 진짜 아버지가 누구인지 확인할 수 있다는 기사를 읽고는 머릿속이 복잡해졌습니다.

내가 젊었을 때면 이러한 소송은 절대로 제기하지 않았을 겁니다. 아이를 인정하지 않았던 아버지에게 국가와 경찰의 강압을 이용해 아버지로서 아들에 대한 책임을 받아들이도록 몰아가는 것, 소송을 빌미로 돈을 요구하는 것, 그가 주재하는 공식 모임에 초대받지 않고 모습을 드러내는 것……. 아들은 내가 한 이런 일들 때문에 나를 수치스러워했답니다. 하지만 자신을 위해서라는 것 또한 알았고, 그래서 분노를 폭발시킨 후 감정이 누그러졌지요.

아들을 설득하는 것은 정말 힘들었습니다. 소송을 걸라며 몇 달 동안 입에 침이 마르도록 그 아이에게 말했고, 애원했고, 서로 고함을 지르며 다투다가 화해를 했습니다. 어머니가 결혼한 상태에서 다른 남자와 동침하고, 그 사람의 아이를 갖고, 이 사실을 알면서도 감춘 것을 받아들이기는 쉽지 않았겠지요. 나도 인정합니다. 아이는 수치심과 분노로 몇 번이나 나에게 "확실해?" 하고 물었고, 나도 몇 번이나 그 아이에게 말했습니다. "아들아, 확신하지 않는다면 너한테 말하겠니?" 그 아이가, 혹은 내가 부끄러워하며 눈길을 돌렸고 우리는 둘 다 아무 말도 하지 않았답니다.

우리는 다툼과 화해를 반복했습니다.

"다 너 좋으라고 하는 일이다, 아들아!"

이것이 가장 큰 효과를 발휘했습니다. 한번은 벽에 붙은 빨강 머리 여자의 그림을 떼어 찢어 버렸답니다. 인터넷에서 찾아보았는데 그 여자가 나 같았다고 하더군요. 나중에 나도 인터넷을 찾아보았답니다. 잡지에서 오린 그 그림을 그린 화가는 단테 로세티[32]였습니다. 그는 멋진 시선과 아름다운 입술을 가진 이 모델과 사랑에 빠져 결혼했다고 합니다. 나는 그림을 스카치테이프로 붙여 다시 벽에 걸었습니다.

아들은 아버지에게 소송을 제기하는 문제에 대해 라크를 마셨을 때만 이야기할 수 있었고, 마실수록 무엇이든 이야기할 수 있는 자신감을 얻었을 뿐만 아니라 험악한 성질이 격화되어 제 어머니에게 시골에서 복무하는 군인들이 사용하는 불쾌한 말들을 퍼붓고는 문을 쾅 닫고 나가 버렸습니다. 대학

32 1828~1882. 영국 빅토리아 시대의 화가.

교를 졸업한 후 그가 처음 윈괴렌으로 거처를 옮겼을 때처럼 매번 나에게 욕설을 퍼붓고, 나 같은 창녀는(이외에 다른 많은 끔찍한 단어들도 사용했지요.) 죽을 때까지 보지 않겠다고 거듭 말했습니다. 하지만 하루이틀 지나면 윈괴렌에 더 이상 있지 못하고 저녁을 먹으러 기차를 타고 바크르쾨이에 있는 나에게 왔지요.

"정말 잘 왔다, 이즈미르 쾨프테[33]를 만들었는데."

우리는 이틀 전에 전혀 다투지 않은 것처럼 이것저것 위험 소지가 없는 주제에 대해 대화를 나누었습니다. 저녁 식사를 마친 뒤에는 마치 집에 오지 않는 아버지를 기다리던 그의 어린 시절과 고등학교 시절처럼 모자가 소파에 나란히 앉아 텔레비전을 보았답니다. 텔레비전 프로그램이 끝나면 아이는 살고 있는 집으로 돌아가 혼자 잠자리에 들고 싶지 않으면서도 사실을 말하자니 자존심이 상해 "이 프로그램 다음에 뭐가 있지?"라고 묻거나 바로 채널을 돌려 다른 프로그램을 열심히 들여다보았습니다.

나는 밤에 텔레비전 앞에 놓인 긴 소파에서 웅크리고 자는 아들을 조용히 바라보며 적당한 여자를 찾아 결혼시키지 못한 것을 후회했습니다. 하지만 그 애가 좋아할 여자는 내가 탐

33 다양한 야채와 고기 완자를 넣은 국물이 있는 음식.

탁지 않아 할 테고, 내가 마음에 들어 할 여자는 그 애가 일부러라도 퇴짜를 놓으리라는 것을 알기 때문에 나의 후회는 깊은 고통으로 진화하지 않았지요. 더구나 내 아들은 결혼 생활을 잘해 나갈 돈도 미래도 없었습니다.

머리카락을 빨강으로 염색한 날부터 오늘날까지 내 인생에서 내린 결정들 중 어떤 것도 후회하지 않았습니다. 유일한 후회는 아들에게 친아버지가 누구인지 말하고, 만나도록 해 주고, 그와 가까워지도록 강요했던 일입니다. 엔베르는 나의 이 노력에 관심을 보이면서도 비판적이었습니다. 나더러 몽상가라고 했고, 때로는 돈을 위해 계략을 꾸민다며 비난했지요. 아이의 친아버지가 죽은 후 신문들이 이와 같은 어조로 아들을 비난하는 것도 우연이 아닙니다. 하지만 내 아들은 일부러 아버지를 죽이지 않았습니다. 나의 엔베르는 부친 살해범이 아닌데도 신문들이 이 끔찍한 단어를 얼마나 많이 한목소리로 반복했던지 아들의 이름에 그 얼룩이 남게 되었답니다.

나의 아들은 우물 앞에서 분노를 참지 못하고 권총을 빼든 아버지에 맞서 오로지 자신을 방어하고자 했을 뿐입니다. 그 아이가 그곳에 있었던 단 하나의 이유는 아버지 없는 자식이 아버지를 보고, 또 알고 싶은 호기심 때문이었지요. 이러한 바람을 그에게 불러일으킨 사람은 나였고, 지금 나는 후회합니다. 그렇다고 해서 아이가 어렸을 때 뤼스템과 쉬흐랍에 대해, 오이디푸스와 그의 어머니에 대해, 예언자 아브라함과 그 아들에 대해 이야기해 준 것은 전혀 후회하지 않습니다. 극단의 노란 천막에 왔던 젊은이들, 학생들, 분노에 찬 사람들에게 누구도 이 이야기들을 해 주지 않았습니다. 그러나 모두들 알고 있었지요. 잃어버린 기억들을 사실은 아는 것처럼.

검사가 주장하는 바가 무엇이든 그 옛이야기들을 아는 것, 삶이 전설과 이야기들을 모방하는 경향이 있다는 것이 내 아들이 유죄라는 증거는 아닙니다. 엔베르는 아버지의 죽음을 야기하기 전에 우물을 떠날 수 있기를 무척이나 바랐을 겁니다. 하지만 아버지와 몸싸움을 하고 손에서 권총을 빼앗으려고 할 때 생각할 시간이나 있었을까요? 아들은 의도치 않게 아버지를 죽였습니다. 아이의 진실된 설명을 듣고 내가 이러한 결론에 도달하기는 어렵지 않았지요. 대부분의 신문들은 알면서도 독자들에게 솔직하게 설명하지 않았답니다.

쉬흐랍의 성공, 젬의 엄청난 재산, 오늘날 엔베르에게 친아버지를 찾도록 해 준 의학 기술의 발달, 그리고 살인……. 신문들은 독자들이 이 이야기들을 아주 좋아하리라는 것을 알았습니다. 내가 막판에 사건 현장에 도착한 것과 오열한 것도 신문에 쓰여 있었습니다. 멜로드라마를 좋아하는 선의를 가진 사람들은 아들이 아버지를 살해한 장면을 목격한 '전 연극인이자 성우'의 고통을 장황하게 썼답니다. 쉬흐랍의 광고를 싣는 신문사의 악의적인 신문 기자들은 이것이 사고가 아니라 어머니와 아들이 오랜 세월 동안 함께 아주 치밀하게 계획한 살인이라고, 나의 눈물을 아무도 믿어서는 안 된다고, 우리를 행동에 옮기게 한 것은 자식이 없는 젬의 재산을 한시라도 빨리 가로채려는 욕심이라고 뻔뻔하게 주장했습니다. 이러한 주장과 나의 저급한 성격의 증거로 나의 빨강 머리를 언급하기도 했지요. 하지만 욍괴렌에 갈 때 크륵칼레 권총을 소지하고, 우물가에서 분노하며 그것을 빼 든 사람은 내 아들이 아니라 그의 아버지였습니다…….

권총은 젬이 허가를 받은 무기이고, 그러니 판사는 이를 내 아들이 진실된 사람이며 우리가 무엇인가를 계획하지 않았다는 증거로 볼 것이라고 확신합니다. 물론 신문들은 이러한 사실들에 대해 전혀 언급하지 않았습니다. 그래서 우리 모자는 이스탄불 역사에서 유산을 받기 위해 아버지를 죽인 사악한 빨강 머리 어머니와 자식으로 남았지요. 이건 정말 감당하기 힘듭니다. 아들을 보려고 실리브리 교도소에 갈 때마다 뉴스에 난 거짓말을 근거로 뻔뻔한 죄수들 중 몇몇이 날 조롱하거나 비난하는 시선으로 바라볼 때, 심지어 선의를 가지고 우리를 도와주려는 어떤 간수의 얼굴에 나타난 표정을 알아챌 때 나의 마음은 영원히 치유되지 않을 상처를 입었습니다. 그 말들과 시선들은 그 모든 세월 동안 부도덕하고 부끄러운 줄 모르는 사람들이 "벗어, 벗어!" 하고 외치는 소리를 견딘 것보다 훨씬 더 힘들었기 때문에 엔베르에게 사고로 아버지를 죽이게 된 이야기를 쓰라고 했습니다. 판사가 그 이야기를 읽으면 정당방위로 무죄 선고를 내릴 거라고요. 하지만 그 이야기는 처음부터, 그의 아버지가 우물을 파러 갔던 것부터 시작해야만 합니다. 그러니까 나는 모든 것을 알아내서 아들에게 설명해야만 했지요. 그것은, 지금 여러분 손에 들려 있는 이 책은 실리브리 교도소의 형사 재판소에 제출하는 변론 형태가 될 것입니다. 이후의 페이지들뿐만 아니라 책 전체를 일종의 살인 사건 조사 보고서로서 법적인 세부 사항과 증거들에 주의하면서 읽어야 한다는 것이지요. 소포클레스의 『오이디푸스 왕』처럼.

신문은 내가 아들을 아버지에게 접근시키기 위해 세르하트라는 가명으로 소개했고, 이것이 모자가 나쁜 의도를 가진 거짓말쟁이라는 증거라도 되는 양 제시했답니다. 친부 소송에 대해서도 근거 없는 헛소문들을 실었지요. 그렇지만 이 소설에서 읽은 세부 사항들은 모두 정확하고 명백한 사실들입니다. 이야기를 멈췄던 곳에서 계속해 보겠습니다.

나는 내 아들과 그의 아버지가 식사 자리에 돌아오지 않자 그들을 뒤따라 우물로 뛰어갔습니다. 다른 사람들도 왔고요.

경비원이 우리를 옛 구내식당 건물로 데려갔습니다. 우리가 안으로 들어갈 때 끔찍하고 버르장머리 없는 개 한 마리가 마치 목이라도 졸리는 듯 짖어 댔습니다. 아들이 뚜껑이 열린 우물과 약간 떨어진 곳에 혼자 앉아 있는 것을 보았습니다. 나는 곧 무슨 일이 일어났는지 알았습니다. 내 자식이 본의 아니게 아버지를 죽였던 것입니다. 나는 아이 곁으로 뛰어가 힘껏 껴안았습니다. 내가 그 아이를 이해하고, 그 아이가 어떤 사람인지 알고, 온정과 사랑을 다해 보호하리라는 것을 느꼈으면 했답니다. 먼저 눈에서 흐르는 눈물로 나의 고통을 느꼈고, 그 다음에는 쉬흐랍의 어머니 타흐미네처럼 가슴 깊은 곳에서 터져 나온 비명 소리와 함께 울기 시작했습니다. 그렇습니다, 연극에서처럼요.

그러나 나의 고통은 연극 무대에서보다 더 복잡한 것이었습니다. 나는 고함을 지르듯 큰 소리로 울부짖으며 고통에서 벗어나길 바랐습니다. 가장 뻰뻰한 사병들, 가장 부도덕한 술꾼들, 최악의 강간범조차 우는 여자를 보면 진정이 된다는 것을 알았기 때문입니다. 세상의 질서는 어머니들의 울음 위에 세워졌지요. 지금 울고 있는 것은 그 때문입니다. 나는 온갖 이유로 울었고, 울 때는 다른 것들을 생각할 수 있기 때문에 위안이 되었습니다.

식사 자리에서 일어나 나를 따라온 반쯤 술에 취한 호기심 많은 사람들이 사장인 젬이 어디에 있는지 행방을 찾을 때 내 아들이 젬 씨가(그 아이는 내 아버지라고 말하지 않았답니다.) 우물에 빠졌다고 알렸습니다.

쉬흐랍 직원들이 경찰에 신고를 했습니다. 경찰차보다 먼저 젬의 아내인 아이쉐가 도착했지요. 사람들은 그녀를 우물가로 데려갔습니다. 남편이 저 아래 우물 바닥에 있다는 것을 다른 모든 사람들처럼 그녀 역시 믿고 싶어 하지 않았습니다. 죽은 아버지를 위해, 아버지를 죽인 아들을 위해, 우리 삶을 위해 그녀를 껴안고 여자들끼리 함께 울고 싶었습니다. 하지만 사람들은 그녀 근처에도 가지 못하게 했습니다.

신문들은 불길한 분위기로 우물의 깊이, 바닥에 있는 진흙탕, 아주 오래전에 삽과 곡괭이로 그처럼 깊은 우물을 팠다는 것에 대해 기이하다고 썼습니다. 어떤 신문들은 운명을 언급했는데 나는 비록 믿지 않았지만 마음에는 들었습니다.

내 아들이 체포된 이후 나는 아이쉐 부인과 이야기를 나누고, 그녀를 위로하고, 우리에 대한 증오심을 누그러뜨릴 수 있기를 몹시 바랐습니다. 일어난 일들이 우리 여자들의 잘못이 아니며, 전설과 역사가 그렇게 쓰고 있다 말하고 싶었습니다. 그렇지만 당연하게도 아이쉐 부인은 고대 책들과 전설들이 아니라 신문이 매일 무엇을 쓰는지에 더 관심을 가졌습니다. 신문은 내 아들이 그녀 남편의 유산 때문에 아버지를 살해했고, 이 일의 배후에 내가 있다고 썼습니다. 쉬흐랍 직원들이 신문사에 기삿거리를 제공한 것이 우리를 더욱 낙담하게 만들었습니다.

경찰이 우물가에서 탄피 한 개를 발견했습니다. 권총은 발견되지 않았습니다. 보스포루스의 물살이 가장 강하고 깊은 곳까지 잠수하는 잠수부가 줄에 매달려 진흙투성이인 우물 바닥으로 내려갔습니다. 이틀 만에 알아볼 수 없게 변한 젬의 시신이 위로 끌어 올려졌습니다. 내 아들의 아버지에 대해 내장들을 다 꺼내고 조각내는 가혹한 부검이 실시되었습니다. 우물의 진흙탕 물이 폐에 없는 것으로 보아 젬이 우물에 떨어지기 전에 죽었다는 것이 판명 났습니다.

내 아들의 아버지가 죽은 원인 역시 이 부검에서 드러났지요. 다음 날 1면에 의학 보고서를 실은 신문들은 "아버지의 눈을 쐈다!"라고 썼습니다. 우물가에서 일어난 부자의 몸싸움이나 아들이 재판에서 했던 진술, 그러니까 자신을 방어하기 위해 아버지의 손에서 권총을 빼앗으려고 몸싸움을 하다가 사고로 권총이 발사되었다는 기사는 어디에도 없었습니다.

판사는 잠수부에게 한 번 더 우물에 들어가라는 지시를 내렸습니다. 이번에는 잠수부가 크륵칼레 권총을 들고 위로 올라왔습니다. 그것이 젬이 허가받은 권총이며, 왼쪽 눈을 관통한 총알이 이 권총에서 발사되었다는 사실은 재판에서 우리가 처한 상황을 바꾸어 놓았습니다. 판사가 내 아들이 살인을 저지르지 않았으며 정당방위였다는 판결을 내리리라고 많은 사람들이 믿게 되었지요. 우물가에 무기를 가져간 사람은 분노한 아들이 아니라 아들을 두려워한 아버지였던 것입니다.

우물 바닥에서 권총이 발견된 후 나에 대한 회사와 아이쉐 부인의 태도가 바뀌었습니다. 내 아들이 아버지를 죽이려고 미리 계획한 것이 아니며 엔베르가 젬의 유산 상속자, 그러니까 쉬흐랍의 최대 주주가 될 수 있다는 것을 알자 우리를 대하는 태도가 부드러워졌습니다.

쉬흐랍 사무실에서 처음 만났을 때 나는 아이쉐 부인이 품위 있고 침착한 사람이라고 생각했습니다. 그녀는 나에 대해 쓴 신문 기사들과 파렴치한 소문들을 얼마나 믿고 있었을까요? 그녀가 분노를 억누르며 자신을 제어하려고 애쓴다는 것을 시선을 보고 알았습니다. 사랑하는 남편을 잃은 고통을 최소한 지금은 가슴에 묻고 나와 잘 지내기로 결심했으며, 이를 위해 모든 의지를 다 사용하고 있다는 것이 눈에 확연히 보였습니다.

나는 그녀가 마음을 편히 생각하기를 바랐습니다. 물론 여전히 재판이 계속되어 교도소에 있는 엔베르를 대신해 말할 수는 없었지만 나와 아들의 목적은 물론 죽은 그녀의 남편이 기지와 창조성을 발휘하여 세운 커다란 건설 회사인 쉬흐랍을 해체하거나 그곳에서 일하는 수백 명의 직원들을 해고하는 것이 아니었습니다. 정반대로 우리는 쉬흐랍이 더 성공하기를 원했습니다. 나는 삼십 년 전에 마흐무트 우스타와 내 아들의 죽은 아버지가 우물을 파기 시작했던 날을 오늘날 쉬흐랍의 설립일로 본다고 그녀에게 말했습니다.

조심스럽게 이 말을 한 후 나는 1986년에 하루 간격으로 마흐무트 우스타와 내 아들의 아버지가 '교훈을 주는 전설 극단'이 공연하는 노란 천막에 찾아와 뤼스템과 쉬흐랍의 비극을 보고 얼마나 감동을 받았는지 설명했습니다. 그날 무대에서 흘렸던 눈물과 삼십 년이 지나 아들과 그의 아버지를 위해 흘린 눈물에는 전설과 삶 사이의 부인할 수 없는 유사성이 있었습니다.

나는 흥분하며 물었습니다. "삶은 전설을 반복한답니다! 당신도 그렇게 생각하나요?"

아이쉐 부인은 정중하게 답했지요. "그렇게 생각합니다."

나는 그녀나 쉬흐랍의 경영자들이나 나와 아들을 마음 상하게 할 그 어떤 것도 하고 싶어 하지 않는다고 생각했습니다.

"우리 건설 회사가 첫 우물을 팔 때 난 왼괴렌에 있었습니다. 회사 이름인 쉬흐랍도 당시 무대에서 했던 나의 마지막 독백에서 나왔다는 점을 잊지 말기 바랍니다."

아이쉐 부인은 나의 말에 무척 놀랐다는 듯 눈을 동그랗게 뜨고 깜박거렸답니다. 물론 쉬흐랍이란 이름은 나의 독백이 아니라 페르도우시의 1000년 된 『왕서』에 나오는 것이지요. 그녀는 남편과 오랜 세월 동안 "이 주제에 대해"('아들을 죽인 아버지'라고, '아버지를 죽인 아들'이라고 말하지 못했습니다.) 책들을 읽었고, 조사를 했으며, 유럽과 세계 여러 미술관에서 관련 그림과 책들을 찾아보았다고 했습니다. 쉬흐랍 본사 사무실의 창문을 통해 이스탄불의 고층 건물들과 그 지붕들과 굴뚝들의 바다를 내려다보며 행복한 장면들을 떠올리고 그 증거인 양 내게 설명하기 시작했습니다. 상트페테르부르크에 있는 미술관, 테헤란에 있는 어떤 집, 아테네, 넓은 지역에 퍼져 있는 흔적들, 신호들, 그림들에 관하여 비밀스러운 분위기로, 하지만 회상하는 이 순간 만족과 기쁨을 확연히 드러내며 말했습니다. 이 여자는 내 아들의 아버지와 행복하게 살았던 겁니다. 그들이 힘들게 세운 회사의 대부분이 터무니없는 법체계 때문에 이제 내 아들의 차지가 될 수도 있는 상황입니다. 이 여자가 남편과 함께 쉬흐랍을 키워 건실한 회사로 만들었던 것은 사실입니다.

아이쉐 부인은 나에게 상처를 주거나 수감되어 있는 아들을 화나게 하거나 혹은 증오심을 드러내지 않도록 조심하며 오래전 남편과 대학 다닐 때 만나게 된 경위, 데니즈 서점에 갔던 일들을 시작으로 이 책에서 여러분이 읽은 이야기를 해주었습니다. 그녀가 말하는 동안 나는 어쩌면 그들의 더없이 행복한 기억들로 나에게 일종의 복수를 하고 있다고 느끼면서 귀를 기울였습니다. 나는 아이와 쉬흐랍이 어떤 의미에서 '나의 것'이기 때문에 그녀가 설명하는 것들을 전혀 화를 내지 않고 겸손하게 들었습니다.

그다음부터 실리브리 교도소에 갈 때마다 아이쉐 부인한테 들은 것들 중 일부를 아들에게 이야기하기 시작했습니다. 멀기는 했지만 바크르쾨이에서 버스를 세 번 갈아타고 교도소 문 앞에 도착했을 때 내 아들이 마흐무트 우스타와 아버지가 우물을 팠던 곳에서 5킬로미터 거리에, 그냥 터키가 아니라 간수와 책임자들이 자주 자랑스럽게 반복했듯이 "유럽에서 가장 큰 교도소"에 수감되어 있다는 것이 어떤 의미인지 내 자신에게 물었습니다. 그런 다음 나의 빨강 머리에 대해 한두 마디 뼈 있는 말을 던지며 몸수색을 하는 여성 간수들의 노련한 손길, 대기실, 열린 문, 닫힌 문, 열린 자물쇠, 닫힌 자물쇠, 방들과 복도들 지나며 얼마나 많은 장소가 바뀌었던지 내 자신이 어느 시기에 어디에 있는지 잊어버릴 것만 같았습니다. 방음 처리가 된 유리 저편에 그 아이가 나타나길 기다릴 때 나는 공상에 잠겨 다른 사람을 내 아들과 혼동하고, 깜박 잠이 들고, 안달을 하고, 화를 냈습니다. 그리고 마침내 아들이 왔을 때 유리 뒤에 나타난 사람이 아들이 아니라 죽은 그의 아버지, 아니 그의 죽은 할아버지라고 생각하기도 했습니다.

우리 측 변호사를 만나면 우리 소송과 사건에 관련된 최근 상황들, 신문들에 실린 터무니없는 이야기들, 아들이 감방에서 겪는 어려움들에 대해 이야기를 나누었답니다. 내 아들은 돈 때문에 아버지를 죽였다고 믿는 사람들이 가한 모욕들, 형편없는 음식들, 그리고 단순한 소문에 지나지 않는 사면 움직임에 대해 불평을 했습니다. 과거에 쿠데타를 일으킨 군인들이 수감되었던 감방에서 지금 옥살이를 하는 야당 신문기자들과 쿠르드인들에 대한 가슴 아픈 이야기도 해 주었습니다. 그리고 조금 더 조용하고 쾌적한 환경을 원하며 처벌이 부당하다는 등의 내용이 담긴 아무 쓸모가 없을 탄원서를 또 쓰라고 말했습니다. 이 모든 것들을 하는 데 얼마나 많은 시간이 걸리는지, 한 시간짜리 면회 시간은 우리 모자가 서로에게 특별하고 달콤한 말들을 제대로 전하기도 전에 끝이 났습니다.

그러나 면회 때 대개는 우리 대화를 감시하는 간수 이외에 아무도 없었습니다. 아이쉐 부인한테 들은 이야기들과 그녀한테 듣고 읽게 된 책들을 떠올리며 나는 나의 생각, 나의 추측, 나의 상상인 것처럼 아들에게 설명했습니다. 아들은 자신의 죄를 연상시키기 때문에 옛날이야기들을 좋아하지 않았고, 그래서 내가 주제를 어디로 끌고 가는지 모른 척했습니다. 이 이야기들을 작고한 마흐무트 우스타한테 들은 적이 있다고 말해 봐야 믿지 않았지만 그래도 듣기는 했습니다. 때로 중요한 것은 내가 해 주는 전설 이야기가 아니라 단지 마주 보며 얘기하는 것임을 느끼곤 했습니다. 가끔씩 나는 아무 말도 하지 않고 한동안 생각에 잠겼고, 교도소에서 급격하게 살이 찌고 서서히 진짜 산적처럼 보이기 시작하는 아들을 보며 눈물을 흘리지 않으려고 안간힘을 썼습니다.

한 시간 동안의 면회 시간이 끝나 헤어질 때가 가장 견디기 힘들었습니다. 나는 방에서 나올 수 있었지만, 아들은 어린 시절에 그랬듯이 끝내 나와 헤어지지 못하고 간수의 경고에 단호하고 남자다운 몸짓으로 의자에서 일어서고도 나가지는 못했습니다. 문 앞에 서서 나를 절망적인 눈길로 바라볼 때면 어려서 아직 학교를 다니기 전에 내가 오 분 만에 식료품 가게에 다녀올 것을 알면서도 애원하던 모습이 떠올랐습니다. 그 아이는 "금방 올게."라는 말을 믿지 않았습니다. 문에서 온 힘을 다해 치맛자락과 팔을 붙들고 마치 다시는 나를 못 볼 것처럼 "엄마, 날 두고 가지마!"라고 애원하며 나를 절대 놓아주지 않았습니다.

한 달에 한 번 있는 개방 면회에서는 수감자들과 면회자들이 서로를 만지는 것이 허락되어 우리는 큰 위안을 얻었습니다. 모든 구역의 수감자들이 이 면회를 기다렸기 때문에 이러저러한 이유로 벌을 주기 위해 개방 면회가 연기되면 속상해 했고, 간혹 앙카라에서 장관이 명절이나 다른 핑계로 새로이

개방 면회를 결정하면 아주 기뻐했습니다. 좌익주의자와 쿠르드인 수감자가 많았기 때문에 교도소에 어떤 음식이나 책, 휴대 전화도 가져가지 못하게 금지되어 있었습니다. 하지만 개방 면회에서 간수들에게 몇 푼 쥐여 주고 윈괴렌에 있는 내 아들의 시작 노트와 펜, 좋아하는 시선집을 넣어 줄 수 있었지요. 글쓰기가 그에게 고통을 낫게 하는 좋은 약이라는 것을 알았습니다. 그가 경험한 것들, 심지어 지금 거의 결말에 이른 이 모든 이야기를 소설처럼 써 보라고 말한 것도, 나의 이 생각을 개방 면회에서 자주 언급한 것도 그 때문입니다.

흉악범 구역에 있는 밀수범들, 다양한 형태의 살인자들, 절도범들, 사기범들, 강탈범들, 그리고 그들의 가족과 면회자들로 꽉 찬 면회실에서 모자는 시선을 끌지 않는 한구석에 앉아 서로 꼭 껴안았답니다. 그 아이를 만지는 순간 어려서 그 아이를 씻길 때마다 보았던 행복한 표정이 나타났습니다. 내가 믿지 않으리라는 것을 알면서도 사실은 그곳에서 그다지 불행하지 않다며 동료 수감자들, 뇌물을 먹는 간수들, 다양한 술수들에 대해 신나게 설명했습니다. 그러고는 창밖으로 보이는 풍경과 환기 구역 위 하늘에 대해 쓴 시들을 용기를 내어 어머니에게 읽어 주곤 했습니다.

나는 내 자식의 멋진 시를 진심을 다해 칭찬한 후 그가 써야 할 책으로 주제를 이끌었습니다. 그 책을 단지 판사에게 자신을 변호하기 위해서가 아니라 교훈이 되기 때문에 써야만 한다고 했습니다. 나의 최근 생각들을 말해 주었고 오이디푸스와 쉬흐랍 이야기,(이 두 책도 교도소 도서관에 없었지만 뇌물을 주고 넣어 주었답니다.) 죽은 아버지가 테헤란에 갔던 일, 혹은 나의 연극배우 시절, 아버지와 만났던 여름, 노란 극단 천막에서 무대에 올렸던 공연들, 연극이 끝날 때마다 했던 긴 독백의 의미를 아들에게 설명했습니다. 나는 아들의 눈을 들여다보며 진심을 다해 말했습니다. "나는 사실 마음에서 우러나온 그 마지막 독백을 위해 연극을 했단다."

이따금 아무 말도 하지 않고 서로의 얼굴을, 눈을 마치 우리가 처음 만나기라도 한 것처럼 한동안 쳐다보았습니다. 아이의 울 스웨터에 붙은 보푸라기실을 떼어 내고, 떨어지려는 셔츠 단추를 만지고, 헝클어진 머리카락을 손으로 정성스럽게 매만져 주기도 했습니다. 때로 그 아이가 어린 시절을 얼마나 기억하는지, 왜 이렇게 분노에 차 있는지, 왜 아버지의 눈을 권총으로 쏘았는지, 왜 지금은 평화로워 보이는지를 묻고 싶었지만 꾹 참았습니다. 나는 그저 아들의 팔, 어깨, 등, 목을 쓰다듬고 손을 잡아 주었습니다. 그 아이 역시 예순두 살 먹은 어머니의 손을 잡고 연인처럼 마음을 다해 손등에 입맞춤을 했답니다.

희생절 명절에 있었던 실리브리 교도소에서의 마지막 개

방 면회에서 우리는 또 나란히 앉아 서로의 눈을 오랫동안 바라보았고, 꼭 껴안고 아무 말도 하지 않았습니다. 하늘이 화창한 어느 가을날이었지요. 내 아들은 결국 "모든 것을" 설명할 그 소설을 이제 쓰기 시작할 거라고 말했습니다. 지금 그의 머릿속에는 여름밤 교도소 창문에서 보았던 별들만큼이나 수없이 많은 생각들이 있다고 했습니다. 그 생각들을 일일이 글로 옮기는 것은 어려웠지만 다른 책들에서 도움을 받았습니다. 교도소의 정치와 무관한 도서관에는 쥘 베른의 『지저여행』, 에드거 앨런 포의 단편 소설들, 옛 시집들, 그리고 『당신의 꿈과 인생』 같은 모음집도 있었습니다. 그의 아버지처럼 이러한 책들을 읽고 아버지가 젊었을 때 무엇을 생각했는지를 이해하면서 자신을 그의 위치에 놓겠지요. 그는 아버지에 대해 말해 달라고 나에게 부탁했답니다. 나는 그 질문들에 흥분하며 대답했고, 기쁘게 안아 주었습니다. 그의 목에서 어린 시절에 그랬던 것처럼 값싼 비누와 비스킷 냄새가 나는 것을 알고 행복했습니다. 면회 시간이 끝나 갈 때 나는 아들이 이번 명절에는 어머니와 쉽게 헤어지게 해 달라고 신께 빌었답니다.

나는 미소를 지으며 말했습니다. "월요일에 또 올게." 가방에서 꺼낸 테이프로 다시 붙인 단테 로세티의 빨강 머리 여자 그림을 건네주었지요.

"네가 이제 소설을 쓰겠다니 정말 행복하구나, 아들아. 소설을 다 쓰면 표지에 이 그림을 넣고, 아름다운 네 엄마의 젊은 시절에 대해서도 좀 써 주렴. 이 여자는, 보렴, 나하고 조금 닮았단다. 물론 소설을 어떻게 시작할지는 네가 더 잘 알겠지. 하지만 네 책은 우리 연극의 마지막 무대에서 내가 했던 독백처럼 진실되고 동화 같아야 한다. 실재했던 이야기처럼 진짜 같아야 하고, 전설처럼 친숙해야 한다. 그러면 판사뿐만 아니라 모든 사람들이 너를 이해할 거야. 잊지 마, 사실 네 아버지도 작가가 되고 싶어 했단다."

2015년 1~12월

옮긴이의 말

"나는 이스탄불 소설가입니다."라고 말했던 오르한 파묵이 다시 이스탄불을 배경으로 이야기를 풀어냈다. 서양의 오이디푸스 왕 이야기와 동양의 뤼스템(아버지)과 쉬흐랍(아들) 이야기를 씨실과 날실처럼 엮으면서 작품 속에 이스탄불의 대도시화와 신흥 부자의 형성 과정을 함께 녹여 냈다.

터키어판 뒤표지에서는 "우리 삶(운명)을 결정짓는 것은 첫사랑의 경험일까? 아니면 역사와 전설의 힘일까?"라는 질문을 던지며 독자들을 소설 속으로 이끈다. 처녀작부터 최근 발표한 작품에 이르기까지 동서양 문제를 끊임없이 파고든 파묵은 이번 작품에서 페르시아 고전과 오이디푸스 왕 이야기를 전면에 내세웠다. 하지만 동서양 고전의 접목이라는 말로 단순화할 수만은 없다. 그는 포스트모던 문학의 장인답게 수백, 수천 년 전에 쓰인 두 작품을 현대적으로 재해석해냈다.

1980년대부터 현재까지의 이스탄불과 그 근교를 배경으로 한 『빨강 머리 여인』에서 파묵은 아버지와 아들의 관계를 매개로 아버지의 부재, 권위, 복종, 자유 같은 개념들을 파헤친다. 팽팽한 긴장감 속에 인물들은 이윽고 치명적인 결말을 향해 치닫는다.

오르한 파묵의 독자들이라면 이 작품이 『검은 책』과 『내 이름은 빨강』, 『눈』과 미묘하게 맞닿아 있음을 눈치챌 것이다. 그러나 동시에 이 모든 소설들과는 다른 결로 우리 삶에 대해 이야기하는 새로운 걸작임을 알아볼 것이다. 더불어 이 작품은 전작들에 비해 간결한 문체와 길지 않은 분량으로 단숨에 읽어 내려갈 수 있어 파묵의 또 다른 문학적 면모를 음미하는 기회를 준다.

파묵은 그의 많은 작품들을 통해 다양한 서사 기법을 선보여 왔다. 예컨대 『검은 책』에서는 주인공의 행적 사이사이에 사라진 칼럼 작가의 칼럼을 격자식으로 배치하는 콜라주 기법을 사용했으며, 소설과 매스미디어의 장르 간 크로스오버를 시도했다. 『내 이름은 빨강』에서는 소설과 회화, 『눈』에서는 연극과 문학, 『순수 박물관』에서는 소설과 박물관의 경계 허물기를 시도한 바 있다. 이번 작품 『빨강 머리 여인』에서는 동서양의 신화를 얼개로 삼아 현실을 촘촘하게 짜 내려간다.

이렇듯 파묵은 새로운 작품을 발표할 때마다 실험적이고 독특한 방식을 채택하지만 독자들이 이러한 실험적 요소를 그다지 난해하지 않게 받아들이는 이유는 이야기를 끌고 나가는 그의 작가적 역량 때문이다. 그리하여 그는 문학성과 대중성을 동시에 거머쥔 작가라는 평을 듣는다.

독자들이 이 작품을 통해 파묵이 문학의 변방이라는 지역적 특수성의 한계를 넘어 어떻게 보편성을 획득하게 되었는지를 다시금 느끼게 되는 시간이 되기를 바란다.

마지막으로 이 지면을 빌어 특별히 감사 드리고 싶은 스승님이 있다. 평생 후학 양성과 연구에 헌신해 오신 한국외대 터키·아제르바이잔어과 김대성 교수님을 스승과 제자라는 인연으로 만난 것은 내 인생의 커다란 축복이었다. 내 삶의 지표가 된 교수님의 가르침을 평생 가슴에 새기며 살아가고 싶다.

이난아

옮긴이 이난아

한국외대 터키어과를 졸업하고, 터키 국립 이스탄불 대학에서 터키 문학으로 석사 학위, 터키 국립 앙카라 대학에서 터키 문학으로 박사 학위를 받았다. 현재 한국외대에서 강의하고 있다. 저서로 『터키 문학의 이해』, 『오르한 파묵, 변방에서 중심으로』, 『오르한 파묵과 그의 작품 세계』(터키 출간), 『한국어-터키어, 터키어-한국어 회화』(터키 출간), 터키 문학과 문화에 관련한 다수의 논문이 있다. 소설 『내 이름은 빨강』 등 40권에 가까운 터키 문학 작품을 한국어로 번역했으며, 김영하의 『나는 나를 파괴할 권리가 있다』 등 5편의 한국 문학 작품을 터키어로 번역했다.

빨강 머리 여인

1판 1쇄 찍음 2018년 6월 25일
1판 1쇄 펴냄 2018년 6월 29일

지은이 오르한 파묵
옮긴이 이난아
발행인 박근섭, 박상준
펴낸곳 (주)민음사
출판등록 1966. 5. 19. (제16-490호)
주소 서울시 강남구 도산대로1길 62
강남출판문화센터 5층 (06027)
대표전화 515-2000 | 팩시밀리 515-2007
홈페이지 www.minumsa.com

ISBN 978-89-374-3785-4 (03830)